ハヤカワ・ミステリ

ELI CRANOR

傷を抱えて闇を走れ

DON'T KNOW TOUGH

イーライ・クレイナー

唐木田みゆき訳

TOKYO HAYAKAWA BOOKS

A HAYAKAWA
POCKET MYSTERY BOOK

DON'T KNOW TOUGH
by
ELI CRANOR

Translated by
MIYUKI KARAKIDA
First published 2023 in Japan by
HAYAKAWA PUBLISHING, INC.
This book is published in Japan by
arrangement with
SOHO PRESS, INC.
through JAPAN UNI AGENCY, INC., TOKYO.

装幀／水戸部 功

わたしが知る最もタフな女性、マルに

人の心はだれにもわからない。

チャールズ・ポーティス『トゥルー・グリット』

傷を抱えて闇を走れ

登場人物

ビリー（ビル）・ロウ……………〈デントン・パイレーツ〉のランニングバック
ティナ……………………………………ビリーの母
スティーヴン……………………………ビリーの弟
ジェシー…………………………………ビリーの兄
クリーシャ………………………………ジェシーの妻
ニーシィ…………………………………ジェシーの娘
トラヴィス・ロドニー………………ティナの恋人
ブッチ（ブル）・ケネディ…………〈デントン・パイレーツ〉副コーチ
トレント・パワーズ…………………同コーチ
マーリー…………………………………トレントの妻
ローナ
アヴァ……………………………………トレントの娘
オースティン・マーフィー
ジャレッド・トロッター……ビリーのチームメイト
ドン・ブラッドショー………………デントン高校の校長
タイラー・ティモンズ………………保安官

1

首がまだひりひりする。けさコーチに見つかったときはタムシのせいだと言ったけど、そうじゃない。タバコのせい、というか、火のついたタバコが首にくっついたせいだ。やられたときにあの野郎をじっとにらんだ。死んでも痛そうな顔なんてするか。死んでもごめんだ。頬の内側を穴があくまで嚙んで血を飲み、じっとにらみつけた。一日中血の味がした。

ミズ・ミラーの授業で血の味。代数の時間に目を覚ましても血の味。ランチタイムに紙パックの牛乳を飲んでもまだ血の味がした。でもいまは八限目のフットボールだ。さっそくコーチが五十ヤードラインの両側にみんなを並ばせるが、あいだに設けた制限区域《クリース》は走ってタックルして痛みを感じるには狭い。

この練習がたまらなく好きだ。

いまはほかの連中が練習に取り組むのを後ろでながめている。パッドがバンとはじきかえす音は、嵐の中で薄い金属板がはためく音に似ている。

「つぎはだれだ」ブルが叫ぶ。ブルはヘッドコーチじゃない。ディフェンスのほうを指導している。一番やばいやつだ。

舌で頬の穴を探り、タバコでできた首の火傷《やけど》を指でいじってから、クリースへ足を踏み入れる。コーチがボールを渡して笑いかける。おれがどんな力を持っているかコーチは知っている。最終学年のやつらもだ。前方では二年生のラインバッカーが位置につく。いつでもなんでも買ってくれる金持ちパパのガキだ。

コーチがホイッスルを鳴らす。

おれの首に熱いタバコを押しつけたときの、小さな弟を犬の檻《おり》へ閉じこめたときの、あの野郎のにやけ顔が目に浮かぶ。ボールをしっかりかかえて頭を低くすると、二年生のラインバッカーへ向かって走る。死んでしまえと思いながら。

ぶつかったとき、フィールドにマジで稲光《いなびかり》が走った。最初に地面についたのは二年のラインバッカーの後頭部で、両腕がキリストの磔《はりつけ》みたいだ。そいつの首を踏んで走り過ぎる。

ほかの連中が歓声をあげる。

コーチがホイッスルを吹き、ラインバッカーはなんでもなかったみたいにもう体を起こしている。首を左右に振って笑い声をあげ、立ちあがる。なめてんのか？

おれをなめてんのか？

こんどはヘルメットのてっぺんで突く。飛びかかって頭突きを食らわす。砕ける音――雷鳴でも雷光でもなく、金属板ともまったくちがう――心が壊れる音、狂暴な力があふれ出る音がする。

だれかが溺れてるみたいにコーチがホイッスルを吹き鳴らす。二年生のラインバッカーはわけがわからずに悲鳴をあげる。見かけ倒しめ。こいつは厳しさって《ドント・》ものを知らない《ノウ・タフ》。何ひとつ知らない。けさもママにミルクとクッキーで起こしてもらったんだろう。頬を食いちぎってやりたいが、フェイスマスクとマウスピースがある。見えるのは赤い色だけ、そして黒――タバコ、犬の檻。

練習が終わって校長室の外にすわっていると、中にはいれとコーチに言われる。校長は大柄な体格で、昔引き締まってたはずのあちらこちらがたるんでいる。黒い口ひげやら何やらでフットボールのコーチみたいに見える。コーチがカリフォルニア出身みたいに見えるのは実際にそうだからで、髪をちゃんと撫でつけて分け目をつけている。そして、痩せている。めちゃくちゃ細い。

「ビル」コーチが言う。「さっきはどうしたんだ」

　ビルはおれの親父の名前だ。おれをビルと呼ぶのはコーチと兄貴のジェシーだけだ。

「やばいことをしちまったのはわかってるな」おれの気持ちをほぐそうとして校長が下品なことばを使う。「きみが踏みつけたあの生徒のことだがね。彼の父親が学校を訴えるかもしれないんだぞ」

　顎が曲がるぐらい——もし曲がるものなら——おれは歯茎に届くまでぐっと歯を食いしばる。

「聞いてるのか？」校長が言う。

　おれはゆっくり片眉をあげる。

「はったりじゃないぞ」と校長。「わたしのつとめを言おう。わたしはティモンズ保安官を呼ばなくてはならない。どうだね。暴行罪でぶちこんでもらうってのは」

　おれはうなずく。たわ言《ごと》を聞かされればたわ言だとわかる。するとコーチが言う。「でもそこまではしない」

　校長がうめき声をあげる。

「聞いてくれ、ビル」とコーチ。「あしたの夜の試合できみを欠場にする。それが最善だとブラッドショー校長は考えている。いいね？」

　コーチの声が聞こえるが、聞いてない。耳鳴りがする。首の火傷が燃えあがる。

「じゃあおまわりを呼べばいい」

　校長が笑う。コーチは笑わない。

「プレーオフへの出場はもう決まってる」コーチが言う。「来週には出場できるから、そこからほんとうのゴールを目指そう——州大会優勝だ」

「シニア・ナイト（最上級生の家族が最後の試合に招かれて功績をたたえられる恒例イベント）は」おれは言う。

　コーチが鼻から深く息を吸う。シニア・ナイトであのフィールドを練り歩くのがおふくろにとってどんな意味があるのか、この人はまるでわかってない。おれにとってどんな意味があるのかもだ。おれの名が呼ばれ、おふくろの名が呼ばれ、デントン中の人間がカウベルを鳴らし、総立ちで歓声をあげるんだろう? そうなればおふくろは有頂天だ。それをいまになって、おふくろからもおれからも取りあげようってのか?

コーチが校長へ目を向けるが、校長はもう顔をそむけてパソコンで何かを見ている。「ビル」コーチが言う。「公平な措置だと思う。これが精一杯だ」

おれはうなずき、校長が何か言うのを、せめてパソコンから目をあげておれから簡単に取りあげたものを見届けるのを待つが、反応はない。なんであれスクリーンにはビリー・ロウより重大なものが映っているらしい。校長が向き直る前におれは部屋を出て、口に血をためて走っていく。

「そんな、まさかでしょ」おふくろが言う。

ちびすけがサルみたいに腕にぶらさがっている。小さな指の関節を白くして、落とされるのがどんなものか知ってるみたいにおふくろのシャツにしがみついている。そして、なぜおれがボールをただの一度も落としたことがないか、コーチは不思議に思っている。

「シニア・ナイトで? パワーズコーチがおまえを欠場させるって? どうしてさ、ビリー。何をしたんだい」

「何も」

「嘘つくんじゃないよ」

「練習中にちょっときつくやった。ガキに強くぶつかって、それがマジで強かった。そのまま何度もぶつかった」

「フットボールの練習で?」

「ああ」

「もう、何やってんだか」おふくろが言う。

おふくろがさっそく携帯電話を取り出してコーチへ電話をかけているところへ、あの野郎がビールくさい汗のにおいをさせながらだるそうにやってくる。

「あいつはだれに電話してるんだ？」やつがおれに訊く。

おれはやつをじっとにらむ。何も言わない。

「おいガキ」

「コーチだよ」

電話を奪おうとしてやつが手を突き出す。おふくろがさっとよける。ちびすけがしがみつく。

「コーチに電話してるんだから」おふくろが言う。「ビリーをチームから蹴り出したんだって」

「蹴り出したんじゃない。ただ――」

「なんだと」やつは言い、こんどはおふくろのシャツをつかんで電話に手を伸ばす。「ふざけやがって――――」

「はい、もしもし？　パワーズコーチですか？」おふくろが言うが、ふだんの声じゃない。水道会社、人口保健調査、教師、そしてコーチを相手にするときの声だ。気取ってゆっくり話す。ぜんぜんらしくない。「わたくし、ビリーの母親です」

おれたちのトレーラーハウスに住んでいるが父親ではない男が、うろうろと歩きはじめる。風邪薬のナイキルの瓶を手に持っている。だいたいいつもナイキルを飲んでウイスキーを節約する。瓶からひと口飲んで袖で口をぬぐう。

「ビリーから聞いたんですが、試合に出られないんですって？　シニア・ナイトに」おふくろがちびすけを揺らすのをやめる。おれを見る。「オースティン・マーフィーが脳震盪《のうしんとう》を起こしたんですか？　五分間意識がなかった？」

やつが笑いはじめる。「やるじゃねえか。でかしたぞ」

「そうですか」とおふくろ。「事情はわかりました、コーチ」

まだ電話を耳に当てているのにやつが取りあげる。

「ビリーはあんたが手に入れた唯一のチャンスだぞ。聞いてるか？　こいつを試合に出すか、おれたちがこいつをタガード校に連れてくか、どっちかだ。どうする？」

またナイキルをあおる。自分がどこまで愚かなのか知りもしないで。シーズンのこんな遅くに転校しても無駄だ。

「ああ。そうだよな、コーチ。試合で会おう。そして、もしビリーが出ないなら――二度と出ない」やつは電話のスクリーンを親指で三度突いてからおふくろへ投げつける。おふくろがよけようと身をかわす。ちびすけがしがみつくが、電話の角が背中に当たり、鈍いうつろな音がする。ちびすけはいまにも泣き出しそうだが、泣かない。


翌朝、だまってトレーラーハウスを出た。やつには出がけに声もかけなかった。必要ない。ナイキルの瓶が空っぽだ。このトレーラーパーク、〈シェイディ・グローヴ〉を出たときは何もかもが空っぽだった。

試合のときが来て、それでもコーチはチアリーダーたちが一日がかりで色付けした紙飾りのトンネルを走り抜けさせてくれる。シニア・ナイトのハーフタイムにフィールドを歩いてもいいとまで言う。でもおふくろには知らせてない。あの野郎も歩きたがるだろうし、あそこで父親面をして歩かれるのはまっぴらだ。おれは引っこんでいる。バンドが楽器を吹くが、おれのために吹いてるわけじゃない。ビリー・ロウがゴールラインを走り抜けるとき、連中は楽器を高々と吹き鳴らし、ファイトソングを歌ったものだ。

二年生のラインバッカーもここにいる。車椅子で。おいおい車椅子かよ。脚はどこも悪くないのにな。サングラスまでかけてやがる。おれは車椅子の後ろへ歩いていってそこにじっと立つが、そのあいだもうちのチームがルーサーヴィル校にやられている。ルーサーヴィルはたいしたチームじゃないのに、それでもビリー・ロウ抜きの〈パイレーツ〉では勝ち目がない。その車椅子の後ろに立っていると、二年生のラインバッカーの髪のにおいがして――女の髪みたいなにおいだ――そのときスタンドからあの野郎のわめき声が聞こえてくる。

「ビリー・ロウがいれば負けるはずねえんだよ！」

おれは頬の内側を噛み締める。

「うちのビリーを出せばいいのにさー！」

こんどはおふくろまで。しかも、呂律《ろれつ》がまわってないから酔っているらしい。おれは観客席をすばやく振り返り、ちびすけがビリー・ロウのジャージにくるまっておふくろの腕にぶらさがってるのが一瞬でわかる。ジャージの背番号は35。

「見てらんねーよ《ファック・ディス・シット》」

「そうそう。みーてらーんねー」

もうどっちの声か区別がつかない。

それにしても、コーチは信念を曲げない男だ。二十ヤード付近へ行ってホールディングの判定に抗議している。校長がバックサイドブリッツのラインバッカー並みにスタンドを縫うように進んでいくが、それには気づかない。

「やだ、何すんのさ。さわらないでよね」

あれはおふくろだ。校長が来るのに気づいたんだろう。

「神に誓ってもいい」神にかかわりがある人間みたいにあの野郎が言う。ちがうのに。しゃべって糞するだけの空っぽの瓶なのに。「神に誓ってもいい、こいつにさわってみろ、ただじゃ――」

「いいか、きみ」校長が大声でやつに言う。「きみがわたしにさわったら、電光石火の速さで保安官に来てもらう。わかったかね」

二年生のラインバッカーが立ちあがり、シャンプーくさい髪へサングラスを押しあげる。けんかになると思ってるんだろうが、おれはあの野郎がばかなことをしないのを知っている。校長もちびすけみたいなガキじゃない。それに、校長が保安官を呼び、保安官がテーザー銃と警棒を持ってくるのをやつは承知しているから、面倒は起こしたくないと思っている。

「もう帰る。それでいいだろ」やつが言う。「酔ってたんだよ」

ルーサーヴィルがパントキックをすることになった。コーチはサイドラインを見てオフェンスに声を張りあげ、やっと気づく。おれはあいつらに背を向けたままだが、浅ましくてみっともない光景なのはわかっている。あいつらのせいで首が熱い。救いを求めてコーチを見る。試合に出すか、ロッカールームへ追い返すか、フェイスマスクをつかんで叩きのめすか、なんでもいい。このサイドラインに突っ立ったままにさせないでくれ。

おふくろだ。

「行くよ、ビリー！」

「あの子は連れてくよ！」とわめく。「ビリー・ロウはタガード校で活躍するんだ！」

首をまわす。火傷のあとが割れる。熱い血が背中を伝う。おれの口は開いた傷だ。二年生のラインバッカーへ唾を吐きかけ、その顔をおれのイカれ汁まみれにしてやろうか。それでもおれは、こいつがスタンドにいるおれの家族をながめるのをながめている。こいつがおふくろと、ひたすらしがみつくちびすけをながめるのを。もう一度コーチを見るが、いまはサードダウン六ヤードなので、コーチはプレーの指示をしなくてはならない。二年生のラインバッカーはおふくろがおれのために怒鳴るのをまだながめている。あの野郎のこともだ。ふたりが酔っぱらってるのはだれにでもわかり、それが決まり悪い。どうしようもなく決まり悪い。

そのとき、二年生のラインバッカーに救われる。やつがほかの二年生の脇腹をつつき、おれをまったく気にしないで、頭越しにスタンドのほうを指さす。そしておふくろとちびすけを指さして大声で笑っている。「行こうぜ、息子、こんな場所はクソくらえだ」あの野郎が叫ぶが、あいつは父親じゃない。これが限界だ。

こんどはもっと血が出る。おれの血。やつの血。ちびすけの血。おれたちをつなぐ血だ。おれのジャージをブルが引っ張っているのを感じる。一度警官がラブラドールに噛みついたピットブルを引き離そうとしてるのを見たことがある。犬の顎を警棒でこじあけるしかなかった。おれはいま、このガキに頭突きしている。両腕をしっかり押さえて食らわしてるところをブルがやっと引き離す。

引きずられながらコーチへ目をやると、二年生のラインバッカーのそばに膝をついている。そいつの耳に何かささやいてるように見える。こう言ってるにちがいない。「ビリーに悪気はなかったんだ。ビリーはいいやつだし、すばらしいランニングバックだ。あいつもいろいろ大変なんだよ。なにしろ母親がぶっ飛んでいてばかなことをやめようとしない。先日は首にタバコの火を押しつけられても男らしく耐えたんだが、それは母親のボーイフレンドがちびすけを犬の檻に閉じこめたあとに起こったことで、ビリーは幼いちびすけに昼食も夕食も、そして翌日の朝食も食べ残しを持っていってやらなくてはならなかった。悪気なんかまったくなかったんだよ。ビリーはいたたまれなかっただけだ。あのサイドラインに、あのふたりのすぐ近くに、熱を感じるほど近くにいるしかなかったから。想像できるかい？　二年生のラインバッカーのきみに想像できるかい？」

いいや、できないね。

2

アーカンソーは竜巻のようにまたたく間に現れた。トレント・パワーズが家族を連れてカリフォルニアから二千六百キロの旅に出てちょうど二十四時間、州間高速道路からハイウェイ、ハイウェイからぽつりぽつりと町が見え、田舎の風景があり、ようやく旅はひとつだけ吊り下げられた信号機のところで終わりを迎えた。信号機の向こうがアーカンソー州デントンだった。到着したとき、トレントになじみのあるものといえば、フットボールのフィールド——白いペイントの線と印がある百ヤード——それだけだった。

トレントはそんなふうに旅の様子をたったひとりの副コーチであるブッチ・ケネディに説明したものだ。信じられない場所に着いたと言わんばかりに、着任初日の若いコーチが目を輝かせていたのをブッチはいまだに覚えている。デントンはカリフォルニアからとんでもなく離れている。

あれから七十日を少し越え、ふたりのコーチはフィールドでライン引きをしている最中だ。芝生からあたたかな空気が立ちのぼり、十一月のあいだじゅう小春日和《インディアン・サマー》がつづいている。ブッチはほぼ三十年間〈デントン・パイレーツ〉で副コーチを務め、生徒たちからブルと呼ばれている。小柄で筋張った体格で、フィールドでの単調な作業で腰が曲がり、色白の薄い肌にそばかすとほくろが散っている。ブルはトレントを手伝ってラインを引き、洗濯をし、ディフェンスの体制を考える。なんでもする。ブルはフットボールを知っている。デントンを知っている。

トレントはアーカンソーに来るまで一度もライン引きをしたことがなく、カリフォルニアでは人工芝ばかりだったと打ち明けた。それは退屈な作業で、ラインの一本一本に本人の忍耐力が現れ、ゆがんだり真っ直ぐだったりする。

「若いフットボールコーチはすぐに急ぐ」

　ブルのアドバイスはこれだけだ。

「たしかに」トレントは勇んでラインカーを押し、五十ヤードラインを引いていく。

「速すぎだ、ハリウッド」

「頼むからその呼び方はやめてくれないか」

「緑の塗料で消すしかないな」

　トレントは五十ヤードから大きくはずれ、減速帯に乗りあげたうっかり者のドライバーさながらガクンと止まる。ブルがやれやれと首を振る。何が——というよりだれが——若いコーチを悩ませているのかは知っている。

　タッチダウンとタックルで校内最高記録を残した兄と同じく、ビリー・ロウの血管には〈パイレーツ〉の血が流れている。背の低い白人少年だが太腿《ふともも》は木の幹ほどもあり、頑丈で重心が低く、僧帽筋は肩から耳たぶまで盛りあがっている。首がない。まさにピットブルだ。

　カリフォルニアにはビリーに匹敵する少年がいないのをブルは知っている。ビリーほどの少年は世界中どこにもいないのではないか。アーカンソーの高原がとんでもないやつを産み出すのは、地球のマントルがダイヤモンドを産み出すのに似ている。じゅうぶんな熱と圧力があればどんなものも硬くなる。

　ブルがさっさと緑の塗料を持ってきてゆがんだ五十ヤードラインの上に吹きつけていると、トレントがフィールドの先からやってきて向かい合う。

「何をしてるんだ?」とトレント。

「ラインが曲がってる」

「うちのチームはこのフィールドよりも大きな問題をかかえている」

「そうでもないけどな」ブルがぶつくさ言って首を横に振る。「〝流血の道《ブラッド・アリー》〟をやるまでは万事順調だった」

ブラッド・アリーはほとんどの州で禁止されている訓練法だ。じつはアーカンソーでも禁じられているが、オザーク山麓の高原地帯で養鶏場とトレーラーハウスの数が文明を示す看板よりも多いデントンのような小さな町では、法は鶏の頸《くび》より簡単に曲げられる。ブラッド・アリーは最も原始的なフットボールだ。ひとりがボールを持っていて、ひとりが持っておらず、チームのほかのメンバーが両側に並ばされているので、のがれたければ力づくで通るしかない。そうした訓練は早い時期、選手がはじめてパッドを装着する八月にするものだ。だがトレントは十一月の木曜日、シニア・ナイト前日の最後の練習にどうしてもやると言い出した。ブルは並みの人間同様――もしかしたら並みの人間以上に――激しいぶつかり合いは好きだったが、試合の直前に、シーズンのこんな遅い時期にあの練習をするのは得策でないとわかっていた。高校生の男子は体力の消耗が速い。

ビリーが加わるまでその訓練はうまくいっていた。ブルはビリーの目を見てわかった。ボールを渡されて二年生のラインバッカー、オースティン・マーフィーをぺしゃんこにする前にわかった。

「ラインを引き直すのはやめておくよ」トレントが言う。「考えがまとまらないんだ」

「ビリーをどうするのかね」

「きょうはこれから話し合いがある」

ブルはトレントからラインカーを受け取り、五十ヤードラインをあらためて引きはじめる。一直線にゆっくりと、杖を頼りに進む老人そのものだ。「話し合い？」

「そうだよ、ブル。ブラッドショー校長が昨夜の出来事について話したいと言ってきた。だからきょうの午後にどうぞと返事をしておいた。そのあとでビリーと母親が来る」

「ビリーは木曜日にオースティン・マーフィーをぶちのめし、金曜日のシニア・ナイトでもまたぶちのめし、なのにこれから話し合いかね」

「そうすれば相談できる」

「ビリーが話してわかるやつだと思うな」

「どういう意味だ」

「焦るなって意味だよ、ハリウッド」ブルはジーンズの尻ポケットから折り畳みナイフを出して開き、歯をせせる。

「それをやめられないのかい？」トレントが言う。

「ぴったりのニックネームだと思ってたんだが」

「ナイフのことだよ、ブル。そもそも学校の敷地に持ちこむのは法律上問題ないのか？」

老いた男は相手を理解しようと若いコーチをしげしげとながめる。トレント・パワーズがどういった人物なのか、地元の連中ものみこめていない。デントンではフットボールほど大事なものはない。誇り高い壮観なショー、ホームカミングでおこなわれる対抗試合のパレード。金曜日にはすべての店が閉まり、ウォルマートも例外ではない。今年の〈パイレーツ〉はひさびさにプレーオフへ進出する。だが、トレント・パワーズがトヨタのシルバーのプリウスで町に来たのを見て、住民はフットボールのことをちらりとも思い浮かべなかった。フットボールのコーチなら、少なくともアーカンソーではトラックに乗る。できればフォードがいい。

ブルは歩きながら、一本ずつラインをゆっくりと引く。トレントがボールをしっかり握って後ろからついてくるが、コーチが怖気《おじけ》づいているのがブルにはわかる。高校生の少年たちがフィールドに足を踏み入れるのを長年見てきた。だから不安を嗅ぎ分けられる。ブル自身、〈パイレーツ〉のヘッドコーチをはじめてやってみた三十年ほど前、そのにおいをぷんぷんさせていた。トレントより若かったが、熱意では負けていなかった。やはり焦っていて、苦しみという代償を払わずに栄光を求めた。そして、アーカンソーの夏の熱さの中で選手たちを追い詰めた。

「おれたちがなぜこういうことをするか、考えたことはあるか？」歩きながらブルは言う。

トレントがボールをトスする。「もちろんだ」

「膝を砕き、肩を壊し、頭への衝撃は言うまでもない——こんなのおかしいとは思わないか？」

「それも競技のうちだ」

「だがそこが問題だ」とブル。「たかが競技なんだぞ」

トレントが足を止め、手に持ったボールを見つめる。

「フットボールは手段だよ、ブル。われわれはそれを通して選手たちによりよい夫や父親、よりよい男のあり方を教えるべきだ」ボールの白い縫い目に指を走らせる。「競技を通して彼らを磨かなくてはならない。これは神の計画の一部なんだ」

「ここはバイブル・ベルト（米国南部と中西部のキリスト教篤信地域）なんだよ、ハリウッド」ブルは空いているほうの手を振りあげるが、それでもきちんとラインを引きつづける。

「ここではだれもが同じチームにいる。神のチームにな」

「そのチームにいることとほんとうの信仰はまったく別物だ」トレントはボールを持ってまだフィールドの中央にいる。「わたしが子供のとき——道に迷っていたとき——あるコーチが救ってくれた。そして、それこそがわたしがビル・ロウにしてあげようと思っていることなんだ」

ブルはぶつぶつ言いながら歩きつづけ、早くもラインが半分引き直される。ラインカーを進める速度が落ち、ほとんど動いていない。塗料がタンクから音を立てて噴霧される。朝日の中で白い噴煙が立ちのぼる。トレントによく見ていてほしいとブルは願う。若いコーチが十一人の選手をここで動かす前に、せめてフィールドを理解してほしいと願う。

ブルは止まる。首を少しひねって後ろを見る。ラインが半分引かれた背後のフィールドにはだれもいない。

自分のオフィスへはいる前に、トレントはノブにかけた手をいったん止め、知恵を求める祈りをすばやくささげる。教えられたとおり目をあけたまま祈る。〝たゆまず祈れ〟カリフォルニアの記憶が脳裏に浮かぶことばとぶつかり、ある面談を思い起こすが、それはこれからはじめるデントン高校の校長との話し合いと気味が悪いほど似ていそうだ。「アーメン」トレントはつぶやき、ノブをまわす。

ドアをあけたとたん、〈ステットソン〉のコロンのきついにおいが押し寄せる。ドン・ブラッドショーがそこにすわっていて、〈ラングラー〉のジーンズ、〈トニーラマ〉のブーツ、真珠色のスナップボタンのシャツといういでたちだ。上のボタン三つをはずし、黒くて濃い縮れ毛をさらしている。ブルと同じきつい仕事をしているように見えるが、ブラッドショーの場合はどこか違和感があり、ブルよりも派手でわざとらしい。たぶん口ひげのせいだろう。真っ黒だ。油性マーカーペンで描いたかのように。

頭上でキリストが十字架にかけられている部屋で、トレントは人間工学に基づく金属製デスク——シリコンバレーのテクノロジー企業で使うほうが似合っているデスク——の奥へまわり、特大の革張りチェアにすわる。夏のあいだに新しい調度類を買いそろえた。備えつけのぼろぼろの備品にがまんできなかったからだ。室内にカウボーイ風コロンのがさつなフローラルアロマが充満して、トレントの鼻孔はひりひりした。

ブラッドショーが単刀直入に言う。「話がある」

「調子はどうです？」

「調子だと？」ブラッドショーは二本の指でひげをし

ごく。「調子は大荒れで、その中心にきみがいる」

トレントは校長の剣幕にひるみ、椅子の背へのけぞる。その口調がトレントの義父でカリフォルニアでは前体育部長だったラリー・ドマーズを彷彿《ほうふつ》とさせる。

「きみはわたしほどロウ家を知らない」ブラッドショーが言う。「あの一家は十年ほど前にアーカンソー東部からやってきた流れ者だ。ビリーの妙なしゃべり方に気づいただろう」

「訛りがほかの選手たちとちがうのには気づいてます」

ブラッドショーが鼻に皺を寄せる。「そうとも、やつは黒人のことばを話すんだよ、コーチ。ロウ家の連中はメンフィスに近い、アーカンソーのデルタ地帯出身だからな。あそこは無知蒙昧な暗黒の地だ」

「ミスター・ブラッドショー、なんの関係があるのかさっぱりわかりませんが」

「あそこはちがうんだよ。うまく言えないが、これだけはたしかだ——きみはロウ家の人間の扱《あつか》い方を心得なくてはならない」

「扱い方？　なんてことを。わたしは神を信じて——」

「そんなご託《たく》はジェシー・ロウに会ってからにしてくれ」ブラッドショーがそう言ってタバコの缶をあける。「そのあとで、神についてきみの考えを聞かせてもらおう」校長は嚙みタバコをなめ、舌にたっぷりへばりつける。「最初はジェシーだった。十年ぐらい前にやってきたんだが、あんなにすごいクォーターバックは見たことがなかった」

クォーターバックと聞いてトレントは身を乗り出す。

「同時にジェシーはとんでもないばかだった。ばかの中でも本物のばかだ。クォーターバックは多少頭がよくないとだめだろう？　ジェシーはちがった。途方もないやつだった。足が速く、力があり、ボールを四百メートル飛ばすことができた」

ブラッドショーはひと息つき、舌でタバコの塊《かたまり》をならす。

「ジェシーが最終学年のとき、うちはタガード校と戦った。たった三回のプレーでジェシーは点を入れた。二回は自分でボールを進めた。そして三回目のプレーでパスをした。ボールが高くあがり――これは嘘じゃない――やつはその下を走ってボールをとらえ、そのままタッチダウンで得点だ。ジェシー・ロウがジェシー・ロウへタッチダウンパスをしたんだ。嘘じゃないぞ」

トレントは唇をなめる。唾をのむ。

「タガードもまたたく間に点を取った。そこでわが校の攻撃となり、われわれは一回目のプレーでまたもやジェシーを投入した。行けるならこのまま行けってわけだ。だがそれを見越したタガード側は、ラインのすぐそばでやつを押さえこんだ」

ブラッドショーは舌からタバコをつまみ取り、どこへ唾を吐き出そうかと室内を見まわす。

「それから？」トレントが言う。

「ビッグ・ジェシーは自分のヘルメットを取ってそれをスタンドの十列目あたりに――タガード校のスタンドだ――投げ飛ばし、猛然とフィールドから出ていった。ブルが様子を見にいったが、ジェシーはとっくに消えていた。しるしを残していったがな。コーチのオフィス、ロッカールーム、駐車場の車三台――どれもぼこぼこにされていた。大型ハンマーでやったみたいだった。だがハンマーなんかじゃないんだよ、コーチ。ちがったんだ」

トレントが背もたれに寄りかかり、両手で自分の腕を抱く。「なんだったんですか。車を叩くのに何を使ったんです？」

「素手を使ったんだよ。野獣みたいに。それから、二日も経たないうちにジェシー・ロウはいまわれわれがいるこのオフィスにやってきた。きみがこのすてきな家具調度を買ってくる前の部屋にな」人間工学に基づいたデスクに校長が手をふれる。「そして、いつ先発選手にもどしてくれるんだと当時のコーチに訊いた」ブラッドショーが笑って舌を出す。「信じられるか？」

トレントが首を横に振る。

「だが正真正銘の事実だ。この目で見たんだ。まあそうは言っても、田舎者の昔語りだがね」

「田舎者？」

「ああ。そのコーチは——きみの前に四人いたんだが——なんとジェシーに復帰を許した。翌週にはクォーターバックで先発させた。前半ではベンチにさがらせもしなかった。一度もだ」ブラッドショーは口ひげにまた指で走らせる。「あれが終わりのはじまりだった」

「そうですか」トレントはブラッドショーの話のつづきを待ちながら室内を見まわし、ドアのそばにかかった写真へと視線が行き着く。それはトレントの娘たちの写真で、カリフォルニアにいたとき、数少ない勝利試合のあとで撮ったものだ。姉のほうはトレントの帽子をかぶっている。妹はホイッスルを噛んでいる。どちらも笑顔だ。家族でアーカンソーに来て以来ふたりそろって笑っているのを見ただろうか、と記憶をたどる。ブラッドショーが荒い息を吐いたので、回想が途切れる。「それで、きみの考えは？」

トレントは咳払いをする。「ティモンズ保安官と話しました。ちょっとした揉め事は管轄外だと言ってました。きょうの午後、ビリーと母親のふたりと面談します」

ブラッドショーが唇をすぼめ、ついに唾を吐くかに見えたがぐっとのみこむ。「わたしがきみならティモンズにあらためて連絡し、あの若造を少しばかり脅しつけてもらうがな。犬と同じで、ビリーのような輩《やから》にはしつけが必要だ」

「いやいや、ちょっと待ってください」トレントは手を振る。「彼は少年なんですよ、ミスター・ブラッドショー」

「十八歳だ。ここへ来る前に記録を見た」

「十八歳かどうかは問題じゃない。とにかくもう一度チャンスを与えるべきです。わたしはここにいて、あの少年たちの人生に変化をもたらしたい」

ブラッドショーが前歯のほうへタバコを寄せる。トレントはひるんだが、数年前の父の日にもらったお気に入りのコーヒーカップを差し出す。その塊が湿ったいやな音でカップの底に当たる。

「あの少年に首輪をつけなければ」ブラッドショーが立ちあがって唇をなめる。「あいつはきみの全世界を毎回一カ所ずつ引き裂いてくぞ。ちょうどオースティンにやったようにな」

「いずれわかりますよ」トレントは言うが、思った以上にきつい口調になる。

「そのとおり。いずれな」

ブラッドリーの口調の変化でトレントは思い返す。かつての上司でもある義父は声を低めるだけでトレントを幼稚な子供のように感じさせることができ、パワーズ家が荷物をまとめてアーカンソーへ向かう直前もドマーズコーチの声色はこれと同じだった。

その記憶を押しやってトレントは立ちあがる。「待ってください。何かおっしゃりたいんでしょう？」

「もう言ったと思うが」

「ビルのことなら――」

「ビリー・ロウはどうでもいい」ブラッドショーがつっけんどんに言う。「だがミスター・マーフィーは――オースティンの父親は――立派な男だ。〈タイソン〉の大きな養鶏場のマネージャーでね。学校や後援者たちを支援している。大々的な支援だ」

「オースティンならだいじょうぶですよ。ただちょっと――」

「オースティン・マーフィーがやわな坊ちゃんなのはきみもわたしも承知しているが、だからといって、シニア・ナイトの最中にロウ家の少年に脳天かち割られていいわけじゃない」

「ですから、ビルのためにちゃんとしたプランを立てます」

「ならそうしたまえ、コーチ」ブラッドショーが言う。そしてドアのほうへ一歩踏み出すが、そこで立ち止まり、壁にかかったトレントの娘たちの写真をしげしげと見る。「かわいい娘さんたちだ」

ブラッドショーの後頭部の禿げた部分には、ジェルで固めた薄い毛が頼りなく横に流れている。校長はトレントが反応するのを少し待ってから言う。「ご家族は大変だろう。こんな山間地に来たんだから。知らない国で生活するようなものだ」

「いろいろと犠牲を払いました」トレントは言う。

「町へはいるとき、あの看板に気づいただろう?」

看板のことは知っているが、すでに言い過ぎたのではないかと思い、トレントは答えない。

「〝オザーク高原入口〟という看板だ」ブラッドショーが振り向いて笑みを浮かべる。タバコの茶色い汁が顎にしたたる。「デントンはどこからもだいたい五十キロ離れている。人はいやなことから逃げてここへたどり着く。わずらわされるのは好きじゃないんだ。とりわけある種の連中はな」

トレントは自分の顎へ手をやってこする。

「ビリーのような話し方をする連中のことだ」ブラッドショーがつけ加える。

「しかしビルは――」

「父親の血については推して知るべし」ブラッドショーが毛深い手の甲でタバコの汚れをぬぐう。「ロウ家の兄弟のひとりが一年ぐらい前にラクリーシャ・モンゴメリーをはらませたんだが、それで血が薄まるわけじゃない」

「待ってください」とトレント。「わたしの勘違いでなければ、デントンには有色人種の保安官補がひとりいますが」

「ロームか？」

　トレントは肩をすくめる。

「色はかなり薄い」とブラッドショー。「モンゴメリー保安官補の肌はこのあたりの連中と大差ない程度の黒さだ」

「では、父親がたぶん黒人だからビルを試合に出すべきじゃないとあなたは言うんですか？」

　ブラッドショーが握りこぶしを口に当てて咳払いをし、首を左右に振る。「デントンには序列があると言ってるんだ。あのジェシー・ロウですら、学校一の後援者の息子にはカーブ・ストンプ（リンチの一種で、歩道の縁石を歯にくわえさせて踏みつぶす技）をしなかった」

　トレントは校長の額をじっと見る。皺がほぼ直線で、フィールドのラインを思わせる。「そうしたことをなぜ事前に言ってくれなかったんですか」

「きみが来たとき、事情はすっかりわかっているように見えたんでね」とブラッドショー。「それ以外に言っておくことがある。たまにはオースティン・マーフィーのような少年たちに点を入れさせなくてはいけない。さもないと事態はもっと悪くなるぞ」

「わたしを脅してるんですか？」

　ブラッドショーがズボンの股をぞんざいにさわるが、昔フットボール選手だったときの癖だろう。「きみが乗っているあのかわいらしい車はどうにかならないか。そして、ビリー・ロウを手なずけるのはきみには無理だ」そこで口をつぐみ、またタバコの缶をあけてひとつまみ口へ入れる。「だが、州大会優勝については議論するまでもない」

　エアコンが作動し、冷気が部屋を満たす。トレントは何か言おうとして、ブラッドショーが缶をポケットに入れて出ていこうとするのをながめる。

「心配じゃないんですか?」

ブラッドショーが足を止める。「心配とは?」

「口に詰めこんでいるものですよ。危険じゃないんですか?」

ブラッドショーはポケットを探って缶を取り出すと、顔のそばまで持っていってラベルを読む。「糖蜜、トウモロコシのひげ、葛《くず》の根、塩、カイエンペッパー」にやりと笑ってトレントのデスクへ缶をほうる。「刺激が足りなくてクソみたいな味だが、まちがいなく三週間は禁煙できる」

トレントは缶を取って手の中で裏返す。おもてに太字で〈ハーブの嚙みタバコ《ハーバルスナッフ》〉とある。ブラッドショーがドアを閉めてゆうゆうと去っていく。トレントは特大の革張りチェアに沈みこみ、頭をのけぞらせる。涙を浮かべたキリストが十字架から見おろす。

三十分後、トレントはブラッドショーの最後通告を消化しきれないままロウ母子《おやこ》の到着を待つ。デスクに一枚の白い紙がある。新しい計画書だ。重厚な字体でわかりやすい箇条書き、小さなスペースはビリーとティナがサインするための場所だ。すべてを単純明快に説明してある。

震える指で紙をなでる。正面に**パパの一番のファン**の文字があるコーヒーカップは空《から》で、ブラッドショーのハーバル・スナッフの汚れはこすり落としてある。その紙を正確にデスクの中央に置いてからペンを探す。顔をあげたとき、目の前にビリーとティナが彫像のように立っている。濃すぎる化粧でピエロの顔になったトレーラーハウス住まいの女、ミュージックビデオのラッパーみたいな身なりのふてくされた陰気な少年。ビリーの弟が母親の腕にしがみつき、トレントを見るなり泣きはじめる。ビリーが前に出て、手を差し出す。トレントはその手を取り、ざらつく手のタコとぬくもりを感じる。熱を感じる。

万事うまくいくから祈りをささげようとふたりに言いたいが、ブラッドショーやブルと話したことが頭をよぎる。そこでトレントは咳払いをしてから言う。

「いいニュースと悪いニュースがある」

ビリーの顔から笑みが消える。

3

″いいニュースと悪いニュース″？

そんなふうに面談をはじめるやつがあるか？ そんな言いまわしで。おれはだまっている。だがおふくろが食いつく。「いいニュースから言ってくださいよ」

「いいニュースは――」コーチが口を開くが、ちびすけがまだギャン泣きしている。

「すみませんね」とおふくろ。

「だいじょうぶですよ」コーチが言うが、その言い方は――その顔は、その口は――だいじょうぶじゃないってことだ。これまでコーチが嘘つきだと思ったことはない。でもいまは心配になる。授業のベルを無視するみたいに、いつちびすけにかまわず話そうとするのか心配でたまらない。

「いいニュースは、ビルがチームに残ることです」

「じゃあ、悪いニュースってのは？」おふくろがやたらとけんか腰の態度で言う。

「悪いニュースは」コーチが机の紙を取ってこっちへ押し出す。「プレーオフの試合の前半、ビルは出場できません」

　その紙の一番上にある**ビリー・ロウの出場停止に関する計画書**とかいう小さな黒い文字を苦労して読んでいるところへ、おれが出場できないとコーチが言ったので、たちまち意味がわかる。ばかばかしい。こんなことならレブロン（偉大なバスケットボール選手）のジャージじゃなくて裁ちっぱなしの袖なしシャツを着てくればよかった。髪もとかさなければよかった。そしておふくろときたら、十ドル分の化粧品を塗りたくったらしい。なんのためだ？　こんなクソ話を聞きにくるためか？

「ビリー？」おふくろが言う。「あんたコーチの話を聞いてるの？」

　おれはひたすら目を凝らし、紙の上の小さな文字を一行一行読みつづける。

「警察の措置についてだが」コーチが言う。「ティモンズ保安官と話し合った。きみが社会奉仕活動を決められた時間やりとげたらおとがめなしだ」

　おれは紙っぺらから目をあげる。「社会奉仕活動？」

「ほら、週末にゴミ拾いをするとか、そういったことだよ」

　おふくろがカチッと歯を鳴らすのは、知っているからだ。あの野郎がゴミ拾いなのを。やつはゴミ収集作業員だからおれも同じことをすればいいとコーチが考えてるなら、めでたいにもほどがある。

「まあ悪くないんじゃない」おふくろが言う。

「ビル、どうだ？」とコーチ。

「ゴミ拾いはしない」

おふくろがコーチに言いわけをはじめる。おれがあの野郎をきらってるとか、自分の連れ合いと息子の折り合いが悪いとか。でもそんなのはたわ言だ。全部たわ言だ。おれはこぶしを握る。立つ。

おれは紙を机に叩きつける。そして、それを殴りはじめる。その紙を何度も何度も殴る。紙が赤くなる。全部ビデオカメラで見てるんじゃないかな。たぶん月曜日にブラッドショー校長のオフィスで、なぜ問題を起こすんだと言われながら再生動画をながめてるんじゃないかな。それでも、おれがその紙をパンチしまくってるのは、ほかにどうすればいいかわからないからだ。ちびすけが静かになる。こいつにはわかる。この洒落《しゃれ》たオフィス、ばかでかい机、革張りの椅子——そんなものはちびすけの理解を超えている。だけど、おれがこの紙をむちゃくちゃに殴ってるのは？　それならわかる。

おふくろが金切り声をあげる。「やめてビリー！　やめなさいってば！」

指関節の赤い血が洒落た机にぽたぽた落ちる。コーチは怯えているようだ。恐怖には力がある。いままであの野郎から何ひとつ教わらなかったとしても、それだけは教わった。いま、またそれがわかった。小学一年のときからカウンセラーに言われてるように、おれはゆっくりと息を吐いて十まで数える。それからうなずき、ドアのほうへ行きかける。コーチがおれのはったりにどう出るか見る。

「待て、待てったら」コーチが言い、その瞬間こっちの勝ちだとわかる——コーチはほしくてたまらない。おふくろにもわかる。おふくろはいまや本気の勢いで泣いている。泣きながら、ちびすけを揺すってあやす。大げさに言い立てる。

おれはオフィスのドアをあける。コーチの変てこな娘の写真が目にはいる。フィールドの脇でおふくろを笑い飛ばしたオースティン・マーフィーみたいな、大口をあけた笑顔だ。おれはドアの外へ一歩踏み出す。

「待てよ、ビル」コーチが言う。「なんとか解決できるはずだ」

「ゴミ拾いはしない」

「この子がこんなに熱くなったのはゴミのせいなんです」おふくろが言う。「トラヴィスが、あたしのボーイフレンドなんですけど、ビリーはただもうトラヴィスがきらいなんですよ」

　こんどはコーチも立ったので、おふくろはしゃべるのをやめる。「そのボーイフレンドですが」コーチが言う。「どうやらそれが原因ですね」

「ちがう」おれは言う。「あんなのはなんでもない」

「これまでに」コーチがそこで間を置いて、おふくろからちびすけへ目を向け、それからおれを見る。「その男から危害を加えられたことは？」

　だまって突っ立っていても、コーチが首の火傷に目を止めたのはいやでもわかる。「殴られたことはないさ。そういうことを訊いてるんなら」

　いままで一度も見たことのない何かがコーチの目に宿る。「ほんとうか？　ビル」

「殴られてないって」

　おふくろがまだ泣いてるが、さっきとはちがう。本物の泣き顔だ。コーチにはひと言も言わないが、左頬の下のほうにある小さな傷跡がすべてを語っている。

「わかった」コーチがぼそりと言う。「ちょっとペンを探すから」

　はじめにつかんだのは赤ペンだ。その紙に向かい、〝社会奉仕活動〟に取り消し線を引こうとするが、インクが出ない。おれが残した赤い印が紙のいたるところについている。

　コーチが別の黒ペンを見つける。〝社会奉仕活動〟に線を一本引いて取り消す。そしておれのほうへ紙を滑らせる。「これでどうだ」

　おれはリストを見る。読めないと思われているのかもしれない。だから読んでみせる。「〝チームに向かって謝罪文を読みあげる〟？」

コーチがおれから紙を取りあげ、厳しい目でそれを見る。

「きみは謝罪文を書いて、みんなの前で読みあげなくてはいけない。オースティンにした行為を申しわけなく思っていることを全員に伝えるんだ」

おれはごくりと唾をのむ。おふくろが泣きやんでいる。また泣き出しそうとするみたいに鼻をすする音が聞こえる。おれはその音にかまわず言う。「申しわけないと思ってなかったら？」

「ビリーったら」おふくろが言う。

コーチが洒落た椅子にふんぞり返る。

「それがきみの本音なのか？ ビリー。そのことで祈ったことがあるかい？」

「いいや」神はおれの祈りなんか聞きたくないに決まってる。ビリー・ロウのことよりもっと大きな心配事をかかえてるんだから。「そんなことで祈ったことはないね」

「せめて」コーチが紙をきつく握る。「せめて祈ることぐらいはしてもらえないか？」

おふくろは泣くのをやめたが、いまにもまた泣き出しそうだ。

「べつにいいけど」

コーチはおれがいままで一度も見たことがない笑みを浮かべる。ルーサーヴィルの前に全勝したときよりも大きな笑みだ。でも、いまその笑みが向けられているのは現実の何かじゃない。オースティンに当たってもしかたがない。現実はそうだ。でも、もしやつがもう一度おれを見て笑ったら、殺す。それだけはたしかだ。おれはオースティンに腹を立ててるわけじゃない。ただ腹が立つんだ。腹が立ったら申しわけないと思わなくちゃいけないのか？ 神はそういうことを許してくれるのか？

「まあいいだろう」コーチは言い、満面の笑みを崩さずにその紙を押してよこす。もはや紙には見えない。おれに黒ペンを渡す。おふくろまで少し笑っている。おれはサインする。**ビリー・ロウ#35。**


おふくろはあの野郎のちんけな日産セントラを運転中だ。空き瓶が床に山ほど転がってるので踏みつけるしかなく、ナイキのジョーダンがすっかり汚れてしまった。おふくろには何も言うなと言っておいた。コーチのこととか、出場停止とか、いっさいしゃべるな。この話はおれたちのあいだだけでしょう、と。

「わかったよ、ベイビー」

おふくろは駐車場に車を停め、ライトを消す。トレーラーハウスは黒ずみ、やつの車と同じくちっぽけでさびだらけに見える。青い明かりが窓の中でひとつともっている。やつがいるってことだ。やつの体臭がただよってくる気がする。もう酔っ払いながらテレビを観ていて、おれがシニア・ナイトに出なかったのでまだ腹を立てているはずだ。

「あの人が腹を立てているのは、あれが自分にとって大事なことだったからなんだよ」おふくろが言う。

「あの野郎にとって？」

「気にかけてるんだよ、ビリー。あんたが思ってるよりね」

「やつが気にかけるものなんてひとつもないさ」

「観客席のあの人を見たことある？　いつも小さなヘッドホンでラジオを聴いてさ、みんながあんたのことをなんて言うか知ろうとしてるんだから」

「どうでもいいね」

「あの人はフィールドへ出ていって、アナウンサーがあたしたちの名前を披露するのを聞きたかっただけなんだよ。まるで――」

「――家族みたいにか」おれは言う。「ばかばかしい。だいたいやつはおれと歩く気なんかなかった」

「自分の考え方を伝えようとしてるだけなんだけどねえ」

「やつの考え方なら知ってる」

「あたしはだまってるよ」おふくろが言う。

「ぜったいに？」

「あんたのためなら月まで飛んでくさ、ベイビー。知らなかったのかい？」

「そうだよな、おふくろ。わかってる」

おふくろが最初にドアを通る。トレーラーハウスは狭く、バスルームがひとつ、寝室がふたつ、そしてこの大きめの部屋にキッチンとテレビとソファがある。おふくろはやつが帰っていてうれしいかのように目をみはるが、うれしいわけじゃない。見せかけなのは知っている。やつは〈デントン・廃棄物処理《ウェイスト・マネージメント》〉の従業員で、一日中ゴミ容器を持ちあげている。おふくろが好きなのはその給料で、なにしろ無職の子持ちだから、息子たちにかかる分だけはもらってやりくりしている。

「あら、ベイビー」

やつは無言ですわっていて、〈ウェイスト・マネージメント〉の作業用シャツのボタンをはずしたまま、片手はズボンのほうへ、もう片方の手は太鼓腹に載せたナイキルの瓶に添えている。例のばかばかしいヘッドホンもつけている。そんなヘッドホンなんかいまどきだれも使わない。

「トラヴィス？」とおふくろ。「聞こえてる？」

「おう」

「お帰りって言ってくれないの？」

「言わねえよ」

おふくろはむっとしながらも、ちびすけを床におろす。「まあいいや、何か作るね」

「土曜の夜だからな」やつがそう言って小さなラジオを持ちあげる。「〈パイレーツ〉のやつが地元チャンネルでしゃべってる。腹は空いてねえよ」

「この子たちは空いてるんだよ」

「ビリーに作らせろ。負け犬《ビッチ》になったんだから、負け犬の仕事をさせりゃいい」

「もう、トラヴィスったら」

この感じだ、おれが待ってたのは。やつもこれを待ってたんだろう。腰を落ち着けて深酒をし、なぜビリー・ロウが〈パイレーツ〉の敗因かという解説を聞きながら、おれに突っかかる勇気を掻き集めてたんだろう。そう思ってやつのほうへ一歩踏み出すが、おふくろがそれを感じ取る。ソファへ向かうおふくろの身のこなしで、やつの膝にすとんとすわる身のこなしで、自分が知っているただひとつのやり方でおふくろがおれを救おうとしているのがわかる。

ちびすけはそこにじっとすわって宙を見つめている。これは最悪のパターンで、たぶんタバコより悪く、犬の檻よりずっと悪い。そんなふうにソファで絡み合うのは。まわりに子供がいても気にせずに。

「じゃあ、ビリーのためにいまファックしようってのか？」やつが言う。

おふくろはやつの唇に一本指を当ててクスクス笑う。昔は美人だった。写真を見たことがあるが、それは長い年月を生きてきたおふくろの姿とはちがった。おふくろの黒っぽい髪がテレビの青い光を浴びてぬらりと光る。やつがおふくろのシャツをいつまでも引っ張っている。

「やだ、トラヴィスったら」とおふくろ。「ベッドへ行こうよ」

やつは何も言わずに低くうなり、まだ強く引っ張っている。そこでやりたがってる。これからおふくろに何をするか見せたがってる。おれはそれを聞くしかないが——聞かずにいるのは、そしてトレーラーハウスの揺れを感じずにいるのは無理だが——見る必要はない。

おれはちびすけを抱きあげる。自分たちの部屋へ行きかけたそのとき、うめき声と絡み合う音が止まり、やつが言う。「なんだこりゃ」

足がぴたりと止まる。

「ビリー・ロウの出場停止に関する計画書？」やつが読みあげる。「コーチはプレーオフの最初の試合もおまえを欠場させるのか？」

やつの手に何があるかは振り向かなくてもわかる。おふくろのポケットからそれが落ちたんだろう。もうやつを止めるものはなく、その先は止まらない。おれはちびすけを下へおろし、小さな白い紙を振りまわしてそれを指さす野郎へ目を向ける。やつの黄ばんだ下着がおふくろの体の下から突き出していて、そのときおれは思い知る。生まれてからずっと待っていたものがこれなんだ、と。

4

トレントはプリウスのアクセルペダルを踏みつづける。エンジンは轟音を立てず、ゴルフカートのような静かな電動音があるだけだ。メイン・ストリートを疾走する車はアーカンソー川を越えて商業地区を突っ切り、デントンに一軒だけのマクドナルドを過ぎる。駐車場にトラックが並んでいる。彼らが店内にいるのはわかっている――迷彩服とオレンジ蛍光色のベストを着こみ、鹿狩りと自由主義者どもとフットボールを話題にしている男たち。顔を合わせたらプリウスのことで何か言われるのもわかっている。はじめてこの町に来たとき、彼の小さな車は話題の中心だった。

「何に乗ってるんだい、コーチ」

「プリウスです。一リットルで二十キロ以上走るんですよ」

「へえ、そうかい」

「そうなんです」

「じゃあまたな、コーチ君」

一カ月前、トレントは〈パイレーツ〉のヘルメットを飾るものものしい髑髏マークの旗のステッカーをリアウィンドーに貼った。効果はあったが、じゅうぶんではなかった。プリウスを私道へ入れると、ウィンドーに貼られた海賊旗のそばに**売出し中**の看板がさがっている。エンジンを切り、トレントは体を押し出すようにして車からおりる。

自宅は道の突き当たりにあり、カエデの木々の燃えるように赤い葉と陰影に富む幹が、その先の広々とした土地との境界だ。四方数キロ以内にほかの家は一軒もない。屋内はトレントとマーリーがカリフォルニアにいたころはとても望めなかった広さだが、居間にはほぼ何もない。廊下に高く積まれた荷《に》解《ほど》きしていない箱。家族の肖像写真、娘たちの日常を撮ったクローズアップ写真など、本来なら顔があるはずの壁の空間。室内の家具は革張りのソファと古びたリクライニングチェアだけだ。隅のテーブルに特大の薄型テレビがあり、裏側からコードが垂れさがっているさまは、前庭に影を落としているカエデの陰気な枝を思わせる。

キッチンではトレントの妻マーリーが背中を向け、電子レンジがチンと鳴るのを待っている。身に着けているのはいつも同じ古びたスウェットパンツとほとんど毎日着てよれよれになった〈バレー〉校のTシャツだが、それらがみごとな腰のくびれと太腿の線を際立たせている。アーカンソーに来てからというもの、トレントはマーリーを外へ連れ出してやれなかった。彼女は選手の親たちに――とくに母親たちに――勘違いされるのはいやだという。マーリーがここへ来たのは友達を作るためではなかった。ここへ来たのはフットボールの試合に勝つためだ。勝利に必要なのは時間と努力、あたたかい食事、料理、洗濯。彼女は対戦チームすべての試合映像にも目を通した。毎週金曜の夜、マーリーはフィールドの南側エンドゾーンの後ろにすわって後援会の父兄の噂話や下馬評を敬遠し、そばに置くのは足もとでハイハイをする下の娘のアヴァだけだ。

「シィーッ」マーリーは振り向いて唇に指を当てる。

「あの子を起こしたら承知しないわよ、トレント」

「アヴァは寝てるんだね。わかってるよ」トレントはうなずく。「ローナは帰ってるかい？」

「演劇の稽古」

「そうか」

「しかも主役」マーリーがそう言って目をぐるりとまわす。「当然よ、あの子が主役なのは」

ある意味、ローナがすべてのはじまりだった。十八でマーリーが妊娠したので、ふたりは大急ぎで郡庁舎へ行ってから駈け落ちをし、いくつもの長い夜を赤ん坊の夜泣きとともに過ごした。そのあとでトレントは仕事に出かけた。父親だから養わなくてはならなかった。だから、大学卒業までボランティアコーチを務めたあと、小さな高校のコーチを点々とした。四つの高校でコーチを経験してから、母校のフットボールチーム〈フェルナンド・バレー・ジャガーズ〉のヘッドコーチに就任した。速い出世だったが、それはマーリーの父ラリー・ドマーズが体育部長だったおかげだ。その恩恵は大きかった。

しかし、そのときから〈ジャガーズ〉は負けはじめ、それからも立てつづけに負けた。

ドマーズコーチがその悲惨なカーニバルの乗り物をたっぷり三シーズン回転させた結果、〈フェルナンド・バレー〉でついにプラグを抜かれたときのトレントの戦績は三勝二十七敗、それはコーチ業界における死の宣告だった。カリフォルニアでトレントを雇う学校はひとつもなかったので、一家はそこを離れた。いまあるのはアーカンソーとビル・ロウ、そしてデントン高校という場違いの舞台に置かれたローナだけ。琥珀色の髪、ハシバミ色の瞳、いまもゴールドコーストの日差しを思わせる生き生きとした小麦色の肌、母親と同じ色合いの娘だ。

　トレントはキッチンテーブルの前にどっかりとすわる。

「食べて」音が鳴る前にマーリーが電子レンジをあけ、熱い皿を夫のほうへ押しやる。

「いやあまいったよ、考えても堂々めぐりで――」

「食べて」マーリーがもう一度言う。「強くならなくてはね」

　トレントは両手でサンドイッチを持って目を閉じると、無言で感謝の祈りをささげる。目をあけてから言う。「ああいうことをする少年ははじめてだな。あんな――」

「見るに堪《た》えなかったわ」とマーリー。「言語道断よ」

「でも、根はいいやつじゃないかな」

「きょう面談したんでしょう？」

　トレントはあたたかいサンドイッチを口に入れる。

「父に電話した？」

　咀嚼する。

「プレーオフがはじまるのよ、トレント。父に電話するべきよ」

　トレントは口に食べ物を入れたままモゴモゴとつぶやく。

「それにあの人たちは」マーリーが言う。「州で優勝したらあなたを崇《あが》めたてまつる」

　もうひと口齧る。

「わたしたちはそうなるためにすべてを投げうった。わたしはくさい養鶏場にもガソリンスタンドの〈カム&ゴー〉で言い寄ってくる田舎男にもがまんできる―

―だからといってこの先ずっとは無理。約束は守ってもらうわ」

何か言おうとするかのようにトレントの口が開くが、そのとき赤ん坊のアヴァの泣き声がキッチンカウンターのベビーモニターから噴き出す。マーリーがその声へ顔を向ける。トレントはサンドイッチを見つめる。

「もし勝ったら」マーリーは夫の体越しに手を延ばしてモニターをだまらせる。「そのときは、この町からさっさと出ていきましょうね」

ローナが帰宅したとき、トレントは冷たいシャワーで体をさっぱりさせているところだった。つまみを青いほうへ目いっぱいまわして冷たいシャワーを浴びる。それは一種の瞑想、子供のとき里親から里親へとたらいまわしにされるあいだ身に着いた習慣で、仮の住まいでは温水がたちまち出なくなったからだ。

髪を濡らしたまま居間へはいる。フットボール試合の映像が巨大なテレビから光を放ち、スクリーン上の選手たちはほぼ等身大だ。ローナが床にあぐらをかいてすわり、シェイクスピアのソネット集に没頭している。赤ちゃんのアヴァが母親の膝で足をピョンピョンさせながら、笑い声をあげたり喉を鳴らしたりしている。トレントは手に持ったｉＰａｄをしっかり握ってから下の娘へ手を伸ばす。マーリーの視線は試合にずっと釘付けだ。南カリフォルニア大学のランニングバックの近況を論じる解説者たちの声が、がらんとした部屋に響き渡る。

「やあ、ロー」トレントは声をかける。「劇の稽古はどんな調子だい」

ローナが本から顔をあげる。「前のところみたいな派手さはないけど楽しい。きょうはチームの練習をしたの？」

「土曜日だぞ。きょうは休みだ。練習はあしたから――」

「シィーッ」マーリーがテレビを鋭く指さす。「ここを聞きたいのよ」

　ローナが読み進めた個所に目印をつける。「だめなのかなあ――ただの一度でいいから――フットボール以外の番組を見るのは。もううんざり」

「うんざりって、フットボールにかい？」

　さっき電子レンジであたためられたサンドイッチの味が、ブラッドショーとビリーのことをマーリーに伝えない言いわけの味が、まだ口に残っているのをトレントは感じる。マーリーは父親そっくりで――以前の上司そっくりで――ぜったいに忘れない。

「食べるのもうんざりなの？」マーリーが言う。

　ローナがやれやれとばかりに天をあおぐ。

「フットボールのおかげでわが家の食卓に食べ物を載せられるのよ」

「お腹すいてないもの」

「いまのところはね」

　マーリーがトレントへ向き直る。トレントはアヴァの後ろ側でｉＰａｄの画面をタップする。プレーオフの対戦チームである〈ハリソン・ゴブリンズ〉の試合映像が流れはじめる。ｉＰａｄを手もとに寄せる。アヴァの目が光に照らされる。

「たしかにいまのところはね」ローナはそう言うと、首を横に振りながらまた本を開く。

「コーチの仕事の肝心かなめは選択よ」マーリーが言う。「家族にとって――チームにとって――最良のことをする。そうじゃない？　トレント」

　トレントの表情が硬くなる。「かなめは青少年の育成だ」

「この南カリフォルニア大学《USC》のコーチがくだすしかなかった厳しい決断こそがコーチの仕事よ」マーリーがテレビ画面のほうへもっと身を乗り出す。「あなたは彼が正しい判断をしたと思う？」

　トレントはｉＰａｄを置いてアヴァを抱きあげる。

「テレビで何を言ってるのか聞きもしなかったよ。何かあったのか？」

「いいから聞いて」

　解説者のひとりが――青いスーツに赤いネクタイ、メイキャップは昼間来たティナ・ロウよりも濃い――USCのスター選手を擁護している。

「その選手は何をしたんだ？」トレントは尋ねる。

「バーで女の子とつかみ合いのけんかになったのよ」マーリーが小さくうなずいて言う。「証拠の動画があるらしいけど提出されなかった」

「ありえない」ローナが音を立てて本を閉じる。「それでもその選手は出場できるの？」

　ブラッドショー校長との会話がトレントの脳内で力強く連続再生される。マーリーもローナもこちらを見ているのがわかる。トレントはアヴァの髪に鼻を押しつける。

「パパ」ローナが立ちあがり、トレントの真正面へ来る。「パパならその選手をプレーさせる？　させないわよね」

　トレントは学校の劇に感謝する。ローナが主役をもらい、前の晩に〈パイレーツ〉のフィールドで起こった暴力沙汰を目にしなかったことに感謝する。

「いいかい、ロー――」トレントが言ったそのとき、テレビ画面に閃光が走る。勇猛なランニングバックがディフェンス前衛へ切りこんでディフェンダーひとりをなぎ倒し、エンドゾーンへはいる。群衆がどよめくが――ロサンゼルス・メモリアル・コロシアムに満杯になった五万人以上が拍手喝采をしながら足を踏み鳴らし、その顔は赤と金色にペイントされている――その騒ぎはトレントのことばに一蹴される。「おまえはああいう選手たちのことを心配しなくていい」

　マーリーが大きくうなずく。「それはパパの仕事ですからね」

「忘れられるはずないでしょ」ローナがトレントの腕

からアヴァを乱暴に抱き取る。「だってパパの仕事ですからね」それから足を踏み鳴らしながら階段をあがって自分の部屋へ行き、一歩ごとにアヴァがキャッキャッと笑う。

トレントのｉＰａｄの動画が連続再生する。マーリーがテレビの音声のボリュームをあげる。解説者たちがタッチダウンのランプレーに驚愕する。

トレントはｉＰａｄを膝に置いたまま眠りに落ち、目が覚めるとテレビではワシントン州立大学に勝ったＵＳＣの試合をまだやっている。寝室へそっとはいると、マーリーはとっくにベッドの中だ。妻がベッドカバーの下で裸なのは知っている。眠るときはいつも何も身につけない。高校時代、バスケットボールをしていた妻は骨太の体格だが、盛りあがったベッドカバーの形を見れば、彼女は臨機応変なポイントガードかシューティングフォワード――つまりスムーズに対応するポジションだったと人は思うだろう。

トレントは声をかける。「なあ、はいるよ」

マーリーは目を閉じ、ベッドカバーを顎まで引きあげる。唇をほとんど動かさずに言う。「きょうの面談のことをまだ話してもらってないわね」

「面談は」トレントはスウェットパンツをおろし、そこから足を出す。「うまくいったさ」

「このベッドにはいろうなんて考えないで。わたしに話すまではね」

トレントは両脚をスウェットパンツへもどす。「そんなふうにしなくてもいいだろ、マー。面談のことはちゃんと話す」

マーリーはじっとしてまばたきもせず、天井のファンを真っ直ぐ見つめている。ファンがまわっている。トレントの記憶では、南カリフォルニアでさえこれほど十一月が暑かったことはない。

「ハリソン校との対戦では前半にビルを欠場させるこ

とにした」

マーリーがすばやく寝返りを打ってベッドをおり、トレントの前に立つ。「冗談でしょう。冗談に決まってる」

「前半だけだ」トレントは妻の目以外何も見ないようにする。マーリーの体はいまだにトレントを引きつけ、それはふたりが高校生だったころと変わらない。「そうするのが正しいんだよ」

「父に電話しなかったの？」

「ああ」

「そう、わたしはしたわ。そうしたら――」

トレントは片手をあげ、マーリーが話すのをやめる。これにはトレントもやや驚く。「ぼくはきみの父親じゃない」小声で言う。「ぼくはきみの――」

「あなたがだれかは知ってる」マーリーはピシリと言い、両腕を固く組んで乳房を押しあげる。自分がいまだに夫に及ぼしている力が何か、わかっているのかもしれない。「わたしたちがアーカンソーなんかにいるのはあなたのせいよ」

トレントは首を左右に振る。前からこんなふうだったのか？　彼とマーリーは思い出せないほど長いあいだいっしょにいた。トレントが十五歳のとき、ラリー・ドマーズが里親となって洗礼を施《ほどこ》し、自分の家に引き取った。ドマーズコーチはあらゆるものをトレントに与えた。聖書、〈バレー・ジャガーズ〉での先発クォーターバックというポジション、娘との結婚。

「ビルを見ていると、自分自身を見ている気がするんだ」トレントは言う。

マーリーが腕をほどいて両手を腰に当てる。

「里親家庭のこととかだよ、マー」

「それはちがう問題よ」

「ぼくは五年間で六つの里親家庭をまわったんだ」

「知ってるわ」マーリーの口調が少しだけ穏やかになる。「つらかったのは知ってる」

「いつもみんないがみ合っていた。大所帯の里親家庭では殴り合いのけんかもあった。ほら、ここをごらん」

　トレントはかがんで髪をかきあげ、数えきれないほど見せたものをまた妻に見せる――額の小さな傷跡を。

「こぶしで殴られた跡だ」トレントは言う。「顔をパンチされたことがあるかい」

「ないわよ、トレント。顔にパンチなんて一度も」

「でも、ビルはぜったいやられてる。まちがいない」

「一体全体、それがフットボールとなんの関係があるの？」

「競技を通してビルに学びを与えることができる」トレントはベッド脇の枕を取って胸元へ持っていく。

「たとえば人生について。きみのお父さんがぼくに教えてくれたようにね」

「いま話し合ってるのはあなたの仕事のことよ」マーリーが両手を脇へおろして全身をさらしたので、もはや何もかも丸見えだ。「わたしたちの人生はどうなの。たしかにビリーは大変だけど、でも、あなたは一瞬でもわたしたちのことを考えたことがある？」

「わが家はだいじょうぶさ」トレントはそう言って枕をベッドへほうる。

「あなたは毎日家にいるわけじゃない。わたしほど娘たちのことを見てないわ。アヴァはカリフォルニアを発ったときは歩いてたのよ。覚えてる？」

「医者の話では、耳の感染症で平衡感覚が混乱しているだけじゃないか」

「ストレス、不安、赤ちゃんはそういったものを感じ取るのよ。この土地はわたしたちに合わないわ」マーリーが目を固く閉じる。「進歩のないみじめな場所。太ってる人間ばかり。みんながわたしたちと話したがるけど、話すことなんて何もないし、だらだらしゃべるだけで――」

「それが南部流の気づかいってものなんだよ、マーリー」

「ありがたいご高説だこと。それにしても、あの校長は俳優のバート・レイノルズそっくりね」マーリーはちゃんと服を着ているような態度で立ったまま腕を振り動かす。

「なあ、マーリー」

「説教ならあの男の子たちにしなさいよ、トレント」

「ぼくがそんな言い草をきらいなのは知ってるはずだ」

「あなたはわたしがきらいなものを知ってるの？」マーリーが言い返す。「こんなさびれた町に住むことよ。そしてここから出る方法はただひとつ、父にクビを切られるしかなかったという事実をみんなに忘れさせるぐらい、あなたが試合にたくさん勝つしかないことよ」

トレントは鼻から深く息を吸い、マーリーの激しい怒りを受け止める。冷たいシャワー、呼吸法、こうした小さな実践の積み重ねが妻という嵐を乗り切る助けとなる。妻が信仰を持っているのは知っているが、彼女の信仰はトレントのそれよりも鋭い。ギザギザしている。旧約聖書対新約聖書だ。神殿の庭にいるイエスのように、マーリーの怒りは正当だ。夫に対する彼女の腹立ちはどこからどう見ても当たり前だ。夫が何度も失敗したせいで故郷から遠く離れた土地に来て、そのうえ最悪のことをまだ知らない――ブラッドショーの最後通告を。

トレントの肩から〈フェルナンド・バレー〉競技連盟の擦り切れた優勝記念Tシャツがだらりとずり落ちるが、それはコーチではなく選手として勝ち取ったものだ。トレントはビリーがサイドラインで繰り広げたおぞましい場面を思い出し、両手を頭にやってそれを押しのけようとする。むろんカリフォルニアの少年たちも荒っぽかったが、これとはまるでちがう。ビリーの場合はひどい自動車事故と似ている。トレーラートラックと赤いコンバーティブルの衝突事故。強いものと美しいものがつぶされて混じり合っている。ここまで勝ち進んできたのはひとえにビリーのおかげだ。ビリーが抜ければ〈パイレーツ〉はひとたまりもない。

　トレントはマーリーの腰へ手をまわす。マーリーはあらがわず、夫に引き寄せられる。「ぼくは何をすればいいのかな、コーチ」トレントはそう言うと、口角をあげて笑みを見せる。

「行くのよ」マーリーは笑わない。またたきもしない。「そして、ビリー・ロウをどうにかするまで帰ってこないで」

　トレントは妻から手を離して顔をあげ、答を探してくるくるまわる天井のファンをながめるうちに、しまいにはあのファンもだめになって動かなくなるんだろうなと思う。

　そして、マーリーは正しいと思う。ブラッドショーはバート・レイノルズそっくりだ。

5

　そのあと、おれはあの野郎のとっておきのウイスキーボトルを持って飛び出した。川まで延々と歩いてから、兄貴のジェシーがいるトレーラーハウスまで行って、おれがやつをぶちのめしたいきさつを話そうかと思ったが、やめておいた。土手にすわってただ水をながめた。酔うとだれもかもどうなるかを知ったうえで飲むのは気が進まなかったが、それでも飲んだ。

　ボトルを空けた。

　何本かの丸太が焚き火の穴でまだくすぶっている。バド・ライトの缶とタバコの吸いさしがあちこちにある。ひと息ついて、つぎにすることを考えているところだ。ああいうことをしたあとで何をすればいいのか。

やつがソファから起きあがり、自分のアソコを硬くしたままおれに近づいてきたとき、おふくろはすばやく立ってちびすけを抱きあげながら言った。「トラヴィス、やめて」

「プレーオフの初戦もか？」やつは言い、くだらないたわ言だらけの紙をかかげた。

「ああ」おれは言った。「あんたが何かしてくれるのか？」

　やつはうなずきながらゆっくりと近づき、薄笑いを浮かべた。「何をするかいまから見せてやるさ、ビリー」

「いいかげんにして」おふくろが叫んだ。「ふたりともやめなさいってば！」けれども、このあとどうなるかおふくろは知っていた。しばらく前からわかっていた。

「よそへ行ってろ、ティナ」おれから目をそらさずにやつが言った。「これからおまえの息子に焼きを入れてやる」

　おふくろが室内履きに足を入れて、小さなスクリーンドアから走り出るのをおれは目で追った。あの室内履きを見ればおふくろのすべてがわかる。踵の部分を引きあげる手間さえ省き、踏みつぶして履いている。

　外でやつのちんけなセントラにエンジンがかかり、おふくろがアクセルを踏む。そしていなくなった。それでいい。いまからやつにすることを見る必要はない。

　おれたちはいっときそこでにらみ合った。やつはバスケットボールをやってたらしいが、いまは肉がたるんでいる。昔もたるんでたんだろう。さっさと部屋へ行って鍵をかけ、朝までこもっていようかと思う。けんかには飽きた。指関節はとっくにかさぶただらけだ。けれどもやつは酔っていて、量がじゅうぶんならナイキルでも男は勇敢になれる。

「おれと親父はよく取っ組み合いをしたもんだ」やつが少し笑みを浮かべて遠い目をする。「そうとも、しつこくやり合ったさ。それが少しはためになった」

「よく言うよ」

「シニア・ナイトではおれも親父と歩くことはなかった」やつが言う。「バスケットボールだから、名前を呼ばれるには先発選手の五人にはいらなくてはいけなかった」

「ぱっとしない高校時代だったんだな」

「ふん、まあな。だが、結局おまえにはおれしかいない」やつは手に持ったナイキルのボトルを見るが、中身は空だ。「だからもうひとつ言っておこう。そろそろおれを名前で呼ぶんだな」

　おれは頬の内側を嚙み、あの感じがもどってくるのがわかる。

「聞いてんのか?」

「聞いてるさ」

「じゃあおれの名前を言ってみろよ。そうしたら、いまからおまえを殴らずにすむかもしれないぜ」

「おれにとって、あんたは名無しだ」

　やつは一歩さがり、笑みらしきものを浮かべた。

「そう言うと思ったぜ」

　けんかをしたくてたまらない気配を感じ、おれは背を向けた。したいことをさせてやるものか。部屋へ行きかけたそのとき、やつがライターに火をつける音が聞こえた。

　そのにおいで全身がこわばり、あの火傷をもう一度感じる。とっさに振り返る。やつはこちらを見もせずにそこに突っ立ち、おれに火を押しつけた先日の晩のようにタバコを吸っている。おれがソファに背を向けて床にすわり、ちびすけを抱いてクイズ番組の〈ホイール・オブ・フォーチュン〉を見ていたら、やつが冗談か何かみたいにその赤い先端を首にくっつけてきた。

　おれはちびすけをぎゅっと抱き締めた。ただ受け止めた。何年もこんなことをされてきた。おれが子供でやつがおれよりまだでかかったとき——受け止めるしかなかったんだ。ほかにどうしようもなかった。やられながらそんなことを考えてたかどうかはさておき、痛そうな顔を見せてはいけないのはわかっていた。おれの血の中の炎を感じたのか、ちびすけがすさまじい声で泣き出した。そしてちびすけは檻の中だ。泣きすぎたからだ。うるさすぎたからだ。あのときやつをぶちのめすべきだったのに、おれはそうせずに練習に行き、あの二年生のラインバッカーは自分がどんな目に遭うか知るはずもなかった。

　おれはまばたきをし、やつがまだそこに立って口を動かしているのを見た。

「聞いてんのか？　ひよっこ《ボーィ》」

　聞いていた。やつはひたすらけんかを売っている。

「二度と言うな」

「言いたいことはなんでも言うさ。へっ、ここに住んで五年だぞ」

「二度と言うな」

　でも、やつはまた言った。

「おれの名前を言って慣れるのが一番だぜ、ビリー」

歯の隙間から漏れることばは邪悪で、くわえタバコのせいでまどろこしい。「なぜなら、おまえの親父はぜったい帰ってこないんだからな」

　やつはそれ以上言わなかった。言うチャンスがなかった。こぶしがやつの左目の真上に当たると同時におれの指関節の傷が開くのがわかった。やつはすごく酔っていて、すごくひ弱で、簡単に倒れた。この空威《からい》張《ば》り野郎を一発でノックアウトしてやった。おれはやつのそばに立ち、でかい腹が膨らんではへこむのをながめた。

「あんたは名無しなんだよ。聞いてるか？」

　やつは自分の顔に手をやって身もだえをはじめた。床で体をくねらせてる様子はほんとうに奇妙だった。

「聞いてるのかよ」

なぜそうしたのかわからないが、おれはアーリータイムズとかいうやつの気に入りのウイスキーボトルを戸棚から取った。やつのほうへ手を伸ばし、コーチから渡されたくだらない紙切れを奪って破く。それから酒をぐっとあおり、家の主人がだれになったかを見せつけた。

やつが何か言ったが、ほとんど聞こえなかった。おれは首を振って言った。「あんたなんかだれも助けにこない。病院に行きたきゃ歩いていけばいい」

這っていけばいい。

おれがトレーラーハウスを出たとき、やつはまさしく這っていた。やつはおれのすぐ後ろを手をあげながら這い寄ってきて、おれの名前を呼んだ。でもおれはやつのほうを見なかった。スクリーンドアが閉まってやつが転倒する音を聞くまでは振り返らなかった。太った尻が踏み段を転がり落ち、蝶番《ちょうつがい》からドアがはずれかけている。やつが四つ這いになって首を左右に振っているとき、おれは駆けだした。

川までずっと走った。水の中をずんずん歩いて体をきれいにしようと思ったが、そうはせずにずっと酒を飲んでいた。水辺に着いたとき、ボトルはほぼいっぱいだった。いまはほとんど空だ。

眠りこけて、目が覚めるとウイスキーの酔いが残っていた。川の向こうから日が昇っているのを目やにのついた目でながめ、そろそろ帰ることにした。いまごろやつは目を覚まし、おふくろがキッチンで目玉焼きを作っている。さすがにやつも思い知っただろう。これからはましになるはずだ。

ボトルを川へほうり投げ、ダムのほうへ流されていくのを見守る。音を立てない。家まで歩いて帰る。たいした距離ではない。デントンは狭く、鶏の糞みたいなにおいがする。いたるところに鶏舎がある。いまじゃ町の中にもある。それにメキシコ人もいる。メキシコ人がのさばっている。

トレーラーに着いたが、やつのセントラが私道にない。土についたタイヤの跡が深い。おれに殴られたのが恥ずかしくなって急発進したんだろう。ポーチに立つが、中の物音が聞こえない。ことりとも聞こえない。こんなに静かなのははじめてで、なんとなくこわくなる。〈シェイディ・グローヴ・トレーラーパーク〉で育った者にとって、こわいのは静けさだ。

キッチンのただひとつの明かりはコンロの上のドーム型ライトで、ハロウィンみたいにオレンジ色に光っている。一歩中へはいる。はじめは何も見えない。何も聞こえないのはたしかだ。

「なあ」

返事なし。

「おふくろ？」

窓用エアコンが突然作動して、おれはちびりそうになる。「しっかりしろ、ビリー」暗がりに向かって言う。ウイスキーのせいで頭がまだぼんやりしている。それに、こんなオレンジ色のライトじゃろくに見えやしない。まるで夢の中で、鏡とピエロだらけのビックリハウスの中を歩いてるみたいだ。

ピエロなんか大きらいだと思ったとき、おれはやつを踏む。

濡れた草が詰まったゴミ袋みたいな感触で、においもそれと似ている。おれの左つま先がやつのあばらにまともに食いこむが、やつは動かず、うめきもせず、まったく何もしない。踏み段を這いあがってから床に転がったのだろうか、キッチンの真ん中に横向きの姿勢で伸びている。

いますぐここを離れようかと考える。身のまわりの物を持ってドアから出るだけだ。でもやめる。できない。やつがやたらと静かだから。おれはしゃがむ。やつはいま、ほんとうに臭い。古いタバコとナイキルみたいなにおい。小便で出し切れなかったものが汗に混じっている。そして、ケツ。やつからケツのにおいがする。その臭いケツがおふくろをもてあそんでいるところは思い浮かべまいとする。やつの顔にあるひとつひとつの吹き出物やほくろ、髪の一本一本にオレンジ色の光がかぶさる。その光のせいでなにもかも現実離れして見える。

「起きろよ」おれはやつを揺さぶる。

　動かない。

「起きろってば。おふくろはどこだ」

　無反応だ。

　もう一度、しかも思い切り揺さぶったとき、やつが横たわってる場所に何かがたまっているのがわかる。暗くて見えないが、まるで小便を漏らしたみたいに、やつのまわりに濡れた大きな円ができているのがわかる。ふつうよりひどいにおいだ。それとは別に、肩のまわりに何かある。ねばねばしたものが。シロップみたいにどろりとしている。もっと身を乗り出すと、ようやく見える。やつの頭がキッチンの床についていて、左目のちょうど上あたりにぱっくり割れた深くて赤い傷がある。赤い色が濃すぎて少し紫がかって見える。

　まさか、おれはやってない。一回は殴った。おれが出ていくとき、やつは血を流してたか？　ばか言うな、ビリー。おまえが出ていくとき、やつはまだ息をして、しゃべって、動いてた。そしておまえに――

　助けを求めてた。

　いまはライトの光がおれを包み、床のシロップのようにまとわりつく。やつのほうへ引っ張られるような気がする。現実とは思えない。

　立とうとするが、立てない。やつをもう一度揺さぶる。動かない。うめかない。何もしない。床のシロップがおれの動きを奪う。それでも、おれはビリー・ロウだ。フットボールで走ればぴか一なんだ。そんな気がする。あの狭いクリースを、あの道を――流血の道を――駆け抜けてるような気がしたそのとき、おれは床に横たわるやつのみじめな体から離れる。

おれはあらためて走り、肺も脚も焼けつくように痛むのもかまわず、力のかぎり道を走ってトレーラーハウスから遠ざかる。行き先も考えずに。けれども、秋の日曜日の午後にビリー・ロウが向かう場所はひとつしかない。足もそう感じてる。足が勝手に動く。そして、やつの割れた頭とオレンジ色の明かりとピエロどもとシロップの意味がわかる前に——ホイッスルが聞こえ、おれは走るのをやめる。

6

日曜日の早朝、マーリーは物音を耳にする。主寝室の窓のすぐ外で蛇口をひねる音だ。その耳障りな音につづいて水が流れはじめるのがわかる。寝返りを打ってベッドからおり、硬い木の床を裸足で歩く。家の中では日曜日ならではの静けさが色濃くただよっている。

いま、マーリーは窓辺にいる。私道で目にしたものにどうも納得がいかない。緑色のガーデンホースがくねくねと伸び、先端は容量二十リットルのバケツの中だ。バケツから水があふれている。トレントがバケツの前で頭を垂れ、地面に両手両膝をついている。

なぜ夫がこんな早い時間にプリウスを洗車しているのか。マーリーは昨夜のことを思い出そうとする。トレントは帰ってきたか。ベッドカバーの下で、ベッドの中で夫の体温を感じたか。空気はあたたかく湿っぽいが、床は冷たい。マーリーはつま先を丸めて窓に背を向け、両手で腕をかかえる。ベビーモニターが口をあけて眠っているアヴァのモノクロ画像を映す。マーリーはモニターを持って部屋を出る。

ガレージがあいていて、プリウスがすみずみまで見える。土埃がラジエーターグリルを覆っている。トレントが黄色いスポンジを水にひたしてはボンネットを拭くが、拭いたあとに泥の筋がつく。

マーリーは最初に頭に浮かんだことを口にする。

「朝の五時半よ、トレント。何してるの？」

「あそこへ行った」トレントがそう言って、二十リットルのバケツに肘まで入れる。

「どこへ？　待って。どうしてそんなに車が汚れてるの？」

トレントは立ちあがってけんめいに拭きつづけ、運転席側のヘッドライトから黒っぽい渦巻き状の拭き跡を消す。手を止め、バケツにスポンジを落として妻の方を向く。

「ビルのトレーラーハウスへ行ったんだ。未舗装の道の先に一家で住んでる」トレントはしゃがみ、両手をバケツの左右のへりに置く。「着いたときはすでに揉めていた」

マーリーが持っているベビーモニターの画像が途切れ、また接続される。マーリーは画面を見る。アヴァが寝返りを打つが目は覚まさない。

「ティナのボーイフレンドのトラヴィスだが」トレントは言う。「ビルがプレーオフの途中まで欠場とされたことに腹を立てていた」

夫がなぜそのトレーラーハウスへ行ったのか、マーリーはあやうく尋ねるところだったが、答はわかっている。自分が行けと言ったからだ。単純にそういうことだ。ベビーモニターを強く握ったので、手の中でプラスチックがきしむ。

「プリウスの中にいてだいぶ距離があったが、ちょうど窓越しに見えた」トレントの声はおだやかで、バケツから勢いよくあふれてコンクリートに飛び散る水音よりわずかに大きいだけだ。「連中がいよいよわめきはじめたそのとき、ティナが飛び出してきて車に乗り、走り去った。信じられるか？　息子を置いていったんだぞ」

　マーリーは信じられた。

「だれよりもビルを痛めつける男といっしょに置き去りした」

「彼女はあなたに気づいた？」とマーリー。「あなたの車がそこに停まっていたことにだれか気づいた人はいる？」

「それは――いないと思うが」トレーラーハウスへもどってもう一度その場面を見ているかのように、トレントが焦点の合わない目を妻へ向ける。「たいした問題じゃない」

「何があったか正確に話して」マーリーは言う。「そうしたら、たいした問題かどうかわたしが教えてあげる」

　トレントはまばたきをし、妻から目をそらしてバケツを見る。外側の世界が消える。あるのは水だけだ。水を見ると洗礼式を思い起こす。マーリーの父親が、十六歳だった自分の胸とうなじを押さえて水中に沈めて支えた、あのときの手の感触をいまだに覚えている。塩からいサンパブロ湾から浮かびあがったとき、世界が一新した。いくつもの里親家庭、けんか、子育てを放棄した両親との思い出さえ消失した。そばに主イエスがいれば、もうひとりぼっちではなかった。以前マーリーにそうしたことを話して、救世主の目を通して物事を見られるように導こうとしたが、彼女はぜいたくな暮らしのせいで盲目になっていた。トレントが経験してきた困難をマーリーは乗り越えてこなかった。真の痛みを知らなかった。

トレントはバケツの底をじっと見る。その水は洗剤を含んでいて塩からくはないが、もう一度すべての場面が見えてくる。あの男が転倒したところ、ビリーが逃げていくところ、血。水が真っ赤に燃えたとき、妻へ顔を向ける。

「ビルはあの男を殴った」水の前にひざまずいたままトレントは言う。「たぶん、その、あの男は――」

マーリーが「やめて」と言うが、その声にはトレントのことばをさえぎるだけの鋭さがある。

「あの倒れ方では」言うしかないことを言おうとして、頭に浮かぶ場面を意味の通ったものにしようとして、トレントはことばをつづける。「つまり、トラヴィスのあの倒れ方では。ぼくにはわかった。ビルにもわかったんだ。だからビルは逃げた。だからぼくは――」

「だからあなたは？」マーリーの問いかけにトレントは顔をそむけ、コンクリートに広がってマーリーのつま先を濡らしそうな水たまりに目をやる。「何をしたの？　トレント」

「ぼくはその――」

マーリーが後ろへさがる。水が私道からはずれて芝生へ流れる。

「何もしなかった」

「車で立ち去っただけなのね？」とマーリー。「それで、ビリーはどこへ行ったの？」

黄色いスポンジがバケツの水面に浮いている。トレントはスポンジの多孔質の表面に見入る。黒ずんだ穴だらけのそれはトラヴィス・ロドニーの頬にある吹き出物を思わせる。あの男がもう一度倒れ、ビリーが逃げる。頭の中でその場面を連続再生するが、倒れたあとの場面は再生させない。ふと気づけばマーリーがそばにしゃがみ、スポンジを取ろうとバケツに手を入れている。

「警察を呼ばなくては」トレントは言う。

「警察を呼ぶですって？」マーリーが両手でスポンジを絞る。水が剝き出しの足の甲に飛び散る。「わたしのためによく考えてほしいんだけど。いい？」一拍おいて立ち、また話す。「トラヴィス・ロドニーは悪い人間よ、トレント。ビリーが受けたひどい苦しみを考えてごらんなさい」

　トレントはビリーの首にある火傷を思い出す。いま自分たちが立ち向かっている火の原因となった、小さな赤い点を。

「それはあなたが子供のときに耐えた苦痛と同じよ」マーリーがスポンジをますますきつく絞っていく。「たぶん、ビリーはがまんの限界だった。たぶん――――」そこで口をつぐみ、スポンジを絞るのをやめる。「たぶん、ビリーは何かすることにした」

　トレントは口をほとんど動かさずにつぶやく。「何を言ってるんだ」

　思い返せばマーリーの父親もそうだが、彼女の言動は変わっている。たとえばトレントの目を見る代わりに額を見る。平板な、感情のない声で話す。「わたしたちはビリーを助けなくてはいけない。そう言ってるのよ」

「助けるだって？」とトレント。「ビルが何をしたかはわかっている。なんと言うのかな。それをするのを見たんだよ」

「あなたはビリーがその男を殴るのを見た。一発ね。だからってこう思うの？　その男が」マーリーはそこで切り、つぎのことばをささやく。「死んでるって」

　トラヴィスが最後に倒れるところも、ビリーが逃げるところも、トレントは見たが、記憶がそこで止まっている。

「ありえないわ」とマーリー。「その男はたぶん気絶して、二日酔いでひどい頭痛になるでしょうけど、死んではいない」息をついてトレントを見守り、反応を見る。「でしょ？　そうなって当たり前じゃない？」

「自分が何を見たかわかってるよ、マー。あれはそんな——」

「わたしを見て」

娘たちが来ないうちにフットボールの試合前によくやったように、トレントは妻を真っ直ぐ見つめる。マーリーの瞳は野性味のある琥珀色、光るふたつの熱い炭。

「きょうから二、三日後に」妻が言う。「〝トラヴィス・ロドニーのことを聞いてるかい？〟ってどこかの田舎者に訊かれたら、あなたは相手の目をちゃんと見てこう言わなきゃだめよ。〝まさかそんな。ほんとうかい？　知らなかったよ〟って」マーリーが自分に納得させるように何度かうなずく。「簡単なはずよ。だってほんとうのことだもの。何があったかあなたは知らない。倒れるのを見ただけ。そうよね？」

トレントは妻のくすぶる両眼をじっと見る。

「それでいいわ」マーリーがそう言って、スポンジをまたバケツの水にひたす。「どうってことないわよ。さあ、家にはいってあたたかいシャワーを浴びて。冷たいのはだめよ。わたしは朝食のしたくをしてあの子たちをちゃんと起こさなきゃ」

「どうして？」

「二、三時間もすれば教会の礼拝がはじまる」マーリーが言うが、その口調をどう受け取るべきかトレントにはよくわからない。「いつもの決まり事を守らないと。日曜日に教会へ行って、午後は練習。何が起ころうが——というより何も起こらなくても——こんどの金曜日はプレーオフの初戦よ。選手たちにはあなたが必要。わたしにもあなたが必要」マーリーがスポンジを運転席側のヘッドライトにポンと当て、泥汚れをぬぐい取る。「勝たなきゃね」

晴れ着姿のパワーズ家は、無垢な家族の肖像画そのものだ。マーリーがじゅうぶん目を配り、とにかく丈が長すぎる花柄ワンピースを脱いでブラをつけろとローナに指示した。小さなアヴァのリボンのいやがりようは母親の負けずぎらいに匹敵するものの、いまはグレーと黒の――〈パイレーツ〉のカラーだ――リボンを着けてイーストマウント・シオンバプテスト教会の最前列でおとなしくいい子にしている。

　牧師のことばが長々とつづくが、マーリーは聞いていない。その代わりトレントへ目を向けて、数時間前に夫から聞いた話を忘れようとしている。

　アヴァが身をくねらせるので、マーリーは腿をつねる。母親が真剣だとわからせる程度の強さで。マーリーはその辺の母親――子供が癇癪《かんしゃく》を起こしたら教会の外へ連れ出すタイプ、自分の人生を子供にコントロールさせるタイプ――とはまったくちがう。そうだ。マーリーはその点で父親の気質をあまりにも多く受け継いでいる。

　アヴァが母親の髪にさわって小さく笑う。マーリーは幼い子の内腿のやわらかい場所をもう一度、こんどはもっと強くつねる。アヴァの体が緊張するが、動きは止まる。マーリーはコントロールについて考えをめぐらせ、トレントが〈フェルナンド・バレー〉で負けはじめたとき、形だけでもコントロールを取りもどす最後のチャンスがアヴァだったことを思い起こす。

　トレントが体の重心を変えるので信者席のベンチがきしみをあげる。牧師の説教の端々が、たとえば「罪」とか「悔いる」とか「救済」ということばが、マーリーの回想の邪魔をする。

　ピルを飲むのをやめただけでアヴァをすぐに身ごもった。一回目と同じだったが、ローナのときはマーリーは十八になったばかりで、妊娠するまでは目の前で世界がみずみずしく芽吹いていた。あの当時、マーリーはピルの服用など考えもしなかった。いま思えば不思議な話だが、心の奥ではその原因がわかっていた―

——父だ。

ラリー・ドマーズはこの牧師と声が似ているが、独自の生き方を貫いていて、マーリーはそれがこわかった。父親が高校生のトレントに夢中になったせいで娘は混乱した。黒っぽい髪と長い指を持つ若者が里親の家から自分たちの家の地下室に越してきたとき、マーリーが気に入ったのは彼の手だけだった。トレントの手は力強く、地図上の川に似た血管が走っていた。やがて父親が目に見えてはっきりした関心を向け、強いスパイラルがかかったボールを投げるこの若者にますます多くの時間を割くようになってから、ようやくマーリーも彼に多少の興味を示すことにした。

それは十一月の下旬、〈ジャガーズ〉のシーズン最後の試合があったころだ。マーリーがこっそり地下室へ行くと、暗がりでクォーターバックのスター選手が眠っていた。九カ月後にマーリーがキャンパスへ着いた直後、ふたりの新しい人生がはじまった。

ローナとトレントの人生が。

トレントが出世の階段をのぼっていき、父親が最後まで残しておいた〈フェルナンド・バレー・ジャガーズ〉のヘッドコーチという肩書をついにトレントに与えるまで、マーリーはサイドラインに貼りついて見ていた。試合に負けはじめたとき、マーリーは自分のコントロールが、有能だがどこか不安定なトレントの指をすり抜けるのを感じた。だからピルを飲むのをやめた。

こうべを垂れて目を閉じるよう、汗をかいた牧師が信徒たちにうながす。アヴァが母親の肩に頬を載せる。マーリーはわが子の背をさすりながら、いま直面しているこの状況、トレントが見たというビリーにまつわる出来事について考える。これは母性となんら変わらない。すべては犠牲によって成り立つ。要するに家族のために最良のことをする。パワーズ家がアーカンソーからどうしても出たいのなら〈パイレーツ〉は勝つしかなく、そのための唯一の手段はビリー・ロウだ。

マーリーはうつむいて目を閉じている夫を見守る。夢を見ている犬の肢《あし》のように、まつ毛がかすかにぴくぴくと動く。牧師が「アーメン」と唱えても、トレントの目は閉じたままだ。

少年たちが陰気な顔でロッカールームにはいってきたので、トレントはイーストマウント・シオンバプティスト教会の信徒たちを思い出す。ルーサーヴィルに負けてから町の住人たちに落ち着きがない。アーカンソー州、または南部一帯においてフットボールの影響力は宗教のように強大で、トレーラーハウス暮らしや日々の苦しみを忘れさせるだけの力がある。あの礼拝はカリフォルニアの巨大教会《メガチャーチ》――スモークマシンとレーザー光線とエレキギターの教会――とは大ちがいだった。それでも、信徒たちは讃美歌を歌って木の椅子にすわり、トレントは主の平和を全身に浴びる思いだった。

ロッカールームではヘルメットのストラップをはめる音が独立記念日の花火さながらに響き、少年たちが日曜の練習に向けて準備をしている。彼らの参加をトレントは誇りに思っている。着任当初は安息日の練習をなかなか受け入れてもらえなかったが、シーズンにはいって十一週間、いまではロッカールームが満員だ。いままで何人の父兄がブラッドショー校長に不満を漏らしたのだろう、とトレントは考えずにいられない。たとえそれが、ビールを飲みすぎたあとで不機嫌に余計なことを口走って食卓で息子たちにいやがられる、そんなたぐいの愚痴であっても。

トレントはホイッスルを鳴らす。試合の総括と激励のことばを期待して、少年たちが顔をあげる。トレントはひとつだけ空いているロッカーに目を向ける。ナンバー35。目をそらしてからまた見るが、やはりロッカーは空いている。

「よし、みんな」とトレント。「聞いてくれ」

全員静かになる。

「このミーティングの目的は敗北を語ることではなく、ましてやプレーオフの試合を論じることでもない。このミーティングの要点はわれわれだ」

トレントはちらりとブルへ視線を送る。ブルは彫像だ。動かず、まばたきをせず、日曜の午後の空きロッカーのように無表情な目で見ている。

「われわれはこれでいいのか？」トレントは問いかける。「われわれはまっとうな人間なのか？　これはつねに自分自身に問わなくてはいけない問題だ。われわれは正直でなくてはいけない。優勝決定戦まで進むにはそれしか道はない」

　最上級生のオフェンス・ラインマン、ジャレッド・トロッターが、ぴっちりした白のフットボールパンツひとつで自分のロッカーの近くにすわっている。黒いすね毛が目立つ。腹の筋肉をゆるめて指でへそをいじる。高校のフットボールチームによくいるタイプの選手だ。フィールドでの全盛期がとっくに終わっているのに、まだ自分はスタンドを埋めつくせるスターだと固く信じている。その選手が手をあげる。

「ちょっといいかな、コーチ」ジャレッドが言い、ほかのみんなへ目を向ける。「おれの目にはなんの問題もなさそうだけど」

　何人かの下級生が小声で笑う。

「なるほど」トレントはその忍び笑いにかまわない。「なんの話かみんなわかるだろう。われわれは金曜日に困難な事態に陥って――」

「なんの話かわかってるよ」ジャレッドが鼻を鳴らす。「わかってるけど、だれも気にしない。これってすごく正直だろ？」

　トレントは首にかけたホイッスルに手を伸ばす。

「いいことだな、ジャレッド。正直なのはいいことだ。だが、われわれはファミリーだ。互いを大切にしなくてはならない」

「ちがうね、コーチ。おれたちがファミリーだ。ビリー・ロウはクソ野郎で——いままでも、これからもだ——おれたちはもううんざりなんだよ」

少年たちが小声で賛成する。

トレントはホイッスルをくわえて吹く。「ことばに気をつけろ、ジャレッド。もうじゅうぶんだ」

ジャレッドがホイッスルの音をものともせずに立ちあがる。「おれはチームの年長メンバーとして意見を言ってるんだ。要するにこうだ——ビリー・ロウとはいっしょにやれない」

トレントはジャレッドの後ろにいる残りのメンバーへ目をやってその表情をすばやく読み、彼らに届く最良の方法を探る。「きみはこの状況をまったくわかっていない。ビルはチームに謝罪をすることになっている。これからは立ち直って——」

「おれが家に帰ればキスとハグが待ってるとでも？」ジャレッドが言う。「親父がまともな人間だとでも？両親は二年前に離婚した。ひどいもんさ」

「ビルはちがう。彼の場合は——」

「生きていくのは大変なんだ」ジャレッドが咆える。「だからおれたちはこうしてクソ硬いヘルメットをかぶる」

「ことば。何度も言わせるな」トレントの思考がブラッドショー校長との会話、昨夜のトレーラーハウスへとただよう。

「すまない、コーチ」ジャレッドがそう言って口をつぐんだので、また腰をおろしてこれで幕引きにするようにも見えたが、そうはならない。「おれもクソ謝罪文を書こうか？」

ロッカールームが静まりかえる。トレントの口が乾く。唾をのみこんで話をしようとする。もう一度なんとかホイッスルを鳴らそうと頬をふくらませるが、音が出ない。

ブルの声がロッカールームじゅうに轟《とどろ》く。「ジャレッド・トロッター、ケグ・ランジ四百ヤード、いますぐだ」

「そうだ」ようやく声がもどってきたトレントは、ジャレッドがヘルメットとパッドをつかんでふくれっ面でロッカールームから出ていくのを見守る。「それから、ことばに気をつけろ」

　トレントは練習場へ歩いていくが、午後の日差しで目がくらむ。手に血をつけたままトレーラーから逃げてきたビリーが暗がりにいる。ブルのホイッスルが強く鋭く、アラーム音のように鳴り響き、やがてビリーが消える。これはただの練習、フットボールの練習だ。トレントは日曜日の朝の平和を思い出そうと、そらで覚えた讃美歌の調べをハミングする。

　ブルはジャレッドをサイドラインの近くに連れていく。ジャレッドは空の樽《ケグ》を頭上に持ちあげたまま、膝を交互に繰り返し地面につけて進む。四百ヤード。それがルールだ。いかなる行為もコーチが違反と見なせば、少年たちはケグ・ランジでフィールド四つ分の距離を進まなくてはならない。ジャレッドの動きは遅く、一度に一ヤードずつ、一歩ごとに首を左右に振って悪態をついている。

　ほかのメンバーはとっくにウォーミングアップを開始している。腿《もも》あげ、スキップ、全力疾走。ラインマンたちはそれをもっときつくしたトレーニングをこなしている。トレントはブルとジャレッドのほうへ走っていく。

「まだ約二百ヤード残ってる」ホイッスルで拍子を取るのをやめずにブルが言う。その音量で早くもトレントは頭痛を起こしている。

「わかった」とトレント。

　ブルが何かぶつぶつ言ってからフィールドを突っ切る。年配の男がほかのメンバーのところへ駆けていく姿をトレントはながめる。顔をあげて胸を張り、細い脚をせかせかと動かしている。

「そのホイッスルを吹くのか吹かないのか、どっちだよ」

　トレントはブルからジャレッドへと視線を移す。

「もちろん吹くさ」

「おれが最高学年のときにカリフォルニアの坊ちゃんコーチが来るとはね」

「なんだって？」

「なんでもない」

「聞こえたぞ」

「うんもすんも言ってない」

「うんともすんとも」トレントが言う。「正しくはこうだ。うんともすんとも言ってない」

「やってられるか」ジャレッドが樽を落とす。

　樽が芝生にぶつかってうつろなゴングがトレントの腹に響き、最悪だった最後の里親家庭へとトレントを引きもどす。あの家ではすべてがベルを合図におこなわれた。食事の時間になると〝ママ〟がベルを鳴らした。起床、入浴、テレビ——ベルは分刻みで生活に介入した。

「拾え」

　片膝をついたジャレッドが首を横に降り、トレントを上目でにらむ。「いやだね、コーチ。遠慮しとくよ」

「拾え」

　ジャレッドが笑みを浮かべてヘルメットをはずす。トレントがまず気づいたのはジャレッドの髪だ。ブロンドのふさふさした髪で、日に二回シャンプーするのだろうか、ビリーの脂ぎった長い髪とは大ちがいだ。トレントの髪も里親家庭にいたときはそんなものだった。

「ヘルメットを拾え」

「拾わなきゃどうする」

その里親家庭のベルが鳴ってテレビの時間を知らせたのをトレントは思い出す。日曜日の午後はフットボールの試合を観るのを楽しみにしていたのに——ダン・ファウツ（NFLサンディエゴ・チャージャーズのスター選手）のジャージまで着て——あの図体のでかい、ジャレッドと同じ体格の少年がチャンネルをしょっちゅう変え、おまけにテレビの前に立ちはだかって、トレントの頭にフットボールをぶつけた。

　トレントは腰を曲げてジャレッドのヘルメットを拾う。手に持ったそれは硬く、重たい。ジャレッドが立ちあがり、低い声で何やらつぶやく。それから声をあげて笑いだす。トレントのがまんの限界を超えるまであの悪ガキが笑ったのと同じ声だ。ようやく〝ママ〟が居間へ飛びこんできたとき、悪ガキの意識はなかった。

　いま、ジャレッドの口が動いているが、トレントはそのことばを聞き取れず、忘れたはずの暗い穴のどん底で途方に暮れている。

「なんだって？」トレントが訊く。「いまなんと言った？」

「ビリーが」ジャレッドが指をさす。「あの道をやつがやってくる」

7

コーチがおれに向かって叫ぶので、走るのをやめる。ヘルメットを見たせいか、それともコーチの叫び方のせいかもしれないが、そもそもなぜ走っていたかを思い出す。

「ビル！」

おれは何も言わずにそのまま道にすわりこむ。

「どうした。だいじょうぶか？」

「ああ」

「なんだか――具合が悪そうだな」コーチが言う。

そして、ほかには何も言わない。そのヘルメットをかかえて突っ立っている。なぜ持ってるのかわからず、ヘルメットのほうから勝手にやってきたと言いたげな顔で、コーチがそれを見おろす。

「そっちは？」

「わたしのことか？」コーチが言う。

「どうかしたのか？」

コーチが首を左右に振ってヘルメットを落とす。それはアスファルトの上を転がって向きを変え、おれたちを見守ってるみたいにきちんとすわる。

「なんでもないさ」コーチがそう言ってフィールドを振り返る。「行こう」

コーチがホイッスルを吹きはじめる。車を止めそうないきおいで道で吹きまくる。でも、コーチは車のことなんか気にかけてない。気にかけてるのは練習だ。ブルがむこうでディフェンスの練習をさせている。コーチがホイッスルを吹きはじめたので、全員が動きを止める。みんながこっちを見ている。おれは連中の視線を感じ取り、どう思ってるかわかる。〝くそったれビリーが来たぞ〟と思ってる。

小さなガキを扱うみたいにコーチがおれの脇の下に手を入れる。そしてフィールドへ連れていく。おれは正面に〝バド・ライト〟の文字がプリントされたおふくろのシャツを着ている。みっともない。それに、コーチがつまらないホイッスルを吹きつづけ、チームに向かって大声をあげている。ブルは練習から気をそらしていないが、あいつらはちがう。いまだっておれを見ている。逃げようかと思ったけれど、そんなに速く走れない。

「ビルからきみたち全員に話がある」コーチが言い、最後につけ加えたことばがおれの身をすくませる。

「さあ。遠慮するな」

頭の中のことばが、コーチにサインさせられたあのちっぽけな紙みたいに破けて散り散りになる。まちがいを正すにはこうするしかないとわかっていても、そのことばが浮かんでこない。浮かんでくるのはあの明かりだけ。シロップにまみれたあの野郎の割れた頭だけ。

「だいじょうぶ」コーチがまた言う。「きみならできる」

ひとり残らずおれを見ている。ブルでさえじっと見つめ、たぶんおれがおふくろのバド・ライトのシャツをわざと練習に来てきたと思ってるんだろう。でもブル、そんなんじゃないんだ。はじめておふくろのことを考える。やつの頭をかち割ったのはたぶんおふくろだ。もどってきたらやつがへばってたんで、ずっとしたかったことをした。おふくろは悪くない。これっぽっちも。ちびすけは何から何まで見たんだろうな。

「ビル」コーチが言う。「なあ、頼むよ」

子供みたいな声だ。怯えてるのかもしれない。すると、えらそうなジャレッドが歩いてきて、思いあがったにやけ顔でさっそくだれかを肘で小突いて指をさす。だけど、指をさしている相手はおれじゃない。コーチを指さして笑っている。ジャレッドはヘルメットもつけてない。そして、ブルはそれを見て何も言わない。フィールドにはいるときはヘルメット着用だと〈パイレーツ〉の全員が知っている。それなのにジャレッドはヘルメットを着けず、ブルは何も言わない。おれはコーチを見る。コーチはジャレッドを見ている。怯えたように見ている。なんとなくコーチが気の毒になる。なんとなくだけど。

「まあたぶん」おれはそう言って深く息を吸う。「おれがオースティンにあんなことをしたのはよくなかった」

　紙はなく、体裁のいいことばもなく、それで終わりだ。オースティン・マーフィーは顔をあげもしないから、あいつも怯えてるんだろう。その後ろからジャレッドの笑い声が聞こえるが、おれを笑ってるわけじゃない。やつが笑ってるのは、コーチが拍手をしているから、拍手をして、おれの肩に腕をまわそうとするみたいに手を伸ばしたからだ。おれは身をかわす。おれがコーチをハグするのをこいつらに見られたら終わりだ。コーチが動きを止め、下を見る。おれはその視線をたどる。ナイキのジョーダンに赤い色がついている。シューズ一面が赤い。でもシロップじゃない。いまになって気づく。コーチも気づくが、そんな血は少しもこわくないかのように目をそらす。

8

死んだ男の日産セントラが、アーカンソー川のほとりにあるトレーラーハウスの外に停まっている。そのトレーラーハウスはロウ家の長男ジェシー・ロウのものだが、安い缶ビールに似て中身は苦くてきわどい。ティナ・ロウは車の中で眠っている。幼いスティーヴンはトレーラーハウスにいる。スティーヴンがジェシーのソファーで眠りについたあと、ティナはその子をバスタオルでくるんでおいた。

　ティナの目が開くが、その目は三日月に似た小さいスリットだ。伸びをしてから息子のトレーラーハウスまで行き、ノックもせずにドアをあける。ここ数年トラヴィスのにおいには慣れてきたが、長男の悪臭はまた別だ。かさぶたみたいにかび臭いけれど、人を惹きつける臭気。あまりにもひどいにおいなので、スティーヴンが寝ているソファまで息を止めて歩く。たどり着いてから息を深々と吐き、ジェシーの世界で呼吸する。喉の奥に何かがこみあげる。それを押し返す。

　ティナはジェシーの厄介になりたくないが、ほかに行くところがなかった。ティナにはジェシーとビリーしかいない。ビル・ロウ——すべてのもととなった男、息子たちの目の中にいまだに面影がある男。その血をひく最初で最後の者たち。

　スティーヴンがゆっくりと目を覚ます。もうじき二歳だが、ほかの息子たちとは似ていない。たぶん、もっとおとなしい。あまり乱暴ではない。

「おはよう、ベイビー」

「ったく、おれはそんなふうに話しかけられた覚えがないぜ」

　ジェシーが上半身裸の樽のような巨体で母親の後ろ

に現れ、毛むくじゃらの小指で胸を掻く。

「あんたは何も覚えちゃいないんだよ、ジェシー。脳みそが溶けるほど飲んだんだから」

「脳みそなんかはじめからねえよ」

「そんなことあるもんか。フットボールですっかりぼこぼこにされる前はちゃんとあったよ」

ジェシーの笑い声は父親のそれと似ている。「おれがぼこぼこにしてやったんだよ」

「いまだって無茶やってるよ。あんなに飲んでさ」

「そうかもな。あのころの試合のことはほとんど忘れちまった」

「あたしは覚えてるよ」

「朝めしを作ってくれるのか？」ジェシーが言う。

「ここはあんたの家だろ？」

「クリーシャが起きたら、おれたちはマクドナルドへ行くよ。このあたりで料理をするやつなんていない」

「あたしが作るよ、ジェシー。でもまずスティーヴンにお乳をあげなきゃ」

「まだパイパイをしゃぶってんのか？」

ティナはシャツを途中までまくってやわらかい白い肌のひだを露《あら》わにしていたが、やめてシャツをおろす。

「そんな言い方はやめて」

「パイパイか？」

「そう、あたしにはそう言わないでよ」

「どう言えばいいんだよ」

ティナはスティーヴンを胸もとへ抱き寄せる。スティーヴンはもう大きいので、母親の両脚のあいだに立って飲む。

「わからないけど、げすじゃない言い方。あんただって三歳までここでこうしてた。ビリーなんか五歳になるくらいまで」

「ビリーらしいな。このクソチビが生まれるまでずっと赤ん坊だったとは」

「ジェシー、ほんとにやめて」

「まじでそんな長いあいだおれたちをぶらさげてたのか?」

「たいして苦じゃなかったさ。どうせただなんだし」

ジェシーが声をあげて笑っているところへ、クリーシャが女の子の乳児、ニーシィをしっかりと抱いて部屋へ来る。ニーシィの姿はロウ家の人間そのものだけど、こめかみの針金のような毛だけはクリーシャの剛毛と同じで、赤土色の肌も母親ゆずりだ。それでも、その大きな耳は否定しようがない。これ以上たしかなものはない。ロウ家の耳だ。

「何がそんなにおかしいの?」クリーシャが言う。

「おふくろが向こうの家でトラヴィスのガキを甘やかしてるんだよ。けっ、そいつはトラヴィスと同じ甘ちゃんだから、ビリーのパイパイ吸いつき記録をきっと破るぜ」

「いいかげんにしな、ジェシー」

「悪かったよ、おふくろ」とジェシー。「それでも朝めしを作ってくれるかい?」

「いいよ」ティナはスティーヴンの口から乳首を引き抜くと、乳房をしまって立ちあがる。「でも、そのあとで〈シェイディ・グローヴ〉へもどるよ。トラヴィスとビリーが何をやらかしたか知らないけど、後片付けをしなきゃ」

「もう行ってきたんじゃないのか?」ジェシーが言う。

ティナの背中がこわばる。

「だよね、ティナ。ゆうべは赤ん坊を置いてすぐに出てったでしょ」クリーシャが眉をひそめて言う。「覚えてないのかもね。すごくハイになってたから」

「ちがうよ」

「そうだよ、おふくろ。あわてて出てったじゃないか。ビリーの様子を見てくるって言って」

「マクドナルドへ行ったんだよ。あたしだってたまには栄養をとらなくちゃ」

「ゆうべはそんなこと言ってなかった」とクリーシャ。

「マリファナ吸ってるときのあたしを信じるなんて、ふたりともばかだね。最近メキシコ人のマリファナには少し混ぜ物があってさ、頭がおかしくなりかけるけど、まちがいなくよく眠れる」

クリーシャの視線がティナからジェシーへ移る。

「まだ授乳中なのにそんなものを吸ってるってこと？」

ティナはクリーシャを見て無理やり笑みを浮かべる。赤ん坊のニーシィがクリーシャの腕の中で身をよじる。お腹が空いているのだろう。赤ん坊の父親がジェシーかビリーか――それともまったくの他人か――ティナは知らないが、空腹なのはわかる。

「吸ったって赤ちゃんは平気さ、クリー。決まってるじゃないか」

「うちに連れてきたの？」

マーリーは水を流しているシンクのそばにいるが、皿を洗っているのでもコップを満たしているのでもない。話し声を聞かれないためだけに水音を立てている。ふたりはすでにひととおりの話し合いをし、キッチンにこもってかれこれ一時間になる。トレントは背をそらしてスウィングドアの向こうの居間を見やる。ビリーがリクライニングチェア、ローナとアヴァがソファにすわっている。

「けさだって」トレントは言う。「きみはそういうことを言った。ビルを助けるべきだって」

「これは」マーリーは蛇口のコックを押し、シンクから蒸気が立ちのぼる。「また別よ」

「きみの家族がぼくにしてくれたことと同じなんだ」

「いいえトレント、ちがうわ。全然ちがう。だってあなたが見たっていうのは――」

「ぼくはきみに言われたとおりのことをちゃんとやっている」

「覚えてないの？」トレントへ向き直ったマーリーは

上唇の上に玉の汗を浮かべている。「その結果わたしたちがどうなったか」

トレントは覚えている。もちろん覚えている。ローナはいま、マーリーのちょうど半分の歳だ。その事実が、ドマーズ家でふたりで過ごした最後の年を忘れがたいものにしている。

「ローナがわたしと同じあやまちを犯すのをあなたは望んでるの？」

「あやまち？」トレントが訊く。

「何を言いたいかわかるでしょ」

ビリーの指関節は砂で磨いたように荒れていた。そしてビリーの目。ああ、あの目は漆黒だった。トレントはビリーの目にひそむ恐怖を見て、真の恐怖のなんたるかを思い出した。

「こうすればうまくいくかもしれないと思ったんだ」とトレント。

「かもしれない」マーリーは首を手であおぐ。「でも、わたしたちが寝ているあいだに彼はローナの部屋に忍びこむかもしれないし、そうなったら——」そこで止める。息を吐く。「あなたはそのことを少しは考えた？」

どこもかしこも暑い。キッチンはサウナさながらで、トレントが肺でその重みを感じるほど空気がどんよりしている。「練習が終わった直後だった。ビルはチームのみんなに謝罪したばかりで、駐車場にいた。まいってるみたいだった。ほんとうに。だから声をかけたんだ」

「うちへ来ないかって？」

「そうだよ。ビリーが滞在を望めばだが」

「滞在ですって？ 信じられない。どれぐらい泊めるつもりなの？」

「プレーオフの期間中かな」

「あと二週間はかかるかも」

「わかってる。でも、そのおかげでいいこともあるじゃないか」

マーリーはやれやれとばかりに上を向く。「いつも目を光らせて、確実にフィールドへ連れていくのは可能になるわね」と言う。「でもどうかしら。父に連絡したほうがいいわ」

「ことわる」トレントが棘のある声で返す。

「いったいどうしたの?」

「こうするのがビルには一番なんだ」トレントはひと呼吸置き、自信をもって言う。「われわれにとっても」

マーリーが額の汗をぬぐう。「それで、ビリーに気づかれなかったのはたしか? あのトレーラーハウスで」

「マー」トレントは立ちあがって妻へ近寄る。「気づかれなかったんだよ。わかったかい?」

マーリーの手が、自分の首にチェーンでさげた一九九〇年の州大会優勝リングへと行く。〈ジャガーズ〉のクォーターバックとしてトレントが君臨する何年も前のリングだ。当時〝水分補給係《ウォーター・ガール》〟だった彼女はいつもサイドラインにいて、いつも父親のそばにいた。

トレントは妻の肩へ手を伸ばす。「トラヴィスが悪い人間だとか、ぼくたちがビルを守るとか、けさきみが言ったことを考えながらぼくは祈った」妻の指からリングを取り、胸もとに落とす。「これは理にかなっている。こうするのが正しいんだよ。だから一生に一度でいい、頼むからぼくを信じてくれ」

マーリーの視線が冷蔵庫へと、三年生のときのローナの成績表、アヴァのピンク色の手形へと向けられる。そして体を離す。「ビリーを試合に出すしかないのよ、トレント。ほかのことはどうでもいい。だから、いいわ、うちに泊めてあげる。そうすれば目が行き届くしね。でも、こんどの金曜日にはかならずビリーを出場させて」

トレントはシンクの温度があがっていくのを感じる。

湯を止めるか、子供たちに話を聞かれないように、せめて水に切り替えるつもりでシンクへ向かうが、どちらもせずにスウィングドアのほうへ振り返る。目にはいった光景が血を沸き立たせる。ローナとアヴァはソファにすわったままだが、リクライニングチェアにはだれもいない。

　スウィングドアがキッチンの壁にぶつかる。トレントの両手がかぎ爪のように自身の腰にくいこむ。部屋を見渡し、頭を左右に小刻みに動かして、そこにない何かを――だれかを――探す。

「彼はどこ？」ドアロまで来たマーリーが後ろで鋭い声を出す。

「わ、わからない」

「どうしたのよ」ローナが言う。「あの人ならバスルームへ行ったけど」

　トレントは腰を折って膝に手をつく。「よかった、てっきり――」

「てっきりどうしたって？」ビリーがそう言いながらバスルームから出てくる。テレビの笑い声をよそに、だまりこくった家族の前に立つ。トレントはその姿を見て、この少年を家に迎えることについてはじめて考え直す。スクリーンがコマーシャルに切り替わるが、湯が勢いよく出てキッチンに湯気がこもっている以外、家は静寂そのものだ。

9

人をあてにしない。いままでも、これからも。ここへ来るのだってコーチに頼んだわけじゃない。練習のあと、おれは駐車場にただ立っていた。家に帰りたくなかった。二度と帰らないつもりだった。で、困ってそこに立っていたら、コーチがあの小さな車を止めて言った。「やあ、ビル」

もし、ふつうにビリーと呼ばれたらことわったかもしれない、コーチに手間をかけさせなかったかもしれない、そんな気がする。でもコーチはそう呼ばず、だからおれもことわらなかった。そしていまここで、おれは革張りのリクライニングチェアにおさまり、同じ部屋のソファにはコーチのへんてこな娘が、そのすぐ隣にはまだ赤ん坊の女の子がすわっている。

デントン高校は小さな学校で、クリスマス休暇まで一カ月ほどしかないのに、おれはこの女と一度も話したことがない。この女を見るたびにみんなが言ってることが頭に浮かぶ。話し方が変だとか、ちがう国のことばをしゃべってるみたいだとか。何かねらいがあるみたいにずっとこっちを見ている。でも、ねらいなんかない。この手の女はビリー・ロウとはまったく縁がない。

コーチと奥さんがキッチンで揉めている。こっちに聞こえないように湯を出しっぱなしにしてるけど、ちゃんと聞こえてる。親ってほんとにばかだ。金持ちかどうかに関係なくばかだ。

クリック音が聞こえたので顔を向けると、コーチの娘がちょうど携帯電話を隠そうとしてるのが見える。いまおれの写真を撮ったのはわかっている。こんどは指で画面をタップするのに没頭している。もうどこかに投稿したはずだ。ビリー・ロウの悪口でも言ってるんだろう。〝家にこんな不潔な男子が来た〟とか。そういったことを。

おれの中でその考えがキッチンの熱気のように立ちのぼる。なぜコーチはここをクソ暑くしておくんだ？　どんよりした湿っぽい熱気だ。この女から電話を取りあげて窓の外へほうり投げたい。画面がタップされるのを見守るが、これ以上ここにすわっていたら自分がそうするのはわかってる。

立つ。

テレビでニュースが流れている。ニュースを観たことは一度もない。コーチの娘がタップするのをやめる。おれを見る。

「何してるの？」コーチの娘が言う。

おれは立ったままテレビをじっと見る。そこではきれいな女がレイプと殺人についてしゃべっている。ニュースを観るのは金持ちだけだ。おれみたいな人間を管理していなきゃいけないのに世の中の連中はわかってない。コーチの娘のこの女もわかってない。その携帯電話で何を知ろうが、ビリー・ロウのことは何もわからない。

「聞こえた？」コーチの娘が言う。「何してるのって訊いたのよ」

そのしゃべり方は胸糞悪い教師みたいだ。おれは顔を向ける。コーチの娘はおれを見ているが、すぐに携帯電話へ目をもどす。見た目も教師だ。いつも子供っぽく見せようとするだらしのない教師に似ている。頭に布か何かを巻いて裾の長いヒッピー風ワンピースを着ている教師。自分をだれだと思ってる。どこにいると思ってる。ここはカリフォルニアじゃない。

「聞こえてるよ」おれは言う。

「親しい会話でその言い方はないでしょう」

「これがそうか？」

「決まってるじゃない」

この女はちがうみたいだ。それ以上はうまく言えない。テレビの女とも、学校のチアリーダーともまったくちがう。前つきあってたクリーシャは化粧が濃すぎて、すっぴんになったらだれだかわからなかった。顔をほぼ白く、頬をピンクにしていた。コーチの娘は化粧をしてないし、ヒッピー風ワンピースの下にはブラすら着けてないようだ。そして目がすごく大きくて、顔の中で一番目立つ。でも、かわいいわけじゃない。そんなことばは似合わない。

「こっちへ来て」犬でも呼ぶみたいにその女がソファを軽く叩く。反対側にすわっている幼い妹が笑いはじめ、コーチの娘の手をつかもうとする。おれはちびすけが笑うところを思い出そうとするが、できない。

「いや」おれは言う。「ここでいい」

「居間の真ん中にずっと立ってるの？　そこは社交活動に適さないわよ」

いま何を言われたのかさっぱりわからなかった。

「おしゃべりのことよ」コーチの娘が言う。「わかるでしょ、親しい会話ってこと」

「だから、おれは別に話なんか――」けれど、言い終える前にこの女がソファから身を乗り出しておれの手首をつかむ。その手は冷たくてなめらかで、石灰岩みたいだ。リンカー山が割れてできた〈エデンの滝の洞窟〉の岩肌みたいだ。クリーシャはいつもあそこに行ってヤりたがった。まあ、トレーラーハウスや川ではいちゃつけないから、おれたちはエデンの滝へ行くしかなかった。あの洞窟にいると身がすくむ。真っ暗で何も見えない。冷たいどころか凍りつきそうなすべりやすい岩肌をさわりながら進むしかなく、そんな岩肌に似たこの女の指がおれの手首をつかみ、ソファのその場所までおれを引き寄せる。

「ほら」コーチの娘が微笑む。「そんなにひどい目に遭った？」

この女が笑うと、その歯は本人の目と同じで大きくて白い。こんな白い歯は見たことがない。真っ直ぐで真っ正直な歯。たぶんコーチはその歯と同じような性質をチームの連中に求めたんじゃないか。

「まだだんまりを決めこんでるの？」

　手首をつかまれたままなのをおれが気づきもしないうちに、コーチの娘がいきなり手を離す。熱いフライパンかコンロの火口《ほくち》にふれたみたいにぱっと離す。そして、ほんとうに火傷をしたみたいに手をこすっている。おれにさわって何を感じたのか想像もつかない。とにかく、それは長くつかんでいられないものだった。

「ごめん」おれは言う。

「気になる？」

　おれはソファから立ちあがる。からかってるのか？自分を何様だと思ってるんだ。もう一度おれの手首を握ってくるが、こんどはあまり冷たさを感じない。こんどはまるで電気柵にさわったみたいにびりびりして、とても立っていられない。

「見せたいものがあるの」コーチの娘が膝から携帯電話を取って言う。

「見たくない」おれは言うが、この女はもうそれを出して見せている。思ったとおりおれの写真を撮っていたが、それはおれが想像したようなものではなかった。いい写真だ。少し変な細工をしてあったが、タフでやばい男に見える。自分がこう見えると思う姿になっている。やや前かがみですわっていて、機嫌が悪い。あれこれと色を変えてあるが、とにかく女の子が写真に施すたぐいの加工だ。それから、おれの頭の真上に、あの野郎とシロップを思い出させる赤い色の文字がある。

「テオゲネスって聞いたことある？」

　思うに、この女は一部始終を動画で記録しておれをなるべく間抜けに見せ、学校中の生徒に見せようとしてるのかもしれない。おれは何も言わない。

「あなたは彼を彷彿とさせる」

「だれを？」

「テオゲネス——彼は野獣だったの」

　おれは胸の前で固く腕を組み、テレビの美人を見つめる。テオーゲネスがだれか、この女は知らないに決まっている。

「褒めことばなのよ。そんなに傷つかないで」

　傷つく？　おれは立とうとするが、またつかんですわらされる。兄貴のジェシーはいつもこう言う。「こっちは全然ほしくないとあばずれに思わせろ。そうすりゃあっちから擦り寄ってくる」クリーシャのような女にはそれが効いた。

「テオゲネスは古代ギリシアの拳闘家で——ボクサーね——彼にかなう者はいなかった」

「それがおれとどういう関係があるんだ？」

「その時代のボクシングはいまとちがったのよ」コーチの娘が言う。「男たちは巨大な石にロープでつながれた。相手との距離が腕一本分しかない位置に置かれ、それから戦いの合図が出た。片方がもう片方を死ぬまで殴り、それが当たり前だった」

「だから？」

「だから？」コーチの娘が笑みを浮かべる。「それがスポーツでしょう？　言ってみれば、それがフットボール。いいとは思わないけど、だけど、テオゲネスは千四百回その石につながれて、千四百回勝者となった。それってクソヤバイわよね」

　いまクソヤバイと言ったのか？　たしかに言った。そしておれを見てまた手首をつかみ、もういきなり離したりしない。クリーシャは体をぱっと離しては、おれがそれ以上がまんできなくなるまでじらしたものだ。そうすれば子供ができる。たかぶった男はものを考えられない。でもこの女はじらしてはいない。ひりつく痛みを感じているみたいに、それを望んでいるみたいに、自分がタフであるみたいに、おれをつかんでいる。おれの内側にあるすべてが火のように渦巻くが、でも火じゃなくて――これは何かちがうものだ。

「わたしの名前はローナ」

「知ってる。コーチの娘だろ」

「名前は」ローナがもう一度言っておれのほうへ身を乗り出す。「ローナよ」

　おれは何もせず、何もできず、ただすわってローナが身を寄せるのを見守る。でもその前に幼い妹が大声で泣きはじめる。この子も火を感じるのだろうか。大泣きがはじまったので、コーチの娘は――ローナは――その子のほうへ向き直り、おれは退散する。

　バスルームで顔に水をかける。冷たくはない。ひいき目に言っても生ぬるい。それでもその水を頬に当て、鏡を見る。おふくろのバド・ライトのシャツを着ているのを忘れていた。ばかだ。コーチの娘といっしょなのに、みすぼらしいビールのシャツを着ている。ばかだ。

　タオルを顔に当てる。暗がりにあの野郎がいる。でも、頭はもう割れてない。何かしゃべっている。おれがもう試合に出ないことで何か言っている。おふくろが泣いている。

　タオル掛けの上に、カリフォルニア時代のコーチの家族写真がある。バスルームの写真はこれだけだ。奥さんの目はローナみたいに大きい。小さな妹のほうも同じ目をしている。コーチは家族の女たちとともに男らしく颯爽と立っている。この場合ビリー・ロウならどんなふうに写真におさまるだろうと想像してみるが、思い浮かぶのはクリーシャと赤ん坊のニーシィだけで、おれはいっしょじゃない。あのふたりはジェシーのトレーラーハウスにいる。

　バスルームのドアをあけると、全員がテレビの部屋にいる。コーチはいまからけんかをするみたいに腰を落として身構えている。コーチのきれいな奥さんは怒ってるのか怯えてるのか区別がつかず、あの赤ん坊はまだ泣いている。

「あの人ならバスルームへ行ったけど」ローナが言う。

おれはコーチが深く息を吸うのをながめる。おれがガレージにいてバットで車を叩いているとか、金を盗ろうと寝室で抽斗《ひきだし》をあさっているとでも思ったのだろう。コーチが言う。「よかった、てっきり——」

「てっきりどうしたって？」おれはそう言って椅子へもどる。

「ビル……」コーチの口もとが妙な具合にねじれる。

「てっきりどうしたって？」

ローナ以外はおれをじっと見ている。異常者を見るような目でじっと見ている。そして、赤ん坊はまだ泣いている。でも、何もその子が泣くことはない。おれは息ができない。こぶしを握る。巨大な石がほしい。ロープがほしい。おれの真向かいに男がひとりほしい。

ローナを見る。

ローナもいまはおれを見ている。けれど、ちがう。おれの手首にふれたあの冷たい手そのものだ。ローナは首を左右に振り、部屋の端からあの大きな目で語りかけてくる。力強く、落ち着いた眼差しだ。そして簡単におれの中のほてりを消す。おれはソファで泣いている赤ん坊へ目を移し、なぜ泣いてるのかわかる。手が届く場所から五、六十センチ離れた場所にベビー用のマグがある。腹が減ってるんだ。でも、全員がおれを見ているから、その子が泣いてる理由にだれも気づかない。

おれはその子のところへ行く。

「なあ、ビル」コーチが言う。

おれがそばを通ると奥さんがびくりとする。相手になるぞと言いたげにコーチも小さくうなるけど、あんたはお呼びじゃないよ、コーチ。きょうのところは。ローナはもう微笑んでいる。気がついたんだ。

おれがそのマグを拾い、ちびすけに数え切れないほどやってきたように、飲み口を赤ん坊の口へそっと入れると、やっとその子は泣きやむ。

10

　小さなセントラは満杯だ。ティナとクリーシャはそれぞれ子供を抱いて後部座席におさまり、ジェシーが運転する。錆《さび》色と灰色に朽ちかけたデントンが飛ぶように過ぎていく。二、三カ月前に〈ダラー・ゼネラル〉（ディスカウントショップのチェーン店）がまた一軒建った。衰えた町に新しい黄色の看板がくっきりと目立つ。

　車が〈シェイディ・グローヴ〉へはいる。見渡すかぎりトレーラーハウスの列だ。ティナのトレーラーハウスは奥のほうだ。トレーラーパークの終わりと養鶏場のはじまりを示すフェンスがある。そこから百メートルもへだてずに六棟の鶏舎があり、熱い陽光に焼かれてきついにおいがただよってくるが、〈シェイディ

・グローヴ〉の住人は気づきもしない。
ジェシーは車を敷地に停めると、助手席の背もたれに腕を置いて母親を振り返る。「いっしょに行こうか？」

「あたしにまかせて、ジェシー」

「ほんとにいいのか？」

「ちょっと、聞こえたでしょ」クリーシャが言う。

「それに、あたしとニーシィはお腹が空いてる。ティナは自分で言っといて何も作らなかったんだから」

ジェシーは鼻息荒くまた前を向く。ジェシーが体をひねると車が揺れる。

「ありがとね、ジェシー」ティナはそう言ってから、後部座席からおりてトレーラーハウスのほうへ歩いていく。

眠っているスティーヴンを抱いてスクリーンドアまで行く。そして、それが壊れているのに気づく。一瞬、だれが壊したのだろうと考える。だれが壊してもおかしくない。ゆうべ、あのくだらない紙切れのことでトラヴィスがひどく腹を立てていたのを思い出す。まるでこの暮らしにまだ苦しみが足りていないかのように。それから、ティナは立ち去った。ずっと帰らなかった。どれだけマリファナをやろうが、ここへもどったのなら覚えているはずだ。いっぱいマリファナを吸って、すべてを忘れて眠ろうとした。けれども、このスクリーンドアが、この壊れ方が——かろうじてぶらさがっているドアが——なぜか気になり、さまざまな疑いが湧き起こる。

ティナはジェシーとクリーシャとセントラのほうを振り返る。クリーシャが首を左右に振りながらジェシーに何かまくし立てている。用があるからもう行こうと言ってるのだろう。ジェシーがビールの缶をあけて一気飲みするのでティナはほっとする。こんなに朝早くからウイスキーを飲み出したらろくなことにならない。

「ジェシー？」ティナはスティーヴンを起こすまいと、車に向かって小声で言う。

　ジェシーは窓を少しあけて顔を近づける。「なんだ？」

「待っててくれない？」

「待つってどういうこと？」クリーシャがずけずけと言う。

「待ってるよ、おふくろ」とジェシー。「中へはいって、なんともないのをたしかめてくれればいいさ」

「ありがと、ベイビー」

　ティナがスクリーンドアを引っぱってもどしたので、哀れな音が鳴る。トレーラーハウスの重苦しく湿っぽい空気がティナを包み、鶏舎の悪臭を断ち切る。痛々しいドアが、落ちるのを待っているようなくたびれた音で閉まる。

　はじめは暗くて何も見えない。やがてキッチンのドーム型ライトが狭苦しい部屋をオレンジ色の明かりでぼんやりと浮かびあがらせ、ティナは床に横たわる人影に気づく。

　こんなトラヴィスを見つけるのはこれがはじめてではなく、トラヴィスが意識を失うのもはじめてではなかったが、空中に何かが、胸の奥をわななかせるにおいがあり、そのせいで腕の中の赤ん坊を重くあたたかく感じる。

「トラヴィス？」

　つま先立ちでそっと歩を進める。トラヴィスは横向きに倒れていて、キッチンの明かりが照らしている体がそばへ行くほどよく見える。三歩進み、こんどばかりはいつもとちがうとわかる。

「ああ、お慈悲を」

　ティナは祈りに似たことばをつぶやいたあと、それに目をとめる。それは長年息子たちのスクランブルエッグやベーコンを料理するのに使ってきた鋳鉄製のフライパンで、自分が子供たちに与えられる愛情はもっぱらそのフライパンで作ってきた。それがキッチンテーブルの下にぞんざいに置かれているが、そこにあるのはたしかだ。

　ゆうべのぼんやりした記憶の中で何かが引っかかる。自分はここにいたのか？　ジェシーが言うとおり、ほんとうはここに帰ってきたのか？　そのフライパンに自分の指紋があるのか？　まさか。ありえない。マクドナルドへ行ったんだから。ドライブスルーを歩いて通り、ビッグマックとフライドポテトを注文した。けれども、トラヴィスのセントラに乗っていたのを思い出し、なぜマクドナルドへ歩いていったのかさっぱりわからない。

　トレーラーハウスの中でこんどは音が聞こえる。はるか遠くのほとんど聞き取れない音で、毎週水曜の正午に鳴らされる竜巻警報のサイレンに似ている。ティナはまばたきをし、スティーヴンが泣いているのだと気づく。泣き叫び、キッチンの床の死の塊をもろに見つめている。

　ティナは凍りついたまま息子の泣き声に聞き入り、押し寄せるその声が数々の眠れない夜へと自分を連れもどすにまかせる。養うべき家族のことを考えて眠れなくなった、数知れない夜へと。

　そして末息子の目を手で覆い、トレーラーハウスを出る。

　太陽がまぶしくて目がくらむ。ティナはビリーのことを、ビリーのことだけを考えている。ジェシーとクリーシャがもう行ってしまったのではないかと、目を細くして見渡す。やがて車がはっきり見えるが、それでもまだビリーのことを考えている。

「問題なかったか？　おふくろ」

　ティナがひと息ついて後ろを振り向くなり、スクリーンドアがぱたんと閉まる。トラヴィスの目の上の深い傷、血でぬるぬるしたフライパンがまだ目に焼きついている。

「まあね、ジェシー、だいじょうぶだった」

「ならよかった。じゃ、クリーがもう行こうって言うから」

ティナはうなずくと、手をかざして日差しをさえぎり、ジェシーたちが行くのを見守る。そして車が剝き出しの地面から砂利道へはいったときに呼び止める。

「待って!」セントラが急停止してゆっくりバックする。ジェシーは母親から一メートルも離れていない場所で窓から片腕を垂らすが、トレーラーハウスとその中にあるものからあまりにも近い。

「呼んだか、おふくろ」

ティナはジェシーの目線とドアのあいだに割りこみ、少しでも息子の視界をさえぎる。「あんたたち、しばらくスティーヴンを預かってくれない?」

「なんですって?」クリーシャが後部座席で激しく抵抗する。「だめ、ぜったいだめ。ニーシィで手いっぱいなんだから」

「ほんとうにだいじょうぶだったのか? おふくろ」

「少し家の用事をしたいだけだよ。散らかってるから」

「あたしらがひまだって言うの?」

「てめえはだまってろ、クリー」ジェシーが咆える。

ティナは一瞬ありがたいと思うが、そのあとで、いまはまだ早い時刻で、正午になったばかりなのを思い出す。それに、ビールを飲んだあとの虫のいどころがこんなに変わる男を見たことがない。

「預かってやるよ、おふくろ」とジェシー。「どうってことないさ」

「助かるよ」ティナは車のドアをあけ、クリーシャの隣に自分の幼い息子を置く。クリーシャはその子を見もせず、顔も向けず、シートベルトも締めてやらず、抱きあげもしない。車が走り去る。

ポーチがティナの重みできしみをあげる。スクリーンドアが音を立てて閉まる。キッチンの床に何もないかのように死体をまたぎ、テーブルの下から椅子を引き出してすわる。

「トラヴィス？」

静寂。

「あんたをどうしようかね」

11

コーチが何かに突き動かされるように、フィールド付属棟までの道を猛スピードで運転している。ともかく、そろそろ一週間経つがおれはちゃんとやっている。

といっても楽じゃない。パワーズ家は変わってる。ゴミ箱が三つある。ひとつは紙とプラスチックとコーク缶を捨てる用で、もうひとつはオムツ用だ。三つ目は、なんのためにあるのかさえ知らない。それでも、コーチの奥さんにはまだ訊けないでいる。奥さんはやばい性格で、どこかブルに似ている。ローナは問題ない。少し変わってる。少しクールだ。おれはソファで寝るのを許されてる。コーチが決まり悪そうにそれでいいかと訊く。おれはちびすけとひとつの部屋で寝起きしてることは言わなかった。おふくろが野良猫や野良犬をトレーラーハウスで飼っていたことも。二年ほど前——ちょうどちびすけが生まれるころだけど——最後の犬を処分して、そこいらじゅうに動物収容所みたいなにおいがしみついていることなんて、たいした問題じゃない。あのソファで寝るのはまんざらでもない。じつはあまり眠らずにテレビばかり観てる。深夜、コーチがあのきれいな奥さんとひそひそ話しているのがときどき聞こえる。トレーラーハウスでしょっちゅう聞かされたものとは似ても似つかないが、その話し声もあまり楽しそうじゃない。おれの話をしてるんじゃないかと心配になりはじめる。やがて、ミセス・パワーズがおれに服を買ってきた。その黒いポロシャツと新しいジーンズを身に着けた姿を見て、ローナがおどけた顔をした。どう受け止めればいいかわからないので何も言わなかった。びくついた素振《そぶ》りはなるべく見せないようにしている。五日のあいだ、おれはおふくろに連絡したいと何度か言った。携帯電話なんか持ってない。コーチのを使わせてくれと頼むしかなかった。おふくろのことはあまり心配じゃなかった。おふくろならなんとかやっていける。心配だったのはちびすけだ。

「おふくろから何か言ってきた？」

「連絡を取ろうとしてるんだがね、ビル。返事をしてくれないんだ」

「時間がないんだろうな」

コーチを見ると、笑みを浮かべている。コーチが窓をさげ、片手を風に当ててひらひらと揺らす。

「ビル？」コーチが満面の笑みで言う。「話がある」

おれはどきりとする。たぶんおれは完全に読みまちがえていて、コーチはおれに言うことがあるので少し緊張してたのかもしれない。でもおれはちゃんと、ほんとうにちゃんとやっていた。出場停止のことも、トレーラーハウスのこともひとことも言わなかった。だれがトレーラーハウスの話などするものか。おふくろのことも黙っていればよかった。ばかだ。ビリー・ロウ、おまえがそこまで大ばかだったとは。

「何？」

「ことばづかい、ビル」

軍隊かどこかにいるようなことばづかいをいつも求められるので少しむかつく。「はい？《イェッサー》」

「きみとわたしは似ている」コーチが言い、これといって悪い話ではなさそうなのでほっとする。

「若いとき、きみより若いときだが、わたしは五年間に六つの里親家庭を渡り歩いた」

なんだか嘘みたいだ。弱腰のコーチが里親家庭にいられるわけがない。ぜったい無理だ。おれの顔が見えたんだろう、コーチがコンソールボックスに寄りかかって自分の額を指さす。

「この傷跡、左目の上にあるやつが見えるか？」

見える。はっきりとは見えないが、あるのはわかる。

「最後の里親のところで少年——大人並みの体格だった——を殴ったら、殴り返された。これはそのときの傷だ」

おれはうなずくが、別にどうってことない。

コーチが声をあげて笑う。「じつにくだらないことが原因でね」

おれが尋ねるのを待ってるらしいが、いまは訊きたくない。コーチが何を言うかはどうでもいいし、コーチとおれは似ていない。

「こともあろうにフットボールさ。フットボールが原因だった。〈チャージャーズ〉の試合だ」

おれは〈チャージャーズ〉が大きらいで、それはたぶんリーグで一番軟弱そうなチームだからだ。ベビーブルーとイエローのユニフォーム、ちゃちな稲妻のロゴ。軟弱だ。

「そう、〈サンディエゴ・チャージャーズ〉。大好きなチームだった」とコーチ。「あの試合を観たくてたまらなかったのに、そのいじめっ子の大きな少年はどうしても見せようとしなかった」

おれはうなずくが、聞きたくはない。どうせ子供だましの大ぼらだ。

「だから、その少年を殴った」

付属棟に着いたので、コーチが車を駐車場へ入れる。おれは時計を見る。八時を少し過ぎている。中にいるほかのメンバーがブルといっしょにトレーニングをはじめるころだが、コーチはおれとここにすわっている。

「そして、何度も殴った。いまも覚えている。そいつは殴り返してきた。わたしは我をうしなった。ランプをつかんでまた殴った。そいつを殺してやりたかったよ、ビル。もし引き離されなかったらやっていた。あの少年を殺し、いまごろきみとここにいないのはまちがいない」

コーチはおれに目を向けず、もう一度その場面を見届けるかのようにフロントガラス越しに外を真っ直ぐ見つめている。そして、おれたちはすわっているだけだが、すわっているだけでもそこには力が働いている。なぜなら、コーチはチームのほかのメンバーといっしょに向こうにいるべきなのに、おれといてこの話を聞かせ、いまのおれにはこれが子供だましのほら話とは思えなくなっているからだ。実際にあった話かもしれない。

「その後、あるコーチがわたしを引き取った」コーチはまだ真っ直ぐ前を見ている。「ラリー・ドマーズという人だ。わたしは高校を卒業するまで彼の家族と暮らし、クォーターバックとしてプレーもした。それからマーリーと結婚して大学へ行き、家族を養うために懸命に働いた」そこでひと息つき、おれのほうを見る。「だがな、ビル、ドマーズコーチから極意をさずからなかったら、わたしは何ひとつ成しとげられなかったと思う」

ブルがホイッスルを吹いているのが聞こえる。バーベルがあそこで早くも大きな音を立てている。コーチが車のエンジンを切る。おれはバーベルを、その重い音を、胸の中の鼓動として感じる。心臓がそんなに轟くのは極意を知りたいからだ。コーチが言ってるものがほしい。コーチがおれを見ている。ほかにどうしようもないので、おれもコーチを見る。腹から喉へ何かがせりあがる。

「極意を知りたいか？」

おれは少しだけうなずく。

すると、コーチが言う。「主イエスだ」

主イエスよりもう少しすごいものかと思った。

「きみはイエス・キリストと個人的なつながりはあるか？」

イエスといえばレブロンとか、超有名人ザ・ロックみたいなものだ。別の星の住人だ。どうしておれがザ・ロックと——ていうかイエスと——個人的なつながりを持たなきゃいけないんだ。

「ええと、それはないと思う」

「そうだろうと思った」

「そのためにはどうするんだ？」

「まず、自分の罪を告白しなくてはいけない」

コーチがおれを見る目つきには何かがある。重大すぎて自分には背負いきれないような、そんなのは無理だとおれに言わせたいような。

「ふたりで話し合えばいいんだよ、ビル。きみとわたしで。きみの罪、きみの告白について。きみが段階を踏んで進めるようにわたしが付き添うから」

「いますぐ告白しろってこと？」

コーチが笑い声をあげるが、まるで時間稼ぎをしているみたいに嘘くさく聞こえる。「それでもいいんだが」と言う。「でも、自分の罪について深く考える必要がある。心の底から告白をしなくてはならない。うまくやるにはそうするしかない」

「そうしたらどうなる？」

「きみの人生がいまよりよくなりはじめる。信じてくれ、わたしにはわかるんだ。わたし自身ほんとうにそうだった」

　そんなにうまくいくもんか。そんなに簡単なら、なぜおふくろはとっくの昔にイエスに告白しなかったんだ？　あの野郎が現れる前に〈シェイディ・グローヴ〉から出られるように。ガキのころ、復活祭の日に教会へ行ったことが一度ある。眠っている老人ばかりで、男がひとり聴衆の前でわめいていた。

「わたしに告白したいかい？」

「いままでやらかした悪いことを全部言うのか？」

「全部じゃなく、大きなことだけでいい」

「そうしたらいろいろうまくいくって？　それだけで？　話がうますぎる」

「それはだな」とコーチ。「主イエスからきみへの贈り物なんだ。だからこそ、主は十字架を背負って亡くなった。きみが許されるために自分の身を犠牲にしたんだよ」

　おれは首を横に振る。

「主イエスとともにいれば、きみは大学に行くことができ、コーチにも弁護士にも医者にもなれる――自分がなりたい者になれるんだよ」

　おれは話を持て余して顔をそむける。それに、そんなのはほんとうじゃない。ご親切な提案だが――たしかにそうだ――ほんとうじゃない。ロウ家の人間で高校を卒業した者はひとりもいないし、まして大学へ行ってるやつなんてまちがってもいない。ぜったい無理だ。

「わたしを見ろ、ビル」

　バーベルがぶつかる音が頭と心臓に響く。

「きみならフットボールで奨学金をもらえると思う。それがきみのチケットになるはずだ。学業のほうは授業についていけるように助けてくれる。そうすれば道が開けるわけだが、これはきみひとりではできない」

そんなふうに考えたこともなかった。デントンではだれも奨学金などもらわない。あまりにも小さな町だ。マクドナルドだって一軒しかない。でも、そういうことならまあまあ納得できる――主イエスよりは筋が通っている。おれはフットボールができるし、ビリー・ロウぐらいすごいランをするのはほかにいない。だれひとり。

「でもそんな」

「できるさ、ビル。きみならじゅうぶんできるし、わたしには当てにできる人脈も少しはある。でも、きみは懸命に勉強して、それよりもっと懸命に祈らねばならない。大きなものを犠牲にするしかないんだからね。主イエスのように」

「そのためなら勉強するよ」

「それから？」

「イエスに告白とか、そういうことをおれは知らないんだよ、コーチ。おれがやらかしたことなんて、あんたは聞きたくもないだろうし」

コーチがうなずく。真剣だけどうれしそうな目だ。

「心の準備ができたらいつでも来なさい」

そう言ってから、これで決まりだというようにコーチは車のドアをすばやくあける。それから付属棟へと消え、おれが車を出るときには早くもホイッスルを鳴らしている。おれは歩いていってバーの下にすわる。全員が見ている。おれは新しい服を着替えさえしない。バーの感触は心地よく、ずしりと来る。リフティングをはじめるが、その重量を押しあげるのは、いまではそれが意味のあることだからだ。そして祈ってみる。頭の中でつぶやく。主イエス？　主イエス？　主イエス？　でもコーチがホイッスルをばかでかい音で鳴らしてるので、何も聞こえない。その重量を胸に、心臓に、感じるだけだ。

12

トレントがオフィスにいると、電話が鳴る。

電話に出る前に笑みが浮かぶのは、あのトレーラーハウスの夜以来、いつにも増して気分がいいからだ。けさのビリーとの会話が転機となった。そのあとのトレーニングに変化があり、それはいい意味での変化だった。ひとりも欠席者がいなかったのはシーズン中はじめてだ。ジャレッド・トロッターでさえ一心に励み、ケグ・ランジの一件を根に持つ態度は見せなかった。そしてビリー——こんな男子高校生を見たことがないとトレントが思うほど、ビリーはきついトレーニングをこなした。選手にこれ以上の満足をいだきようがないのだが、そうは思いながらもトレントはあることが気にかかっていた。

電話が鳴りつづける。

どんな少年が奨学金をもらえるか、トレントは知っている。巨体と非凡——人が金を払って見にくるだけの体格とスピードを兼ね備えた選手だ。ビリーは身長百七十七センチ、体重九十一キロで、高校のフットボール選手としては申し分ない。スピードはあるが、飛び抜けて速くはない。タフだが——それはまちがいない——タフだから大学の奨学金をもらえるわけではない。白人で身長百八十センチ以下というビリーの弱点をそれで補うことはできない。大学のコーチ陣が白いか黒いか、何センチか何キロかで判断するのをトレントは知っていた。それだけではない。トレントが考えまいとしても、主イエスについてビリーに語ったひとつひとつのことばの奥には、あの事実が消えずに居すわっていた。

あの少年は土曜日の出来事をほんとうはどこまで覚

えているのか。トレーラーハウスのすぐ後ろにいた灰色の車に気づかなかったのか。ここ五日間、トレントはビリーの本心を読めずにいた。日曜の朝にいだいた疑問が全部持ち越され、きょうは金曜日だ。試合の日だ。告白するのはいいことだ——ビリーとトレント双方のために。

四回目の着信音で受話器を取って耳に当てる。

「パイレーツ・フィールド付属棟」トレントはそう言ってから、電話の向こうの声に驚くが、それでもしっかりした口調を崩さずにいられた。「こんにちは、保安官。ええ、いいですよ」

ティモンズ保安官がトレントに、ここ数日ティナ・ロウから音沙汰がなかったかと尋ねる。トレントはないと告げる。ティモンズが、これには何か事情がありそうなので、きょうの午後ここでトレントとくわしい話をしたいと言う。

トレントはデスクのパソコンをちらりと見て、暗くなったスクリーンに映る自分の口の動きをながめる。

「でもきょうは金曜日ですよ、保安官。試合は今夜なんです。ハリソン高校とのプレーオフじゃないですか」

電話の相手は無言だ。

「授業が終わったすぐあとなら少し時間が取れるかもしれません」トレントはつけ加える。「四時ごろでどうですか？　もし立ち寄りたいのなら」

ティモンズはその時間でいいと言うが、電話を切る前に、ビリーのいまの生活環境を考えるとこれは深刻な事態になりそうだと告げる。なぜ保安官が知っているのだろうとトレントは考えるが、ここはカリフォルニアではなくアーカンソーの小さな町だったと思い直す。ティモンズ保安官の言い方にはブラッドショーの脅しと重なるものがある。トレントの想像では、ビリーをまるごと誤解したすべての教師たちと同じく、保安官はあの少年を罰したがっている。「お疲れさんです、保安官」トレントは生まれも育ちもなるべく山地の人間らしく聞こえるようにつとめ、それから受話器を置く。

ティモンズ保安官は携帯電話を胸ポケットにしまい、地面に膝をつく。肩幅は広いが明らかに太鼓腹だ。高校のラインバッカーの肥大版といったところで、髪をクルーカットにして尊大さを身にまとい、迅速さと実行ではなく、書類仕事と威嚇に向いている。両方の脇の下に派手に広がっているのは汗染みだ。

背後にロウ家のトレーラーハウスがあり、暑さで少し傾いている。保安官は携帯電話を耳に押しつけたまま立つ。

「それで、ここで何が見つかるはずだっていうんですか？」ティモンズは言う。

つば広のキャンペーン・ハットの下から汗の粒が落ちる。

「聞こえてますよ、ミスター・ブラッドショー。だが何も見えない」

手の甲で汗をぬぐう。

「まったく、十一月がこんなにクソ暑いなんて前代未聞だ」ティモンズは目をぐるりとまわす。「見てますよ、ドン。ここで見てるところです。ティナとトラヴィスがあの少年を置いて失踪したんじゃないとなぜ思うんですか？」

ティモンズはうなずき、トレーラーハウスへ目を走らせる。

「そりゃあ、ジェシー・ロウなら知ってる。やつとはいっしょにプレーしたじゃないですか」

風が吹き、スクリーンドアが音を立てる。音のするほうを見ながらティモンズはトレーラーハウスへ歩を進める。

「ここは怪しいな」とティモンズ。「スクリーンドアをだれかがぶち壊そうとしたみたいだ」

ドア横の窓に顔を押しつける。太陽の反射光が目にはいり、顔をしかめる。窓は汚れ、泥や埃の厚い層に覆われて、保安官の視界をくもった水泳用ゴーグル並みにさえぎっている。

「何も見えないぞ」ティモンズは両手をガラスに押しつける。「だめだ、ドン。まだ中へははいれない。令状がなければ無理だ。これでもわたしは選挙で選ばれた公務員だ。だれかに知られたらシフティング・ヘラルド紙の第一面に載っちまう」

ティモンズは踏み段をおりて地面に立ち、もう一度タイヤ痕を靴の先でさわる。

「ああ、たしかに」ティモンズが言う。「ビリーがオースティンにやったことは見たが、だからってやつがだれかを殺しにいったことにはならない」

道にまたしゃがみこむ巨体の保安官の下で、汗のしずくが地面に点を打つ。

「トラヴィスの車がない。だれかが急いでここから出ていったみたいだ」とティモンズ。「こういうことだな。あわれな連中はあの少年を残して逃げた。やつがもう試合に出られないとわかったとたんに消えた。ふっつりと」

ティモンズは目を細くすがめ、地べたへもっとかがみこむ。

「ええ、パワーズコーチに電話しましたよ。今夜の試合前に立ち寄るつもりです」

保安官が体を中へ押しこむと同時にパトロールカーが揺れる。

「いや、同席してもらってかまいませんよ」車内のエアコンの通風孔から微風が当たってもティモンズの汗は止まらない。「カリフォルニアの男はどうも信用できなくてね」

13

ジャージとジーンズでロッカールームにすわっている。ミセス・パワーズが買ってくれた新しいジーンズで。ほかのやつらが準備してるのをながめ、どうにか耐えているところだ。ジャレッドが下着姿で歩きまわっている。パッドをつけてタフぶる。年下連中のところへ行って檄《げき》を飛ばす。おれのところへは来ないが。おれは大きなヘッドホンを耳につけてドクター・ドレーを聴いている。〈クロニック〉の古い曲だ。かなりやばいサウンドだから親父はドレーが好きだった、とおふくろはしょっちゅう言う。バックパックの中を手で探る。本を取り出す。親父は本なんか一冊も読まなかっただろうな。

学校で、ジャレッドとほかの連中がいる大テーブルにランチのトレーを持っていっしょにすわってみたときのことを思い出す。あいつらはおれがすわるのに気づかないかのように、こちらを見もしなかった。でも気づいていた。ビリー・ロウのことならなんでも知っている。怯えてただけだ。おれのことがこわくて、それを隠そうとしていた。無理もない。オースティン・マーフィーがジャレッドのそばにすわって、やつの親父が息子のために持ってきたにちがいない〈タイソン〉のチキンを齧《かじ》っていた。オースティンの両目のまわりはまだ黒ずみ、鼻はネコの鼻みたいに分厚く盛りあがっている。オースティンの鼻がなぜそうなのかはテーブルの全員が知っていた。

おれはコーチから言われた奨学金の話を伝えてみた。ジャレッドが面と向かって笑い飛ばした。「謹慎を食らってるようなやつに奨学金の話なんて来やしない」と言う。大学でトップレベルのプレーをするのは黒人ばかりだとか、余計なことも言う。おれはジャレッドがかぶりついているビッグマックを取って喉へ押しこんでやろうかと思ったが、その機会はなかった。

　ローナ・パワーズが通りかかったので、ジャレッドの頭から奨学金の話がすっかり抜け落ちた。やつはさっそく、彼女がぜったいにブラを着けないとか、コーチの娘が何かしてくれてもよさそうなものだとか、四の五の言いはじめた。おれはやつの喉へビッグマックを突っこむ以上のことをしてやろうかと考えていたが、そのときローナが真っ直ぐおれたちのテーブルへ歩いてきて、いっしょに食べないかとおれに訊いた。おれは「ああ、いいよ」と言い、ジャレッドやほかの連中にひとことも言わずにその場を離れた。

　ローナはきれいで、人と見た目がちがうけれど、でもきれいだ。たとえば変なイヤリングを、羽根みたいな形の金属製のイヤリングを毎日着けている。髪は結ばずにおろして、ほんの少し化粧をしてるのかもしれない。

　あとについて廊下を進み、図書室へはいる。最後に図書室へ足を踏み入れたのはいつだろう。でもそこは静かで、ランチのテーブルやあの連中のことなんかいっさい消えた。

　ローナは自分が好きな本を全部見せてくれた。生まれてからいままで、おれが読んだと記憶している本は『ダンとアン』（少年と二匹の猟犬の絆を描く一九六一年発表の児童文学）だけで、それもほんとうに読んだわけじゃない。小学校四年生のとき、先生がみんなに読み聞かせてくれた。面白かった。少年の名前がビリーなのがよかった。物語の舞台が山地なのもよかった。でも、あの犬たちはおふくろがトレーラーハウスで飼っていた犬たちと全然似てなかった。

　おれが奨学金のために勉強するという話をコーチから聞いた、とローナは言った。協力したいという。

『老人と海』。それがローナから渡された本だ。大学ではこういう本を読むのだと言われた。ローナは最初のページを読み聞かせてと言い、図書室にすわった。

「ちゃんと読めるよ」おれは言った。

「読めるのはわかってるけど、声に出して読むのは役に立つのよ」

　五年生になって先生が読み聞かせをやめたので、それ以来おれはそうやって読むのが大きらいだった。ビリー・ロウがことばにつっかえると、ガキどもはかならず笑った。ことばが頭の中で聞こえるような響きになったためしがなかった。どこかでもつれ、間抜けな音になって出てきた。

「わたししかいないでしょ、ビリー」ローナがそう言っておれの腕にふれる。でも、うまくいくはずがない。こんなときは無理だ。

「やめとくよ」

「じゃあいいわ」

　おれを図書室の長椅子にひとり残し、ローナは立ち去った。おれが図書室にすわっているのをあの連中に見られたら、あとあと話の種にされるだろう。おれはローナが歩いていく姿を、ランチの席であの連中が見たように見守った。ローナはかわいいのではない。美しい。そのときそれがわかった。あの長いヒッピー風ワンピースの下で動く何もかもがやわらかくてセクシーだ。ローナが図書室のドアから出ていき、おれはひとりになった。ベルが鳴り、その本をバックパックへ突っこんだ。

　そして、いまここで試合の時間になり、おれは何をしてるんだ？　あのしょうもない本へ手を伸ばしている。ゆうべも、みんなが寝たときに革張りのソファで少し読んでみた。老いぼれのメキシコ人が魚を獲っている。いまのところ、わかってるのはそれだけだ。自分のロッカーに寄りかかる。だれにも見られないようにバックパックを盾にして、読みはじめる。

老人はメキシコ湾流を平底舟に乗ってひとりで漁をしていたのだが、八十四日間一匹の魚も釣れていなかった。

顔をあげると、コーチがそこに立っている。おれは本を脚のあいだに突っこむ。

「ビル？」

「え？」

コーチがじっとおれを見る。おれは下唇を痛くなるほど強く嚙む。「はい《イェッサー》」

「ショルダー・パッドをつけておいたほうがいい」コーチがそう言って少し笑みを見せる。

「どうして？」

「今夜何が起こるかわからないからな」

「試合に出られるのか？」

「先のことはわからない。言えるのはそれだけだ」

それ以上訊かずにただうなずいて立ったとき、おれはもうジャージを引きあげて頭から脱ぎ、はずしたヘッドホンでは闘争がどうのこうのとドレーがまだ言っている。本がロッカールームの床に落ちて開く。コーチがかがんでそれを拾う。

「ヘミングウェイ、だろ？」

「まあね」

「あの魚はもうつかまえたのか？」

「何もつかまえてない」

「まあ、つかまえるんだけどな」とコーチ。「主人公はいままでで一番大きな魚をつかまえるんだが、それがこれから読む一番悲しいことでもあるんだ。だけど、いい本だよ、ビル――偉大な本だ」

おれはうなずくが、何も言わない。どっちみち意味不明だ。その老人が魚をつかまえるなら、ほしいものを手に入れるなら、それの何が悪い。ショルダー・パッドを胸にしっかり引き寄せて正面のバックルをパチンとはめると、いい感じだ。ここしばらくで最高の気分かもしれない。

14

ティナはビリーの試合を一度たりとも見逃したことがなかった。小学三年生ではじめてタッチダウンを決めたときは、それを目に焼きつけた。高校の代表チームに一年生で起用されたときは、コカコーラのボトルに入れたリキュールのサザンカンフォートを飲み、声をかぎりに叫んだ。試合では肝を冷やしたが、ティナはビリーが走るのを見るために生きていた。美しかった。なんとなめらかで思いのままに息子は走るのだろう。自分たちの残りの人生とは、トレーラーハウスの暮らしやもはや手遅れの泥沼とは、似ても似つかなかった。

けれどもきょうのティナはフットボールのことも、

いまが金曜日の夜で、もうじき七時で、キックオフが迫っていることも一度も考えなかった。昼がそのまま夜になり、夜から昼になったが、そのあいだティナは死んでいる男をキッチンにすわって見つめていた。

見つめるのをやめられず、トラヴィスが変わっていくのをながめていた。どうしようもなく移り変わるさまはどこか平穏だった。ずっとそこにすわっていれば、厄介ごとのすべてが溶けてなくなるような気がした。

それでも二日目になるとにおいがほんとうにきつくなり、それにともなってトラヴィスの体が妙なことをはじめた。顔は生のステーキ肉の色に変わり、大きさが倍になった。まるで生きているかのように、唇のあいだからやわらかな息が漏れた。ティナは仰天したが、死体にふれないほうがいいのはわかっていた。だから、そのまますわっていた。酢をしみこませた布巾で顔を覆ってドアをノックする音に耳をそばだて、人影が行ったり来たりするのを見守ったが、それでも動かなかった。中までは来ないだろう。いまはまだ。タイラー・ティモンズは不精な男だ。書類仕事に数日かかるはずだ。

トラヴィスがひどいにおいを出しはじめる前、ティナは連れ合いのために泣いた。ジェシーとクリーシャがスティーヴンを連れていったあと、さんざん涙を流した。男はだれでもそうだが、たしかにトラヴィスも問題をかかえていた——だけど、ティナを愛していた。夜になると目の中にその思いが見え、夜が明ける前の熱いささやきの中にそれが聞こえた。トラヴィスとうまくいかなかったのはビリーだ。ビリーはけっして口に出さないが、母親がもっとまともに生きられるはずだと思っているのをティナはいつも感じていた。だからこそ、ビリーはティナの男を好きになれなかった。

もっとも、ティナは距離を置いてトラヴィスを愛し、最初の男ビル・ロウの代わりがひとりもいないのは承知していた。ビルは男の中の男、王者だったが、たちの悪い性質を持っていたのはまちがいない。トラヴィスの悪さなどかわいくて物足りないが、ビル・ロウのきな臭い魂は赤々と熱く燃えていた。刃とこぶしが、血と骨が飛んだ。ビリーの記憶に刻まれるほど長くはいなかった。息子は父親をほかとはちがう男だといまだに思っているが、たいがい同じだ。トラヴィスと似ていて、程度が激しいだけだ。ビリーの体の中には父親がいる。息子がフットボールで走っているとき、ティナにはわかった。猛り狂って走る姿は腰に鎖をつけられてフィールドでトレーラーを引っ張っているみたいで、エンドゾーンを過ぎて地獄まで行きそうだった。

電子レンジの緑色の数字が七時を知らせ、頭の中ではキッチンの死体と折り合いがつかなくても、どこかに行くべきだと体が知っているらしく、ティナは何も考えずに椅子から立ちあがる。ドアから出ようとしたとき、布巾がまだ鼻と口を覆っているのに気づく。両手を頭の後ろの結び目へやり、布が落ちる。これまでにトラヴィスが殴ってきたときより強く、悪臭がティナを打ちのめす。

「彼にプレーさせるしかない」トレントが言う。

「いや、やめておこう」とブル。「後半がはじまるまではだめだ」

「〈パイレーツ〉初のプレーオフ入りじゃないか。いや、十年ぶりか？」

「そこまでしなくていい、ハリウッド」

「勝たなくてはならないんだ」

トレントがいきなり床に伏せ、一連の腕立て伏せをはじめる。

ブルは彼を見守るが、世界中の腕立て伏せをこなしてもあのホイッスルの重圧から解放されないのはわかっている。見た目ほど事態が深刻でなければいいが、若いコーチが追い詰められ、若い者たちが望みをかなえたいばかりに取る手段に頼らなければいいが、とブルは思う。ところがトレントは仰向けになると、カリフォルニアの忍者か何かのように勢いよく全身で跳ねて足で着地する。ブルは首を横に振ってつぎに来るものを待つしかない。

「今夜試合に出ろとビルに言う」トレントが言う。

「ちょっと聞いてほしいんだが……」

トレントはもうドアに手をかけているが、ブルの口調で立ち止まる。

「きのうティモンズ保安官から電話があった」ブルは言う。「何かが起こっている。ビリーのおふくろさんとそのボーイフレンドに何かよくないことが。このあたりじゃ物事の動きは遅いが、それでも動いてるんだよ、ハリウッド。それだけはたしかだ」

トレントがドアの取っ手をまわす。

「聞いてるのか、おい《サン》」

「おい？」

「におうんだよ。言いたいのはそれだけだ」

「ティモンズ保安官が知らせてくれたのか？」

「まあそんなところだ」

「そうか、わたしには何も言わなかった。じつは、保安官からけさ電話があって、試合の前に会いたいと言ってきたんだが、まったく姿を見せなかったな」

ブルの指が机を軽く叩く。

「ビルのことならよくわかっている」トレントが言う。「いっしょに暮らしてるんだから。だからもういいだろう」

「わかってるかどうかはどうでもいい。それに、心配なのはビリーじゃない」

ドアの取っ手を握るトレントの手に力がこもる。

「聞いた話では、ティナ・ロウのボーイフレンド――トラヴィス・ロドニー――がここ数日姿を消してる」ブルが言う。「おまけに、ティナを見かけた者もいない。ティモンズは何度か行ってみたそうだ。明かりはすっかり消えている。何も見えない。まるであわてて逃げたみたいだったらしい」

「だから?」トレントが言い、腕時計を見る。

「だから?」ブルが訊き返す。「ちょっと考えりゃわかるだろう。ビリーの指関節が肉挽き器を通したみたいなありさまで、ビリーが最も憎んでいる野郎が行方不明だ。ロケット科学者じゃなくても答えは出る」

「先週ビリーは暴行事件を二度起こしたから、指関節が傷だらけなのは当然だ」

「その件もビリーの心証を悪くしてるんだがね」ブルは椅子に背を預けて両足をデスクに載せ、これで若いコーチが愚行に走るのを防いだと思ったが、そのとき、ここぞとばかりにドアが開き、コーチの妻がはいってくる。

マーリーの服装は場にふさわしくグレーのブラウスと黒のドレスパンツで、まるで教育委員会の運営者そのものだ。ブルはマーリー・パワーズの影響をはっきり指摘できないが、とにかく彼女は爆竹だ。それはよくわかっている。

開口一番彼女が言う。「ビリーは今夜の試合に出るのかしら?」

真っ直ぐに切り込む。ブルがかなわないと思うことのひとつだ。

トレントが妻からブルへ視線を移し、妻の質問に答えてみろと言わんばかりの顔になる。

「彼は家の手伝いをとてもよくやってくれるんですよ」マーリーがすばやくすらすらと言い添える。彼女が鏡の前で予行練習しているところをブルは想像する。

「それに、学校でも練習でも揉め事を起こしてないでしょう? 問題ありませんよ」

ブルの記憶では、女性がコーチのオフィスにはいってくるのは片手で数えるほどしかなかった。おもな例をあげれば、怒ったママが息子のために一戦交えようとやってくるとき。ただし、マーリーはビリーのママではない。

「どうなんですか?」そう言ってマーリーが腕を組む。「ブル」トレントがロッカールームに向かうドアにまだ手をかけている。「どう思う?」

ブルは机から足をおろし、立ちながら言う。「自分たちがどれほどビリー・ロウに取り憑かれてるか、あんたがたはよく考えたほうがいい。ああいう少年のためにあえて危険を冒せば、痛い目に遭うのがおちだ」

「ばかげてる」トレントが言う。「試合に出ろとビルに言ってくる」

ほかに言いたいことがあるなら言ってみろとばかりにトレントがブルをにらみつける。ブルは受け入れる。

「だれもあいつをビルとは呼ばないけどな――それは父親の名前だ」

トレントは「わかってる」と言って妻をちらりと見ると、ドアの向こうへ歩いていく。

ビリーの目にちらつく火花は――トレントに言われたとおり、ビリーはすでにショルダー・パッドとヘルメットをつけて自分のロッカーのそばにすわり、準備万端だ――ブルがあんなたわ言を言うだけのことはある。

トレントは口もとに笑みを浮かべながらコーチ用オフィスへもどっていく。けさはとてもいい朝で、トレントが試合の日に欠かさない決まり事が、吹き荒れるこの嵐に一滴の清澄さを添えていた。

決まり事は以下の通りだ。五時にアラームが鳴り、三キロのジョギングをする。帰宅して冷たいシャワーを浴びるが、そのとき凍える水で肌をひりつかせながら聖書のことばを暗唱する。それから朝食をひとりで食べる。レーズンとクルミ入りのオートミールだ。コーヒーはブラックで飲む。七時少し前に学校へ着き、生徒たちがトレーニングを終えると同時にオフィスへ行き、午後二時前後に生徒たちがもどってくるまでドアに鍵をかけておく。午前中はたいてい〈サンディエゴ・チャージャーズ〉の不鮮明な映像を観て時間をつぶし、習慣とゲン担ぎのためにダン・ファウツのベビー・ブルーのジャージを着ている。

　そしていま、長年つづけた儀式が効果をもたらした。ビリー・ロウは今夜フットボールの試合に出場し、地元のアーカンソー・テック大学などのスカウト陣へ送るために見栄えのいい動画におさまる。トレントは、ビリーが大学進学に向いていて、奨学金獲得も――比較的小さな大学ならなおのこと――まちがいないとまで思いはじめているが、それもビリーが試合に出なければはじまらない。

　トレントは心積もりをブルへ伝えようとそっとドアをあけるが、ドアが大きく開くと、マーリーとブルの脇にティモンズ保安官とブラッドショー校長が立っている。

「やあ、コーチ」ティモンズが片手を差し出す。「遅れてすまないが、少し待ったほうが一石二鳥だと思ってね」

　トレントはマーリーへ目を向け、こんな場面を見られるのを気まずく思う。

　指を丸めながらティモンズが手を引っこめる。「そのう、コーチ？」

「待ってもらうしかありませんね」トレントは背筋を伸ばして言う。「キックオフまで数分しかありません」

「長くはかからんよ」ミスター・ブラッドショーが前へ進み出る。「きみがちょっと行ってビリーを連れてくればいいだろう。そうすれば、きみたち二人から同時に話を聞ける。ティモンズ保安官が言うように――一石二鳥だ」

「本気で言ってるんですか？」マーリーの声が、ロッカールームのかび臭さがただようコーチ用オフィスの空気を切り裂く。ブラッドショー校長とティモンズ保安官がそろって顔を向ける。

「なんですって？　ミセス・パワーズ」ブラッドショーが言う。

「聞こえたでしょう。こんなのはばかげてます」

　トレントはマーリーを見つめる。どちらの男にも少しも譲らない目つきは父親そっくりだ。

「まあお手柔らかに」とブラッドショー。「ここはあなたの故郷から遠く離れています。この辺ではやり方が少しちがうんですよ」

「そうそう」ティモンズが加勢し、男二人が互いに取り繕う。「ここでは特定のルールがありましてね。人々は受け入れられるときとそうでないときを心得ています」

「人々とは」マーリーが言う。「女のことかしら？」

　二人の男が互いに目配せをする。

　ブラッドショーがうなずき、ティモンズが言う。

「ミセス・パワーズ、申しわけないが、席をはずしていただきたいとお願いするしかありませんね。これは警察の公務です」

　マーリーがトレントへさっと顔を向ける。

「公務だ」トレントは妻のほうを見ずに言う。「職務なんだよ、マーリー」自分の声が喉の中で妙に響く。「すまないが、外で待っててくれ」

15

またパッドを装着するのは気分がいい。スーツを着ているみたいだ。スーツを着たのは、おふくろに教会へ連れていかれた復活祭の日だけだったけど。バスルームで鏡の前に立つと、なかなか見栄えがいい。遮光用の黒いグリースはあまり必要ないが一年生のときからつけている。頰にべったりと塗る。すごく凶悪に見える。両頰全部に塗り終えるころ、大声で呼ぶコーチの声が聞こえる。

「ビル？」ロッカールームの端からコーチが呼ぶ。「やあビル、大急ぎでオフィスへ来てくれ」

おれは気分がいいので駆けていく。これから試合に出るんだから、悪いことなんて起こりっこない。このパッドとジャージを身に着けていればほぼ無敵だと感じる。無敵だ。ところが、コーチがドアをあけると、オフィスであいつらが顔をそろえているのが見えて――それに試合開始も迫っている――何を言われるにしろいいニュースでないのがわかる。

「ビリー」ティモンズが言う。「二、三訊きたいことがあってね。ちょっとだけいいか？」

ことわることもできるみたいに、おれに訊く。おれは冷静さを装ってうなずく。

「先週、おふくろさんかトラヴィスを見たかね？」

「いいや。つまりその、見てないです」おれが答えると、コーチがすばやくおれに親指をあげて見せる。

「そうか、ほかにも見た者がいないんだ」保安官が言う。「行ってみたんだがだれも出てこない。きみに確認してから捜査令状の手続きに取りかかろうと思ってね。やれやれ、書類仕事にはうんざりだ」

「まったくだ」校長が言う。「きみは心配じゃないのか？　ビリー」

「あの人たちがおれを置いていなくなったのはこれがはじめてじゃないです」

　コーチが笑みを浮かべている。

「弟はどうなんだ？」ブルが言う。

「弟が何か？」

「きみは自分の弟が心配じゃないのか？　名前はなんといったかな」

「スティーヴンです」おれは言う。「そりゃあ、弟のことは心配だけど、心配については聖書に書いてあるじゃないですか」

　おれに聖書で額をひっぱたかれたかのように、ブルがのけぞる。

　コーチが思わず尋ねる。「なんと書いてあるんだ？　ビル」

「心配するなって。ちがいますか？」

　ブルがそんなたわ言は信じないとばかりに片眉をあげる。コーチは口が両耳に届くほど満足そうな笑みを浮かべる。

「では、きみが知ってるのはそれだけかね？」校長が訊く。

「それだけです」

「彼らはさっさときみの人生からいなくなり、きみはそれについて何ひとつ知らないんだね？」と校長。

「母親、幼い弟、父親——」

「あいつは父親じゃない」

「たしかに父親じゃない」校長が言う。「わたしがコーチだったころ、きみの親父さんのチームと対戦したことがある。彼は〈フォレストシティ・ムスタングス〉のランニングバックだった。わたしが出会った最高の選手だった。だがな、親父さんのことはじつに残念だったよ」

　親父のことを校長からそんなふうに言われると、自分の血が火に変わる。親父はおれが小さいときに——

ちびすけが生まれるまでは一番小さかった——出ていった。まだ学校にも行かない歳だった。血を分けた子供を置いて男が去っていく理由はなんだろう。親父には親父の事情があったはずだ。こんどはおふくろまで逃げたらしい。でも、おれが見たあれのあとなら無理もない。

「そうですね、先生」おれは言う。

「親父さんが残念なことになったのは知ってるんだな？」校長が訊く。

「それとこれとは関係がないのでは——」

「そうですね、先生」おれはコーチのことばをさえぎって言う。今回は味方をしてくれなくていい。「だから、こんなことになっても全然驚いてません」

ブルがおれをじっと観察する。高校生の男子を見抜く第三の目を持っている。

「わかったよ」とブル。

ティモンズもそれにつづく。「わかった」

「一応確認しただけだよ」校長が言う。

「コーチの家に泊まってます」

「知っている」とティモンズ保安官。

「それから忘れるな、ビリー」校長が言うが、目はコーチを見ている。「われわれが知っているってことを。わかったかな？」

おれはうなずき、校長はそれ以上何も言わない。そこに立っているだけだ。おれの後ろで、一、二キロ走ったばかりのようなコーチの呼吸が聞こえる。

「へえ、パッドを着けたんだな」保安官がおれをじろじろ見て言う。「今夜は出場するのか？」

「はい、保安官」

「恐ろしく短い謹慎だったな」と校長。「そのことで話し合おうか？　コーチ」

コーチがおれの腕に手を置く。「わたしの記憶によれば、あなたはビルのためにプランを考えろと言いました。だからこうしました」

「わたしが言ったのはそれだけか？」校長が言う。

「覚えているのはそれだけです」

　校長の首も頬も、耳までも赤くなる。コーチはまだおれの腕をつかんでるが、つかんでるのを忘れたかのように強くつかみっぱなしだ。手を離したときに、血がいっきに流れるのがわかった。おれは手を握ったり開いたりする。ブルがロッカールームへ頭を突っこみ、五分したら出るとほかのメンバーに告げる。校長と保安官の中で何かが切り替わり、いまはプレーオフだということをようやく思い出したようだ。荒っぽくて真剣な態度に変わり、気合のはいった顔つきになる。そしておれに手を差し出して握手を求める。おれはドアから出てこうかと本気で考えるが、やめておく。

「今夜は幸運を祈るよ、ビリー」と校長。

「そうさ、思い切って行け」保安官がそう言ってから、おれの後ろを見やる。「それからコーチ」ティモンズは口に出す前にまずウィンクをする。「きみの奥方だが、彼女は拳銃だな」

　それからふたりが出ていき、おれたちがロッカールームへはいるときに、コーチは何かうまいことを、誇らしく思う気持ちを言おうとする。試合前のスピーチをしている最中もずっとおれを見て、うれしくてたまらないかのようにまだ笑みを浮かべている。何がそんなに？　おれが〝そうですね、先生〟と言ったからか？　聖書の話をしたからか？　おれに笑い返してほしいみたいに、とにかくずっと笑っている。でも、もうすぐ試合だからおれは主イエスのことなんか考えちゃいない。いまはおれの頭から最も遠い存在だ。これはおれの最終学年の試合で、校長と保安官があそこで反吐《へど》が出ることばかりしゃべっていて——あの野郎のことがいやでも頭に浮かぶ——やがてコーチが率先して主の祈りを唱えるころには、おれは爆発寸前で、また血の味がしてくる。

16

ビリーは〈パイレーツ〉の最初の攻撃でボールを取ると、スクリメージラインを突き抜けてオープンフィールドを切り裂き、フリーセイフティの選手へ突進して押し通る。デントンの熱狂的ファンが――小作人の目をした太鼓腹の男女が――信徒団さながら立ちあがり、手を空へ突きあげてカウベルを鳴らし、足を踏み鳴らす。

「あれを見たか？」トレントはヘッドセット越しに叫ぶ。

「見たって何を」ブルが言う。

「あいつがエンドゾーンでストレートショットを決めた。あの選手には阻止できなかったとは思うが、食い止めるどころか引き倒されてしまった。あんなのは見たことがない」

「あれがロウ家の息子だ」ブルが言う。「ジェシーも同じ技を見せただろうな」

トレントは木曜日に練習した台本どおりの十個のプレーを変更し、「デュース・レフト、２４３パワー」と言いながら合図を送る。

「台本どおりにやらないのか？」ブルが訊く。

「このまま行けちまうならね」

ヘッドセットの小さなスピーカー越しにブルの声が割れる。「〝行けちまう〟って言ったのか？」

トレントが顔を輝かせると同時に、ビリーがボールを取って右へ突き進みながら鋭く敵をかわし、タッチダウン目指して六十ヤード爆走する。

「ああ、言った」トレントはそう言って笑い、ビリーを追って全速力でサイドラインへ向かう。ボールが飛翔してゴールポストを通り、そのあいだ、ブルがヘッドセット越しに小声で笑っている。

ブラッドショーの脅し、ティモンズの質問、行方がわからないビリーの家族、これまでのありとあらゆる心配事がフットボール・フィールドのラインのはざまで解消される。本来なら違法とすべきだ、とトレントは思う。人間を支配する力を持ち、分別を失わせて焼けつくような感覚をもたらす――ドラッグだ――それがフットボールだ。そして、勝者には副作用や薬酔いなどの警告ラベルはいっさい示されず、同胞よりまさっているという純粋で剥き出しの事実を伝えられるだけだ。

ビリーがサイドラインへ駆けてきたので、トレントは片手を広げて迎える。ビリーが体の脇でこぶしを握ったまま猛スピードで走り過ぎる。

「ビル？」

フェイスマスクの奥のビリーの頬は真っ黒で、母親の化粧品を見つけた子供みたいだ。

「コーチへ愛の挨拶をしないのか？」

「愛？」ビリーがぼそりと言う。

「なんだって？　ビル」

「愛？」

「そうとも」トレントはそう言って先発チームへ合図を送る。「ハイタッチ、チェストバンプ。そういったことだよ」

「愛とか言ってる場合じゃない」ビリーは向きを変えてフィールドへもどり、先発メンバーの二年生を引っ張ってサイドラインのほうへと押しやる。その二年生がうなずいて言われたとおりにする。ビリーはフィールドを疾走し、少なくとも十ヤードの差をつけてほかの〈パイレーツ〉のディフェンダー全員を抜くと、ハリソン校のキックリターナーの胸をヘルメットで頭突きする。その選手が立ちあがるまでに丸々一分かかる。

「やつを鎖でつないだほうがいい」ヘッドセットからブルの声が大きくはっきりと聞こえる。「聞いてるのか?」

ビリーがさらに三回タッチダウンを決め、〈デントン・パイレーツ〉は第四クォーターまでに〈ハリソン・ゴブリンズ〉を叩きのめした。残り十分強となり、ハリソン校のコーチが二軍の選手を繰り出して明らかに白旗を掲げる。

「控えの選手を入れろ」ブルが言う。

「早くもか?」

「いいから。そうしないとまずい」

「でも、こっちは四回タッチダウンをしただけだ。完璧を期さないと」

「心配ない」とブル。「でないと罰が当たるぞ。腰抜けばかりが走りまわるシーズンでしっぺ返しを食うことになる」

トレントは深呼吸をし、ブラッドショーに最後通告を告げられた記憶を押しやる。視線が南のエンドゾーンをさまよう。そこではマーリーが腕組みをして、芝生で遊ぶ幼いアヴァの周囲を歩きまわっているが、おそらくティモンズとブラッドショーにオフィスを追い出されたことにまだ腹を立てているのだろう。トレントは目を凝らして見る。マーリーの琥珀色の目と力強い顎が明確な白線の向こうでぼやけ、ここからはおよそ五十ヤード離れている。わかるのは妻がそこにいて、つねに夫の一挙手一投足を義父と同じように見守っていることだけだ。妻の評価を知りたくて、親指の向きが上か下かを目で探すが、ふたりを隔てる競技場があまりにも広い。

妻の後ろ、スタジアムを囲む小高い土手のほうを見やる。高台に別の女が立っているが、幽霊のような人影で、金曜の夜の光り輝く照明塔の下ではほとんど見えない。それでも、南部の小さな町を背景に前のめりに立つ姿には見覚えがある。その女の引力を感じる。フットボールに走る太くて白い縫い目さながら、その女と自分の人生がともに編まれているのを感じる。ブルの声がヘッドセット越しにひび割れる。トレントはタイムアウトを要求する。

　少年たちがコーチを取り囲む。息が荒く、瞳孔が開いてインクのしずくのように黒い。残りの人生へもどろうとするときの高ぶりだ。

「二軍を出す」トレントは言う。「準備をしろ。タイムアウトが終わったら行くぞ」

「なんだって？」一団から声がする。

　だれの声かトレントはすぐにわかったが、かまわずにつづける、「オースティン・マーフィー、ランニングバックへはいれ」

「ばか言ってんじゃねえ」

「わたしをからかってるのか」トレントはそう言ってビリーへ顔を向ける。

　ビリーの目がフェイスマスクの奥で銃痕のように光る。

「相手が二軍を出してきたんだぞ、ビル。こうするのが正しい」

「おれの代わりにオースティンを出すのが？」

「そういうことじゃない」

「ふざけんな」ビリーがフィールドへ走っていき、自分のランニングバックの位置につく。審判がホイッスルを鳴らす。ブルがヘッドセット越しに怒鳴る。トレントは残りの――オースティン以外の――二軍選手をフィールドへ送り出す。

　つぎのプレーでビリーがもう一度長いランでタッチダウンをもぎ取る。これにはさすがに〈パイレーツ〉のファンもブーイングを発し、さっさと観客席を出て車へ向かう。トレントは土手をまたちらりと見たが、あの女はもういない。スコアボードがオレンジ色にいつまでも光っている。第四クォーターの残り時間があと十分もある。トレントはビリーへ向かって真っすぐ進む。

17

愛について考えながら、〈ハリソン〉のキックリターナーの心臓にヘルメットをめりこませる。あの野郎と、あの犬の檻と、あのタバコのことを考えながら。あれは愛か？　コーチが言ってることよりあれのほうがわかる。愛——愛っていったいなんだ？

　これはフットボールだ。おれがしっくりくる場所はフィールドだけだ。叩かれどおしの暮らしだった。知ってることはすべて痛みを通して覚えた。しょっぱなはあの野郎で、やつには長年ひどい仕打ちを受けてきたが、それももう終わった。親父については出ていったこと以外何も思い出せない。それからあの野郎が現れた。このフィールドでやつの火を感じる。あのタバコの火を。犬の檻の金網の中から見ているちびすけの目を。あのラインを突破するたびに、おれはやつから逃げ、親父が走ったみたいに走っている。親父はどこかにいて、つぎに来たやつよりましな男だったかは神のみぞ知る。油断していると、ときどきやつにつかまる。やつがひしめく脚の中におれを押しこめ、おれは倒れる。でも、かならず別のプレー、別のチャンスがあり、おれはボールを持って走る。それがおれのフットボールだ——そうやってチャンスをつかんだ。あと三回タッチダウンを取れば、愛なんてクソくらえだ。

　第四クォーターはまだ十分残っている。少なくともあと三回はタッチダウンを決められるだろう——観客にはおれの名を呼ばせておけ、バンドには応援歌を演奏させておけ、ジェシー兄貴の記録さえ打ち破るかもしれない——ところが、コーチがタイムアウトを取る。

　おれをオースティンと交代させる？　ふざけんな。あいつにもわからせてやる。だからおれはフィールドへもどる。コーチはどう出る？　何もせずに２４３パワーの指示を出したので、おれはボールを取ってエンドゾーンへいっきに走る。おれにふれる者さえいない。でも、こんどは観客の歓声がない。おれがここで人生を賭けて走ってるのが見えないみたいだ。そんなことをしたらこのチームがかわいそう、まさにそういうことだ。おれは全然気にしてないふりをする。走りもせずにフィールドからサイドラインへもどる。コーチが待っているが、こんどは片手をあげない。ビリー・ロウからようやく何かを学んだのかもしれない。

「きみをはずす」

言うときにおれのほうを見ようともしない。

「やってられるか」

「こんなことはするな、ビル。いまはだめだ」コーチは、ルーサーヴィル校との対戦中のおれのように、気まずそうに後ろへ目をやる。「せっかく手を尽くしたってのに」

「さんざん奨学金の話をしておいて、こんどは試合からはずそうってのか」

「きみをもどすわけにはいかない」

おれは何も言わない。向きを変えてベンチまで歩く。ヘルメットを取りもしない。ただすわって、オースティン・マーフィーがボールを進めようとするのを見守る。なぜやつが走ってるんだ？〈タイソン〉社のシャツを着たやつのパパが、スタンドの特等席で校長の隣にすわっている。

笑顔の連中を見ておふくろのことを思い出す。あのスタンドにいたらおふくろも鼻が高いだろう。おれが最高だとわかるだろうし、それにほかの父兄だって——全員それを知っている。だけど、今夜おふくろは観客の中にいない。どこにいるのか、何をしているのか、何をしたのか、なるべく考えないようにする。

観客をざっと見渡して、おれに興味をいだいている人間の顔だけを探すが、ローナも来ていない。観戦は好きじゃないんだろう。母親はすっかりのめりこんでいて、父親はフィールドに立ったら手の届かない人間になると言っていた。だけど、〈パイレーツ〉がひさびさにプレーオフへ進出したんだから、この試合には来るべきだとおれは言った。そんなのはどうでもいいみたいにローナは声をあげて笑った。

くだらない。やってられるか。

スコアボードが低い音を立て、ようやく試合が終わる。コーチが大声でメンバーを呼んで五十ヤード地点で整列させ、握手をする。うちのチームは三十五ポイント差でハリソン校に勝ち、コーチはスポーツマンシップがどうの握手がどうのとしゃべっている。

おれはほかの選手をながめる。にこにこ笑うのをながめる。ハリソン校の選手数人とハグを交わす者までいる。なんだよそれ。これはフットボールだぞ。こんどはコーチがホイッスルを吹き鳴らす。フィールドに立ってホイッスルを吹き、チームを集めて片膝をつくように手招きする。何を話すんだろう。〝ビリー・ロウがタッチダウンばかりして点を稼いだので、わたしは彼をはずした〟そう言うんだろうか。こっちはそんなに暇じゃない。

おれは立ち、付属棟へ引き返そうと歩きはじめる。校長がスタンドからおりてきて、いまはエンドゾーンで両手を腰に当てている。おれは校長に向かって真っすぐ歩き、どいてくれなければちょうどあのフリーセイフティにしたみたいに踏んずけていこうかと思う。でもそのとき、ブルがおれを見てこっちへ走ってくる。

「どこへ行くんだ、ビリー」

だれかが校長を大声で呼ぶ。校長はもう一度おれを見てから、向きを変えて立ち去る。

「聞こえてるのか？」

少なくともブルはフットボールのコーチらしく見える。ビーズのように光る青い目、皺の深い乾燥した皮膚は革そのものだ。

「付属棟だよ」

「コーチは全員を呼んでいる。行って片膝をつきなさい」

　おれは何も言わず、うつむいて通り過ぎようとする。

ブルがおれの肩に手を置く。

「さわるな」

「いいかげんにしろ」

　おれはブルの手を見る。

「これから説教をするからな」

　返すことばが見つからず、おれは笑う。

「滑稽だと思うか？」

「ああ、ジョークだね」

「あそこにいる男は」ブルがコーチを指さす。「きみのために危険な賭けに出ている。聞いてるか？」

「聞いてるよ」

「それなのに、これがきみの報い方か？　フィールドから出ていく。ふくれっ面をする」

「ふくれっ面じゃねえよ」

「われわれはきみを助けようとしてるんだぞ、ビリー。だが、きみはあまりにも無知だからそれがわからない」

　おれは考えるより先にブルの手を肩からはたき落す。さわらなくたっていいはずだ。でもそのとき、もう一方の手が年寄りの動きにしては意外にすばやく伸び、おれのフェイスマスクをつかむ。おれはぐいと体を引くがびくともしない。ブルがうまくつかんでいる。

「ちくしょう！」おれがわめくのは、ほかのことばをまだ思いつかないからだ。

　ブルがヘルメットのイヤーホールに顔を寄せてささやく。おれはわめいていて、ブルはささやいている。

「おい落ち着け、ビリー」ブルの熱い息が耳にはいる。

「きみにしてやれるのはこれぐらいしかない」

18

ティナは試合に間に合い、ビリーが最後のタッチダウンをするのを見届ける。土手の上にたったひとりで立つが、そこは五ドルの入場料を払えないときや、いつもただで入れてくれる親切な受付の女性がいないときに以前も観戦した場所だ。ビリーがゴールラインを駆け抜けると、観客が非難の声をあげる。デントンじゅうの人間が息子を非難する。

ばれたの？

もっと何かしとけばよかった。いや、しないほうがよかったかも。ティナの頭にフライパンがよぎり、フライパンでなびくほど空腹の男が世の中にいるだろうかと考える。

「やれやれだな」トレントが革張りのデスクチェアにどかりとすわる。「これでビルを失うのかとあのとき一瞬思ったが、やっぱりもどってきた。あいつはもどってくるって言っただろう」

ブルは窓辺へ行ってブラインドを細く開き、ビリーがいるのをたしかめる。少年はフットボールの装具を着けたまま、叱られた犬のようにブルのトラックにいる。

ブルが手を離すとブラインドがポンともとにもどる。

「そうだな」

「だろう？」トレントがデスクの書類を動かす。「彼は優秀だよ、ブル。チーム一なのはたしかだ。ほんとうに奨学金を狙えるかもしれない。あのランはなんというか、すごく――」

「――御しがたい」ブルは言う。

「そう、まさにそのとおり。もちろん、あの態度は改善するべきだが、だからといっておっとりした連中ばかりじゃ困る」

　ブルはうめく。

「まずはこの映像を分析したほうがいいだろうな。あの最初のランは——ビリーがフリーセイフティを引き倒したあれだが——あれはなかなかのものだった」

　ブルはまたブラインドの隙間を広げてからトレントへ目をもどす。若いコーチに伝えようかと考える。自分がフェイスマスクをつかんでビリーをフィールドから引きずってくるしかなく、そのあいだトレントは残りのメンバーに教えをたれていて気づかなかったことを。ビリーがどんなふうに手を叩いてきたかを。自分がヘッドコーチだった一年間のことを、あの夏のうだるような暑さのことを。しかし、やめておく。ブラインドを広げ、またトラックを見つめるだけにする。ビリーは前の座席に不機嫌な顔ですわり、ほとんど動かない。

「たしかにな」ブルは言う。「さっそく映像を見てみよう」

　ふたりは映像を二時間見て、すべての選手のすべてのプレーに成績をつけていく。これはトレントがカリフォルニアから持ちこんだ手法だ。ブルにはさっぱりわからない。三十五ポイント差で勝ったのに、ひとつひとつのプレーを観察してなんの意味がある。それはショーであり、それに尽きる。さらに言えば、トレントはイエスの話をして四六時中みんなを悩ませる。例の変てこで小さな車が付属棟に金曜の夜遅くから土曜の朝にかけて停まっているところを見ると、この若いコーチはがんばっている——すばらしい——と人から思われたいのだろう。

　トレントが着任早々日曜の午後も少年たちに練習させる提案をしてきたとき、このカリフォルニアの男は冗談を言っているのかとブルは思った。何人かの最上級生が聖書を引き合いに出して、安息日とは休日のことだと新任コーチに言ったときのトレントの返事をブルは一生忘れないだろう。トレントはこう答えた。

「イエス・キリストは日曜日に奇跡をなされた。だからきみたち、われわれはいま奇跡のいとなみの中にいるんだよ」

第四クォーターの後半あたりで二軍、つまり控えの選手たちの出番になるが、それでもまだひとりひとりのプレーすべてに等級をつけていく。ブルは立って伸びをしてからまた窓辺へ行く。ブラインドの隙間をあけたとき、トレントの声が聞こえる。

「ブル？」

ブルはスクリーンを見ていない。窓の向こうを見ている。顔からいっきに血が引く。頬が引きつる。ブラインドが大きな音でもどる。

「おいおいブル」トレントが言う。「どうした。何があったんだ」

もしブルが振り向いたら――オフィスのドアを勢いよくあける代わりに、もしプロジェクターのスクリーンを見たら――自分たちが二十ドル払って試合を撮影させたあのニキビ面の少年が、最後のプレーのあとも撮影をやめなかったのがわかるだろう。その少年が面白いと思ったのか、少なくとも撮るに値すると思ったのか、そこにはフェイスマスクをつかんだブルがビリーをねじあげてフィールドへ引きずっていく一方、トレントが膝をついたほかの少年たちに微笑んで、つらい仕事と犠牲について説教する姿がおさめられている。しかしブルは振り向かず、両目をトラックの助手席側のドアへ注いだままで、そのドアはビリーぐらいの体格の少年がちょうど出られるぐらいに開いている。

19

ブルのトラックで二時間以上が経つ。くさいパッドを着けたまますわっている。腹も立っている。あの野郎に木の棒で殴られたみたいに全身が痛む。やつは自分の手をぜったい使わない。だからいつも何かを見つけるしかなかった。でも、やつは二度とおれやおふくろやちびすけを殴らない。ジェシー兄貴が〈エデンの滝の洞窟〉のそばにあるトレーラーハウスにまだ住んでなければ、兄貴はとうの昔にやっちまっただろう。けれど、ほかのみんなと同じように兄貴は出ていった。いなくなった。

　ごくたまに、ブルがおれをブラインド越しに見張る。だいたいコーチはおれがここにいることを知ってるのか？ 怪しいもんだ。おれのタッチダウンの走りを見るのでいそがしいんだろう。おれがコーチの家へ帰って、ミセス・パワーズやローナを相手にボードゲームをしていると思ってるんだろう。でもちがう。ビリー・ロウはこのトラックの中でじっとしている。なんのために？ おれが何をした？ ランプレーでタッチダウンを五回決め、プレーオフ初戦でチームを勝利へ導いたのは知っている。やったのはおれだ。

　ドアへ手を伸ばす。

　犬じゃあるまいし、ブルは指示しただけでおれがじっとしてると思ってるのか？ こらしめようってのか？ あそこへ行ってコーチへあやまってほしいのかもな。なんのために？ コーチはきっと、おれがハリソン校の選手全員と握手したと思っている。コーチがおれのことを心配してないんだから、おれは待つのをやめる。待つ理由さえわからないんだから。

　ドアをあけ、そのまま閉めないでおく。音が聞こえてはまずい。それから、急ぎ足で駐車場を突っ切る。道路へ出る直前に引き返す。ロッカールームへ音ひとつ立てずに忍びこむ。バックパックを探ってあの本を取り出す。また道路へ着くころには走り出し、黒くて硬い舗装路でシューズの滑り止めがバリバリと音を立てる。

ローナの部屋の窓に石が当たり、ひびがはいったような音がする。ばかめ。ビリー・ロウ、おまえはどうしようもなくばかだな。藪《やぶ》に跳びこむ。そこにすわって自分のばかさ加減とか、コーチの家の窓を壊したこととかを考えていると、ローナのささやき声が聞こえる。

「だれかいるの？」

おれは何も言わない。

「だれ？」

ばかめ、ばかめ、おおばかめ。パッドとか、まだ全部着けたままだ。ローナはこれを何かのジョークだと思うだろうが、ちがうんだ。ジョークだなんてとんでもない。ほかに行くところを知らなかっただけ、ほかに思いつく相手がいなかっただけだ。例の本も手に持っている。よりによって、メキシコ人と魚について書いてあるばかな本を。

「聞こえてるわよ」ローナが言う。「そっちの藪のなかでもぞもぞしてるのが」

目を強く閉じたので、まぶたの中に紫と緑が見える。

「冗談じゃすまないわね。出てこなきゃ警察を呼ぶから」

おれは目をあけて藪から一歩出て、長いあいだ感じてたとおりのばかみたいな気分になる。そして本をかかげる。それを見せればどうにかなるかも、何も言わずにすむかもと思ってひたすらその小さな本をかかげ、それに語ってもらう。

「ビリー？」とローナ。「あなたなの？」

「うん」

「何を身に着けてるの？」

「パッドだよ」

「ああ、試合だったのね」ローナがすっかり忘れてたみたいに言う。「今夜だったんでしょ？」

「うん」

「手に何を持ってるの？」

「ほら、あの本さ。メキシコ人について書いたやつ」

　ローナが笑いだしたので、ほんとうにばかみたいな気分になる。タッチダウンを全部決めたときみたいに、庭を突っ切って通りを走っていきそうになる。だけど、ほかに行くところがない。

「彼はメキシコ人じゃないわ、ビリー」ローナがまだ笑っている。「キューバ人よ」

「似たようなもんだろ」

「ほんとに読んだの？」

「まあたぶん」

「読んだか読まなかったか、どちらかでしょ」

「少しは読んだ。老人が少年と話してた。少年は老人がいい漁師だと言ってる。だけどそこがわからない。老人は一匹も魚を獲ってないんだ」

「読んでるじゃない」ローナが意気込んで言う。「待ってて。そっちへ行くから」

　おれは血と汗と草にまみれている。ヘルメットを左手でかかえ、それから右手に持ち替える。なるべく平気なふりをしていると、ローナが玄関のドアを細くあけて出てくる。バスケットボールのジャージみたいな、ゆったりとしたタンクトップを着ている。ブラは着けていない。着けていたこともない。ジャージが長いのでショーツを穿いているかどうかはわからない。ほかの女子が学校で履かないような白いきれいなナイキを履いている。髪は後ろでゆるいおだんごにまとめてある。首が見えるような、そんな髪型が好きだ。ミセス・パワーズがおれに買った新しい服をローナは持ってきてくれた。

「どうして着替えなかったの？」ローナが小声で言って、服を手渡す。

「そんな暇は――」

「シィーッ」ローナが後ろの家を指さす。「みんな寝てるのよ。もう少しで午前一時だもの」

「ごめん」

　ローナがそこにじっと立って、おれをしげしげと見る。おれのパッドを透かしてあの明かりとシロップが、おれを引きまわすブルが、あの野郎とあの野郎がしたことが見えるのかもしれないが、それからにっこりと笑う。だから何も見えていないのがわかる。

「それで、ほんとうに読んだのね？」

「少しだけど」

「そうね、じゃあそれについて話しましょうよ。いい場所があるのよ」

　ローナが鍵を車へ向ける。それはローナの母親の車だ。ローナは自分の車なんか持っておらず、そういうところがかえってすごいと思う。ふたつの目がまばたきするみたいにヘッドライトが光る。おれはブルのトラックに乗っていたように、車に乗ってくさい尻ですわろうとするが、そのときになってまだパッドを着けていることに気づく。

「着替えなきゃ」

「着いてから着替えればいいわよ」とローナ。「ついでに洗い流せるし」

「どこへ行くんだ？」

「〈エデンの滝の洞窟〉ってのを聞いたのよ」ローナが言うので、おれのはらわたがひっくり返る。「ずっと奥へ行くと、滝がある秘密の部屋みたいなのがあるんですって」

　自分が何を言ってるのかローナはまったくわかってない。あの岩屋《ビッグルーム》まで行くのがどんなに大変かわかってない。底無しだとジェシーが言う深い淵のことも。

暗くて何も見えないのに、あたりから大量の水が落ちてくることも。いやいや。嘘だろ。おれが一番行きたくないのが〈エデンの滝の洞窟〉だ。

「あの洞窟はとても行けるような場所じゃない」おれは言う。

ローナは運転席に乗りこむが、おれを見るときの目が笑っている。「ビリー・ロウがこわがってるの？」

「こわいわけじゃない」

「じゃあいいでしょ。見てみたいわ」

「洞窟へはぜったい行かない」

ローナが不機嫌そうに鼻に皺を寄せるが、単なる駆け引きなのはわかる。ハンドルを指先で何度かはじく。

「じゃあ」とローナ。「もっといい案はある？」

「川へ行ってもいいな」ほんとうは川も行きたくない。試合のあとはだれもかれも川へ行くからだが、でも〈エデンの滝の洞窟〉よりはずっとましだ。

「水」ローナは言い、目をあげる。「月。そうね、完璧だわ」

「それはいいけど、まだパッドを着けたままだよ」

「だれが気にするの？」

「きみのお母さんが気にする。あの人はおれに車をよこされたくないはずだ」

「ビリー、それはあくまでも物質的《マテリアル》なことよ」

どういう意味なのか、おれは訊かない。何も言わない。ただ立っている。パッドを着けたまま、このにおいのまま、ローナの母親の車に乗るつもりはない。

「いいわ」ローナが言う。「着替えてきて」

「どこで？」

「家の裏で。どうでもいいけど急いでね」

「家の裏？」

「中へはいらないで。ママとアヴァを起こしてしまうもの」

母親の車の運転席にいるローナを、おれはまじまじと見る。そして服を持って藪の後ろへ行く。月が明るいのでまわりが見える。手早く着替えようとするが、フットボールのパッドをはずすのはむずかしい。ローナへ目を向ける。ローナはこちらを見ていないが、それでもおれはそこにいるのを感じる。このくさいパッドはどうすればいいんだ？　車に置くわけにはいかない。ひどいにおいだ。

「終わった？」おれに聞こえるぐらいの声でローナがささやく。

　おれはジャージとフットボールパンツと膝パッドをヘルメットへ突っこむ。そのヘルメットをちびのころやったようにショルダー・パッドの内側に入れる。藪の中になんとか入れられる場所があったのでそこへ置く。

　車に乗るが、何も言わない。ローナがやすやすと車を道路へ乗り入れる。おれのほうを見て微笑む。「免許は持ってないから」と言う。「だからあなたと同じ反逆者ってわけ」

　そんなことはないから、おれは何も言わない。自分では反逆者だと思ってるんだろうけど、ローナはビリー・ロウとはおよそかけ離れた人間だ。少しぐらい似ていてもかまわないけど。全然かまわないけど。

20

ブルのトラックの座席がまだあたたかく、饐《す》えた汗のにおいがかすかにただよっている。

「どうした」コーチ用オフィスのドアからトレントが叫ぶ。「何かあったのか？」

エンジンが回転して活気づく。

「ブル？」

助手席のドアがあく。「乗ってくれ」ブルが言う。

「ビリーだ」

トラックがうなりをあげ、駐車場を出てメイン・ストリートを突っ走る。ビリーの頭を冷やして力になろうと思った、とブルはトレントに話す。トラックは猛スピードで道から道へとくまなく走るが、どの道を探しても行き詰まる。ブルはデントンの高校生のたまり場を残らず知っている。未舗装の道をどん詰まりまで行くと、アーカンソー川が現れる。川の水源はコロラドにあり、かの地の水はクアーズのコマーシャルのようにすがすがしく冴えわたっている。その水がオザーク高原で濾過され、捨てられたベッドスプリングや食洗機のほか、田舎者が丘陵地帯にばらまくガラクタの中を通るころには、川はチョコレートミルク色に変わり、スカンク臭ただよう出来の悪いビールとなる。

土手では焚き火が焚かれ、若者たちが暗がりで踊ったり体を揺らしたりしている。ヘッドライトの明かりになでられたとたん、連中はゴキブリさながら車の中へと消える。トレントが窓をさげてビリーの名を呼ぶ。

ブルはトレントのシャツの後ろをつかむ。「何をしようってんだ」

「いや、ただ――」

「落ち着け」ブルは言い、未舗装の道へトラックをもどす。「聞いてるか？」

「落ち着け？　きみは最高の選手をむやみに痛めつけた。動画で全部見たぞ。動物か何かのようにあいつをフィールドまで引きずってきた」

「まさにそんなところだ」

「動物だと思ってるのか」

「自分だってそう思ってるだろう」

トレントがブルから顔をそむけ、窓の外を見つめる。

静脈の浮きあがったブルの前腕が、ハンドルを握り締めてふくらむ。「いいか、ハリウッド。おれも昔は焦っていて、きみと同じように勝ちたくてたまらなかった」

「その話は聞いたよ。ブラッドショー校長からいろいろ――」

「どんな話だろうと、ドン・ブラッドショーがきみに真実を伝えると思うか？」

「そうは思わないが」

「じゃあ、おれ自身のろくでもない話を聞かせてやろう」

トレントが目をぐるりとまわすが、口は閉じておく。

一分経ってからブルは話しはじめた。

「あまりにも厳しく性急に選手たちを追いこんだ。おれにとって二度目のシーズンがはじまる前の夏だった。めちゃくちゃに暑かったが、おれはひたすら練習をさせ、やがてひとりの少年がフィールドで倒れた。あの倒れ方は一生忘れない」

「脳震盪か？」

「熱中症だ。その少年を徹底的にフライにしたんだよ。最悪なことに、おれはまだプレーの指示を出しつづけた。倒れたのに気づかないふりをしてほうっておいた。ほかのメンバーに少しでも練習をさぼる気にさせたくなかった」

「それでどうなった？」

ブルが覚えているのは、自分の折り畳みナイフが少年のジャージを裂いてパッド正面のひもを切る音、その胸からいっきに立ちのぼる熱気、救急車、病院——葬儀。

「いまその話はいい」ブルは言う。「大事なのはここできみに伝えること——きみへの警告だ。まず落ち着け」

「こんなことしてばかみたいだな。きっとビルは家へ帰ったんだ」

「いまからそこへ向かうよ」ブルはメイン・ストリートへ引き返す。

「ええと、道がちがう」

「ロウ家が住んでいる場所なら知ってる。きみがホイッスルを吹こうと思うよりずっと前に、おれはあの家の少年たちを車で拾っては練習に連れていったんだからな」

「あいつの家？　そんなばかな」とトレント。「ビルはいまわたしのところにいる」

「わかってる」

「トラックをUターンさせてくれ」

「きみの考え方はビリーとちがう。きみは自分とビリーが気心の知れた者同士だ、ビリーのことをわかっていると思ってるが——そうじゃない」

「どういう意味だ」

「おれにフィールドへあんなふうに引きずり出されて、ビルはどう感じたと思う？」

「傷ついたに決まってる」トレントが言う。「恥ずかしい思いをしただろう」

「そこがまちがってる。ビリーのようなやつは何も感じない。暴力で飼育された闘犬と同じだ。考えずに反応するだけだ」

「ビルだって考えるさ」

「たしかに」ブルは言い、トラックのエンジン音が高くなる。「たぶん考える。たぶんな。だが、こんな事態になれば別だ。気が立っているときは別だ。そして、やつは気が立っている。それは請け合うよ」ブルはビリーに叩かれた左手をさする。

「人間の本質ってのは――」トレントは言いはじめるが、ロウ家が住むダブルワイドのトレーラーハウス周辺の泥の中にトラックが停まったので、いったんだまる。白々とした強いヘッドライトの先に〈シェイディ・グローヴ〉が浮かびあがる。夜のトレーラーハウスは不機嫌そうで、どこもかしこも哀れをそそる。ゆがんだ雨どい、壊れた窓、蝶番がひとつしか残っていないスクリーンドア。

「いかにも動物が棲みそうなところじゃないか、ハリウッド」

「動物じゃない」トレントが言う。「ここには人間が住んでいる。だからこそ悲惨なんだ」

　ブルは車をおりてトレーラーハウスへ向かう。トレントはトラックのドアの裏にとどまり、銃撃戦に備えるかのように、というより恐ろしさで腰が抜けたかのようにそこにうずくまる。ブルはためらう。小さなポーチまであと少しだったが、立ち止まって咳をし、片腕をあげて顔を覆う。

「なんだ？」とトレント。「どうした？」

「くさい」

「どんなにおいなんだ？」

「鶏舎のせいかもしれない」とブル。「だがまいったな、ひどいにおいだ」

「ここまでにおってきた」トレントが咳をする。「腐った肉みたいなにおいだ。生ごみじゃないかな」

「動物だよ」ブルはシャツをずりあげて、自身のかすかな汗臭さとステットソンのコロンの香りしか嗅げないようにぴったり鼻を覆う。そしてドアまで行って三回ノックする。

　静かだ。

　ブルは息を止めるが、やがて耐えられなくなる。息を吐いてから鼻を突く空気を長々と吸いこみ、いまはその味までわかる。もう一度、こんどはもっと強くノックする。

「ったく、なんなんだ」とブル。

「ほら」とトレント。「やっぱりビルはここには来てないんだ。もう行こう」

　ブルはポーチをおりてにおいから遠ざかる。トレントの近くまで来たとき、急に風が吹く。壊れかけたスクリーンドアがガタガタ騒いで最後の蝶番にしがみつく。ブルはその音に振り向くが、気づいたのはスクリーンドアではない。トレーラーハウスの中にある何か——明かりだ。

　ブルはポーチへ引き返し、窓に手を押し当てる。

「なんだ？」トレントの声が細々と闇夜を渡る。「どうした？」

　いまやブルを取り囲むそのにおいは、ブヨの大群が耳と鼻の中ではためくような物理的な力と化し、毛穴にしみこんでくる。キッチンにただひとつの明かりでは中の様子がまったくといっていいほど見えないが、ブルは目を凝らし、においすら忘れさせるものを目でとらえる。

21

川が下のほうで強く速く流れる。水に月。空に月。

試合のあとはみんなが川へ来る。車で走っていると、大勢の連中がすっかり酔っぱらっているのが見える。大きな焚き火が低い枝を裂き、酔いどれの笑顔を照らす。

「わたし、ビールだって飲んだことない」運転しながらローナが言う。

「一度も？」

「そうよ」とローナ。「何年か前、父に言われて誓約書にサインしたの」

「ビールを飲まないことって書いてあったのかい？」

「教会の誓約書よ」

「罪がどうのこうのってやつ？」

「ドラッグとかアルコールとか」ローナが言う。「それからセックスも」

　おれは唾をごくりとのみ、焚き火が後方でただの暗がりになる。上流へ向かうと、やがて崖に着く。車をおりてしばらく歩き、崖のへりのほうへ行けるところまで行く。

　ここまで上流に来れば、崖は大きくて高い。たぶん六メートル、ひょっとすると九メートルぐらいはあるだろう。だから、飛びこまなければ川にはいれない。以前飛びこんだことがある。だれでも崖から飛びこむが、夜は無理だ。たとえ満月でも夜に飛びこむなんてばかだ。

　ローナが毛布を持ってきたが、寒くはない。こんなにクソ暑い十一月ははじめてだ。昼間の熱気で川はまだあたたかく、ぬくもった空気が吹きあげてくる。でも女ってのは毛布を用意するとか、そういった気づかいが得意だ。おふくろも酔っぱらったりハイになったりしてないときはそうだ。

　おふくろ。

　しばらくおふくろのことを考えてなかった。おれはもう一度ぽつぽつと記憶をたどり、おふくろの様子を細切れに思い出してみる。あの夜、おふくろは出ていった。あの野郎のもとにおれをあっさり置いていったのは、おれがどうするか知っていたからだ。自分の計画どおりに息子がそれをするのを待っていたんだろう。

「すわって」ローナが毛布の上で自分の隣を軽く叩く。おれはまだくさい。自分でもよくわかる。新しい清潔な服を通してまだ汗とフットボールのにおいがする。

　においに気づかれないようにローナと離れてすわる。兄弟が何人かいて、母親ががんばっても、ちゃんとがんばっても洗濯物がたまっていくとき、そんなときは自分がどれぐらいにおうか気になるものだ。たまにだけれど。気になるのは、よそのガキどもがにおいを嗅ぎつけるからだ。あいつらはかならず嗅ぎつける。というわけで、おれはローナから二メートルぐらい離れてすわり、冷たいビールがあればいいのにと思う。手もとに何かほしい。あれこれ考えずにすむ何かが。ところがローナはおれを見もしない。川を見ている。

「いま何ページを読んでるの？」ローナがおれに目を向けずに言う。

　おれは暗闇であわてて本を広げる。いま、おれの頭の中は本どころではないが、ローナが本の話をしたがっているので折ったページを開く。

「二十五ページ」

「二十五ページをきょう読んだの？」ローナが言う。

「それなのにフットボールの試合にもちゃんと出たの？　ビリー・ロウ、あなたってルネッサンス的教養人ね」

　おれは何も言わない。何を言われたのかさっぱり理解できないのをローナは察したらしく、こう言う。

「たくさん才能を持ってるってこと。いろいろなことが得意っていうか」

「ああ、知ってるよ」

ローナが声をあげて笑い、ようやくこっちを向く。川の方向から月光がさし、ローナの後ろで輝いている。顔がよく見えず、少し乱れたまとめ髪が後光のようで、動くと光って揺れる。

「わかった」とローナ。「そんなに賢いなら、読んで聞かせて」

「言っただろ、おれは――」

「それはそうだけど、ほかにだれもいないでしょ。そのほうが深く理解して読めるのよ」

おれは何も言わない。

「だって協力するって――」

「わかってる」

ローナがにっこり微笑み、暗闇で歯が輝く。

「お願い、ビリー」ローナが毛布の上からありったけ体を傾けておれの手を握る。「いいでしょ?」

おれは素早く、もしかしたら速すぎるくらい素早く身を引いたが、さわられるのがいやだったわけじゃない。全然そんなんじゃない。くさいからだ。ローナがそろそろと手を引っこめるのを見て、乱暴な態度をすまないと思う。

「いいよ」おれは言う。

ローナが自分の手をさするのをやめる。「いいって、何が?」

「読んでもいいよ」

ちびすけがほんとうにうれしいときにやるみたいに、ローナが毛布の上で跳びはねる。手に持った本がやたらに大きく感じるが、小さな本だ。重いような気もするが、そんなことはない。ローナが毛布の端からにじり寄ってくるのがわかる。近くなりすぎる前におれは読みはじめる。

「もう嵐の夢は見ない。女の夢も、大いなるでき、でき——」

　読むのをやめ、鼻から深く息を吸う。

「出来事」ローナが言う。

　おれは本を閉じる。

「ビリー、がんばって。パパからハンドオフ（味方に直接ボールを手渡すプレー）のやり方を教わるのと同じ。コーチみたいなものよ」

「コーチはおれが知らない技を教えたりしない」

「大学のコーチはいろいろ教えるはずよ」ローナがそう言って満面の笑みを浮かべる。そんなふうに言うので——ほんとうに信じてるみたいに、少しも疑ってないみたいに言うので——おれは本を手に取ってまた読みはじめる。「大いなる出来事の夢も」ローナがうなずくのを目の端でとらえる。

　おれはしばらくのあいだ読み進め、そのあいだローナがじっとすわって、その調子、聞いてるわよ、というふうにうなずいたり相槌の声を送ったりする。嘘じゃなくて、読むってのも悪くないなとはじめておれは思う。おれたちはまるで話をしているみたいだが、話してるのはおれじゃない。このヘミングウェイとかいうやつだ。こいつがおれを通して話してるけれど、おれはなんだか賢くなったみたいで、その感じが好きだ。

　気になるので読むのをやめる。

「こいつは何者なんだ？」

「こいつって？」

「ヘミングウェイだよ」

「それを言うなら、何者だったと言うべきね」ローナが言う。「もう死んでるのよ。ショットガンで自分の頭を吹き飛ばして」

「ショットガン？」

「そう、自分の足の親指で引き金を引いた」

「うへっ」

「ヘミングウェイってどこかあなたと似てるのよね、ビリー。ショットガンは別にして」

「似てるってどこが？」

「彼は男の中の男だった。闘牛と狩猟に情熱を傾けた。しばらくアーカンソーにも住んでいて、代表作のひとつをデルタ地帯のピゴットという町で書いたのよ」

「ほんとに？」

「ほんとに」ローナがふたたび毛布の上をにじり寄ってくる。自分がしていることがわかってない。クリーシャとニーシィのことも、ビリー・ロウに身をまかせたらどうなるのかも、まったくわかってない。おれはさっきの場所から読みはじめる。

「……もし彼女が荒々しいことや悪さをするなら、そうするしかないからだ。女がそうであるように、彼女も月の影響を受ける……」

　ローナがもう少しでおれに寄りかかる。おれは読むのをやめる。

「ヘミングウェイがなんの話をしてるかわかる？」とローナ。

「海のことを言ってるんだろ？」

「そうね。でも、女と月と、そして今夜のような夜の話もしてる」

「ああ」おれが言うと、ローナはもう立って崖のへりに向かって歩いている。

「月……」ローナが言うのはそれだけだ。崖から身を乗り出して川を見おろす。その向こうから、いまも月明かりが照らしている。そこに立っているのはただの人影だが、ローナがバスケットボールのジャージを頭から脱いだとき、おれはその人影以外何も要らなくなる。

　おれは動かず、何も言わない。どこを取っても男がほしがる形をしたものが、すぐ目の前でシルエットになっている。ローナはかがんでショーツを足首までおろす。冷たい水にはいろうとするみたいに、ショーツから慎重に足を踏み出す。でも、まだ水の中ではない。

　それでもおれは何も言わない。ローナもだ。かがんでずっと崖の下を見ているだけだ。本に書いてあることが正しくて、月が自分の名をずっと呼んでいるかのように。

おれが崖のへりから呼びもどそうとしたそのとき、ローナが飛びこむ。月がちょうど雲に隠れ、ローナの影をいっしょに連れていったかに見える。でもそれから水しぶきの音が聞こえたので、ほんとうに飛びこんだとわかる。胸の中で心臓の鼓動が強くなり、目の奥で——それ以外の場所でも——血がどくどくと脈打つのを感じる。岩棚へ走ると、ローナが水面にゆらゆら浮いていて、ブラックコーヒーに少しそそいだばかりのミルクみたいだ。

おれがあそこへ飛びこんだところで何もいいことはない。何度か経験したから、自分がどこに飛びこむのか、下がどうなっていてそもそも飛びこむ必要があるのか、それくらいはわかっている。

「月よ、ビリー。月の引力を感じない？」ローナが大声で言う。

おれは月のことなんて考えてもいない。でも、水中で上下するローナの姿をかろうじて照らす月明かりがすごくありがたい。目を凝らして見そうになるのを何度もこらえる。

「どうかしてる」おれは言う。「頭おかしいだろ」

「あら、そっちはチキン野郎ね！」ローナが声を張りあげる。

ビリー・ロウをチキン野郎呼ばわりされてたまるか。それに、月明かりは見たいものをやっと見せてくれるだけだ。ショーツとシャツを脱ぐと、吹いてくる風が涼しく、風に乗って何かが運ばれてくる気がする。少し鶏のにおいがするので、風は離れた町の何かとつながっているのかもしれない。

「どうなの？」ローナが言う。

風がやむ。おれはそこにひとりで立ち、何が大事かを考える。大学の奨学金と、下に浮かんでおれを待っているローナ・パワーズについて考える。そしてついに、水面から浮きあがってはおれを呼ぶこの女をちゃんと見ることにする。それに、ローナの姿――全身――を拝めるなら、飛びこむぐらいなんでもない。

22

トレントはブルのかたわらで、鼻を窓にくっつけんばかりにして顔で明かりを受け止める。アイランド型調理台の後ろにある肩の形がかろうじてわかり、袖に〈デントン・廃棄物処理《ウェイスト・マネージメント》〉と横一直線にプリントされた文字が見える。奥に隠れたほかの部分をトレントは想像する。身を乗り出したので、息でガラスが曇る。

「あの男だ」ブルが言う。「ビリーの母親のボーイフレンドだよ」

トレントはその男の名前を小声で言う。

「そう、トラヴィス」ブルはそう言って唾を吐く。

「フットボール選手じゃなかったのはたしかだ。バスケットボールをやってた。具合でも悪いのかな――エアコンの効かせすぎだ」

　トレントは窓ガラスをぬぐう。「彼は――」

「死んじゃいないよ、ハリウッド。前後不覚になるほど酔ってるだけだ。ビリーがここに来なくて正解だったかもな。トラヴィスのやつはティナとけんかでもして、一週間分の大酒を飲んだんだろう」

　トレントは最初はゆっくりと、そのあとでせわしなくうなずく。

「しかたないな」とブル。「あの酔っ払いを叩き起こせるかどうかやってみよう」

　ブルがあわれにぶらさがったスクリーンドアを強く叩いてノックをはじめる。最後の蝶番がはずれる。スクリーンドアが音を立てて落ちる。もうひとつのドアが剝き出しになるのを見て、トレントは不安に押しつぶされそうになる。

「ブル？」

「なんだ？」

「彼は動いてるかい？」

「いや、動いてない。酔いつぶれてるからな」

「そうか」トレントはビリーの指関節と肉挽き器とそのにおいのことを考える。腐った生ごみか、さもなければまったくちがうものが原因の、このとてつもない悪臭のことを。

「ドアを壊すしかないな」ブルが言う。

「壊す？」

「そうさ、ハリウッド。これは深刻な事態かもしれない。まさかとは思うが、酒を飲みすぎて死ぬこともあるんだ。こんなにドアを叩いても聞こえてないとすれば、どれほど具合が悪いのか見当もつかない」

「そうだな」トレントの頭の中ではすでにもっともらしい説明ができあがっていて、それはブルが差し出すものと一致する。その男は酔いつぶれていた。たしかに納得がいく。

ブルが折り畳みナイフを取り出し、その長い刃が闇夜で青みを帯びる。

トレントがナイフをまじまじと見る。「それで何をする気だ？」

「いまいましいドアをあけるんだよ、ハリウッド」

「なるほど」

「さあやるぞ」ブルが言い、デッドボルト近くの隙間にナイフを突き刺す。「手を貸してくれ」

息の合ったガードとセンターがブロックするみたいに、ふたりそろって肩でドアを押す。ブルがナイフを使ってドアフレームを強く引っ張る。木が裂ける。ドアが大きくあき、においがふたりを包みこむ。ブヨが群がる。トレントは宙を叩き、両膝をつく。

さっそくブルがトラヴィスの近くに立っている。トレントはこれ以上近づけない。そのにおいは強くすさまじく、実際なんのにおいだろうが——腐った生ごみだろうが死体だろうが——いまはトレントの内側、肺や鼻にはいりこみ、濡れた眼球に貼りついている。

「死んでるぞ」まるでブリッツ（集団でクォーターバックを狙う防御戦術）の指示やカバレッジの変更をするような口調でブルが言う。「それに、飲み過ぎで死んだのではなさそうだ」

においがトレントの内側をつかんで嚙みつき、肺が縮れて紙の詰め物みたいになる。トレントは床に伸びた死の塊をようやく見おろす。トラヴィスの口は開き、目は閉じ、膨れあがった顔いっぱいに破れた水ぶくれがある。

はじめからずっと、腐ったごみのにおいだった。

数分のうちに、トレーラーハウスはオレンジ色ではなく青い光に照らされる。ティモンズ保安官がビールの空き缶を蹴飛ばしてベルト通しに指を引っかけ、もったいぶって現場を歩きまわる。「何かが額に命中したんだな。左目のすぐ上だ」

「トラヴィスがこんなにデブだったとはな」ブルが言

う。「きみたちは同級生だったよな、保安官」

ティモンズが鼻を鳴らす。「ああ、だがおれはバスケットボールなんぞやらなかった」

「トラヴィスにはまったくチャンスがなかったな。ちびでずんぐりした白人少年が黒人の競技をするんだから」

「死んだときはここまでデブじゃなかった」ティモンズがトレントのほうを見て言う。「すぐに膨張がはじまった。腹の中でガスやなんかが発生するんだよ。いま嗅いでいるのがそれだ。車にはねられて死んだ動物もこんなにおいがする」

ブルが靴の先で遺体をつつく。それはウォーターベッドのように揺れ動き、皮膚はたるんでいるがそれ以外は締まっている。ゆるんだ口が少し動いてもとどおりになる。

「ここで何があったと思いますか？」トレントが訊く。

「わたしの考えか？」とティモンズ。

「ええ」

ティモンズがブルのほうを向いてにやりと笑う。

「考えても給料がもらえるわけじゃないんでね」

「行こう、ハリウッド。専門の人間にまかせるのが一番だ」ブルがトレントの肩に手を置き、ドア口へ向かおうとする。

「冗談じゃない」トレントはさっと身を引く。「この男は死んでるんだ」

「ほう、面白い」ティモンズが言う。「カリフォルニアではどうするのか教えてくれるのか？」

「そうじゃない」トレントは言う。「でも、できれば何があったか知りたい。死体に出くわしたのに、ふたりとも軽口を叩くだけか？　ブルなんかこのおそろしい物体を蹴ったんだぞ」

「人間だよ、コーチ。というか、人間だったと言うべきかな」

「わかってる。トラヴィスのことは知っていたよ」

「みんながトラヴィスを知っていた」ブルが言う。

「ビリーがファンだったとは思わんがね」ティモンズが言う。

「たしかに」とブル。「ファンとは言えないな」

ティモンズがしゃがみ、死んだ男の膨れた左耳のほうへ身を乗り出す。「いったい何があったんだ？　トラヴ」トラヴィスの顔面は赤くて発疹だらけで、モダンアートの死のキャンバスを思わせる。ティモンズ保安官が顔をあげる。「クソの嵐になるのはこれからだよ、コーチ。きっと心の中でな」

「そういうことさ」とブル。

「ところで、わたしが思うには――専門家の意見を訊かれているのなら――トラヴィス・ロドニーを殺した人間はふたりしかいない。ティナ・ロウかビリー・ロウのどちらかだ」

「ビル？」トレントが言う。「そんなばかな」

「その打撲傷を見るかぎり」とティモンズ。「少なくともビリーがかかわっているだろう」

トレントは目をそらす。

「ビリーは最近、パンチしたい気分だったようだ」ティモンズがさらに言う。「それに、小さな点々があるだろう？　指関節が当たってできたにちがいない」

「保安官、ちょっと聞いて――」トレントは言いかけるが、ブルのすばやい一瞥で口を閉じる。

「ところで、そのパンチは死因じゃない」ティモンズがそう言って、死体につま先でふれる。「すべては額の傷、それこそが死因だ」

「ひどいもんだ」ブルが言う。

「転倒しただけでそうなったと思いますか？」トレントは訊く。

「もちろん」とティモンズ。「その可能性はある。だが、気の毒なトラヴィスに何があったのか、ありとあらゆることが考えられる。血のついた場所やなんらかの凶器が見つかるか探ってみるつもりだ。そうだ、ティナがもどってきたら、あの車のバンパーを調べよう。どうなるかわからんがね」

　トレントはしゃがんで肘を膝に載せる。こうして死体を近くで見ると、男の額の裂け目が深い赤から紫に変わっているのがわかる。

「申しわけなかった」トレントは言う。

ティモンズは顔を向ける。「謝ることはないさ、コーチ」

　トラックの中で、ブルとトレントは無言だ。ひと晩中車を走らせ、空にかかる月が近くて明るい。今夜は暗闇以外あってはならない夜、真実を照らす光があってはならない夜だ。トレントは月に見られているように、責められているように感じる。でも、まちがったことはしていない。助けようとしただけだ。ビリー・ロウにはありったけの助けが必要だ。

　ブルがトラックをカーブさせてトレントの家の通りへはいるが、月が私道を照らすほど明るいので、マーリーの車があるべき場所にないのがすぐにわかる。

「マー？」沈黙を破ってトレントが言う。

「午前二時だぞ、ハリウッド」

「わかってる」トレントはトラックのドアの取っ手を引く。「でも、妻の車があそこにあるはずなんだ」

「あわてるな。トラックを停めるから」

　それでもドアは開き、トレントが早くも跳びおりて前庭へ、そして家へ走っていく。鍵がかかっている。ポケットに手を入れて鍵を探す。見つけたちょうどそのとき、正面のドアが開く。

　一瞬の間《ま》があり——ブラインドサイドでブリッツを仕掛ける前のほんの一瞬の間だ——トレントはほっとする。妻は無事だ。家にいる。しかしそれがわかったあと、この世のすべては均衡を保っているといういまわしい真実に気づく。

　トレントは「ローナ」とつぶやく。煌々と照る月がパワーの落ちないカメラのフラッシュさながら、マーリーの目に浮かんだ苦痛をとらえ、それを永久に封印する。

23

しばらくふたりで川に浮かんでいる。ローナが近づいてきても平気なのは、くさいにおいが消えて水が心地よいからだ。フットボールのフィールドにいるときと同じで水の中では何も考えない、そういうのが好きだ。ローナがこっちへ、おれはあっちへ動き、ずっと立ち泳ぎをしながら川下へ流れていく。

「あらやだ」

「どうした？」

「イヤリングが」

ローナは片耳へ手をやり、いつも着けているイヤリングの、ゆらゆら揺れる羽根の形をした片方にふれる。

「パパから大目玉を食うわね」とローナ。「何年か前の誕生日にこのイヤリングをプレゼントしてくれたの。じつを言うと、パパがくれたもので好きなのはこれだけよ」

おれは水を掻いてもぐり、暗い水中で目をあける。下には何もないようだ。水は黒々として、泥の味がする。あきらめずにつづける。

「なくなったのよ、ビリー」おれが水面にもどるとローナが言う。「もう忘れて。羽根の部分が細いワイヤーで作られてるの。川底へ真っ直ぐ沈んでいったのね」

それでもまだおれは、見つかるかもしれないと思ってがんばり、そのあいだも川がおれたちを下流へと押していく。ずいぶん遠くへ流されたと気づいたのは、焚き火の明かりが見えたときだ。

「ローナ」おれは言う。「ほら」

「あったの？　イヤリング」

「焚き火のあたりまでもどっちまった」

「だから？」

「焚き火の先はダムだ。ダムより下流へは行けない。ダムを越えたらもう浮かびあがれないぞ」

「じゃあ、あがりましょう」簡単なことみたいにローナが言う。さっさと川から出て焚き火まで歩けばいいみたいに。早くもそっちへ向かって泳いでいる。何も身に着けずに。服は崖の上だ。おれだって何も着ていない。水が体を押している。ローナが川岸近くに立つのを見守る。湾曲した川岸のどこにも人影がちらついている。

「来ないの？」ローナが大声をあげる。

「何も着てないじゃないか」

「そうね」ローナは声をひそめもしない。「ダムから落ちて死ぬか、裸を見られるかどっちかだとしたら——

——わたしなら後者ね」

「だけど、あの連中があそこにいるぞ」

「川岸沿いに歩いて、服のある場所までこっそりもどればいいわ」

「川岸は切り立ってるんだよ、ローナ。夜登るのは厳しい」

「どうするかは自分で決めて」

　おれはローナに向かって水を掻く。足がつくまで岸に近づく。したたり落ちる川の水があたたかく、まるで毛布から出たみたいだ。ローナが急いで岸にあがるときに、小さな尻が揺れるのが見える。連中はさっき林道沿いで火を囲んでしゃがんでいた。崖まで土手づたいに行けば、見つからずにすみそうだ。少しの音も立てなければ。

「さあ早く」ローナが振り向いて言う。

　おれは唇に人差し指を当てる。

「たいていの男は転校生の女子とヌードでいるところを見られたがるものよ」

「おれはたいていの男じゃない」

「わかってる」

　ふたりで岸へあがって平らな地面を目指し、服のある場所まで楽に歩いていこうとしたそのとき、焚き火の場所からだれかが大声で叫ぶ。「あっちにだれかいるのか？」それが酔っ払ったジャレッドなのは見なくてもわかる。

「くそ」

「どうでもいいじゃない」

「だまれ」おれは本気で言ったわけじゃない。

「いいえ、だまりません」ローナは立ち止まり、まさに川のへりでくるりと向き直る。一番高い場所まで六メートルぐらいある。素っ裸だ。両手を腰に当てている。「わたしにそんな口をきかないこと。わかった？」

　その声は聞こえるが、耳は傾けない。おれにはわかる。連中が林を抜けてやってくるのが。大勢いて、めちゃくちゃ酔っていて、けんかっ早いのが。ランチテーブルのメンバー全員が林道から足を踏み鳴らして現れるのが。

「ローナ」おれは言う。「いいか、ここはカリフォルニアじゃない」

「ああ、もううんざり」とローナ。「またそれ。もう一回――」

「ああいう連中は銃とかナイフとか、いろいろ持ってる。ひどく酔っぱらったところに林の中で物音が聞こえてくる。あいつらは自分がカウボーイになって悪漢を撃つのを夢見てるんだ」

ローナがだまる。月が明るいので、ローナがおれを――おれの全身を――見ているのがわかるが、おれを理解しようとする目ではない。

「そんなばかな」ローナが言う。

もう少しで連中が崖の端までやってくる。話し声が聞こえる――低い、ざらついた、酔っ払いの声、小声のつもりなのに小声にならない声。崖からはみ出したブーツの先が見える。土が少し落ちてローナの髪にかかる。ローナが払いのけ、しらふだったら気づかれそうな音を立てる。

こんどは別の声が聞こえ、水辺のほうで何か聞こえたとかぼそい声で言っている。オースティン・マーフィーだろう。

「ああ、おれも聞いた」とジャレッド。

いよいよそのときが来る。連中が崖の下を覗くと、おれがコーチの娘のローナ・パワーズと素っ裸で水辺でうずくまっているのが見えるときが、いよいよ来る。そして、ローナは正しい。たいていの男にとって、その光景はまんざらでもないだろう。でもちがう。それではあいつらの予想どおりだ。ビリー・ロウは金曜の夜に出歩いて月に向かって吠えると思われているが、そうじゃない。ほんとうはちがう。おれは本なんぞ読んでいて、おれがしてたのはそういうことだ。でもそれも知られたくない。

崖からもっと土が落ちて、おれの顔にかかる。目を閉じる。そして目をあけたとき、見えるのは崖にぶらさがって這いあがるローナの尻だけで、やがてローナが消える。

「こんちは《ハウディ》」ローナはなるべくデントン育ちのようなしゃべり方をする。「ちょっと泳ぎにきたの」

連中の息づかいが聞こえる。突っ立って息をしている。

「川の水があたたかいから」とローナ。「がまんできなくて」

ローナがおれを救おうとしている。いまやってるのはそういうことだ。すべてのくびれや曲線を目に焼きつけようと男たちがまばたきしている音が聞こえるようだ。

「あのう」ジャレッドが言う。「ええと、その……」

文句なしの展開に笑いをこらえるしかない。事情がわかってもどうすればいいのか知らないのだろう。

「それってショットガン？」ローナが訊く。

ジャレッドがプラスチックの銃床を両手で操る音が聞こえる「これかい？」

「そうよ」とローナ。「そんな大きな銃《ビッグガン》を見たのははじめて」

「へえ」

「出身がカリフォルニアなんかだと――ショットガンを見慣れてなくて」けっこう話が広がりそうなので、そのままさっさと歩いて服のある場所へもどればいいのにとおれは思うが、ローナはそうしない。

「そうかい」とジャレッド。「持ってみるか？」

「あなたの銃？」

「そうだ、おれの銃《ガン》だよ」ジャレッドが言うが、いまは酔いのまわった声になっている。

「ビッグガンを持つ男をなんて言うか知ってる？」

歯を見せてにっと笑うローナが目に浮かぶ。歩いていくだけでいいのに、だれかが答を訊くのをただ待っている。賢い人間でもこんなに愚かになるってことだ。

ジャレッドが言う。「なんだって?」かなりの大声だ。

「あ、くだらない話なのよ。でも、カリフォルニアではこう言われてる。ビッグガンを持つ男はあそこがちっちゃいって——これって劣等感の過剰な裏返しよね」

いまそう言われたのかどうかよくわからないみたいに、男たちが暗闇でローナのことばをささやいてるが、ローナはたしかに言った。全員が無言になると、ジャレッドが重いブーツで地面を歩きだす音が聞こえる。

「でかいあそこがどんなものか見せてやる」とジャレッド。

いまのローナはショットガンどころではない。おれは崖を登りはじめる。連中を止めるには戦うしかないからだ。

「もう、あなたたちったら」ローナの声。「ジョーク、よ。ちょっとふざけただけ」

崖のへりからローナの踵が見える。ジャレッドが笑いながら言うのが聞こえる。「そうかい、これから本物のおふざけといこうぜ」ランチテーブルにいるときのように、ほかの連中の笑い声も聞こえる。いま、おれの中で猛烈に強いものがこみあげる。

ローナまであと少しだ。ローナが声をあげて笑っているが、それはタフだから、こわがってるのを見せたくないからだ。おれは上へ手を伸ばす。ローナの足首にさわり、おれがここにいて、ヘミングウェイのように男の中の男だと知らせるんだ。指でその足首を軽く叩いたとき、おれがいるのを忘れたみたいにローナが急にさがる。つま先で土くれをつかみ、両手で空を叩いてバランスを保とうとしている。それから、崖の岩棚に立って笑っているのはジャレッドだけになり、ローナは崖から川のほうへ、月の中へと落ちていく。

24

「ローナ——」マーリーが手を口に当てて息をのむ。「あの子、いたのよ。わたしが試合から帰ったとき、自分の部屋にいた」

トレントが振り向くと、ブルが前かがみになって家の正面を覆うローズマリーの茂みへ分け入るのが見える。

「なんなの？」マーリーが言う。「もう、どういうこと？」

ブルが茂みをぐいと搔き分けてから背をそらし、人の上半身に見えるものを引っ張り出す。バラバラになったローナが花壇に散らばっているとでも思ったのか、マーリーの悲鳴が夜をつんざく。「ショルダー・パッドだ」ブルが大声で言う。「ヘルメットもある。まいったな、ここに一式あるぞ」

「ああ」とマーリー。

「背番号は35だ」ブルがつけ加える。

トレントは濡れた芝を靴で蹴散らしながら庭を突っ切り、ブルの指にぶらさがったヘルメットを受け取る。フェイスマスクをじっと見て、保護用バーの奥の闇に答を探すうちに握ったこぶしの関節が白くなる。

「若い連中ってのは」ブルがそう言って肩をすくめる。「わからんものだな」

トレントは手の中でヘルメットをころがし、その重みを感じ取る。頭の中でブラッドショー校長の声が響く。校長はプリウスをあざ笑い、トレントがビリー・ロウのような少年を制御できない証拠として車を引き合いに出していた。

「彼があの子を連れ出したのね」マーリーが言う。

「ビリーよ。彼が——」

トレントが「よせ」と言い、片手を顔にやる。「まだわからない」

「わたしが恐れたのはまさにこれよ、トレント。あなたがビリーをうちに置きたがったとき、わたしが言ってたのがこれなのよ」

トレントは後ろのブルへ目を向ける。ブルがショルダー・パッドを頭上に持ちあげ、トラックの荷台へほうる。「きみが言ったことは覚えてる」

「ほんとうに？」

トレントはトレーラーハウスのビリーを、くすんだオレンジ色の明かりの中で繰り広げられる光景を、もう一度思い浮かべる。ビリーのこぶしがトラヴィスの顎にはいる音を、腐った丸太に斧が食いこむうつろな音を聞く。まばたきをすると、いま立っている場所からそう遠くない私道にもどっていて、家にはいってシャワーを浴びてとマーリーに言われ、教会へ行く準備をしなくてはならない。

「ああ」トレントは言う。「覚えてる」

「父に電話するべきだったのよ」

もっと思い出そうとするが、あの朝以来、すべてが石鹸水のようにぼんやりと濁っている。単純で澄み切った話になるまで、トレントは細かい部分を洗い落とした。要するに、ビリーには助けが必要だ。

「お義父さんはこの件といっさい関係ない」

「そんな言い分は通らないわよ」マーリーが言う。「父がいたらこんな事態にはならなかった」

「ふたりを見つけるよ」

「もういや」とマーリー。「どうせわたしたちは──」

「マーリー」トレントは大声を出さずに言う。「ふたりを見つけるよ」

トレントは妻をじっと見てまばたきをし、それからブルのトラックへ向かう。まもなくエンジンがうなりをあげる。ブルが助手席のドアをあけて座席に滑りこむ。バックミラーにマーリーが小さく映っているが、トレントは妻を見ず、従順なクォーターバックは攻撃方向だけを見て前方の道路に集中する。

　夜のデントンが飛ぶように過ぎていく。赤レンガの教会と赤レンガの銀行。この町の〈ウォルマート〉が青と白に輝いているが、やがて見えなくなる。どんよりとした不快な夜の空気はロウ家のトレーラーハウスと似たにおいがする。肥料、廃水、窒素、リン。

「におうか?」ブルが訊く。

「ああ」

「なんなのか知ってるか?」

「いいや」

「鶏糞だ。何トンもある。デントンは世界中の鶏の中心地といってもいい」

「ひどいにおいだ」

「おれに言わせりゃ金のにおいだけどな」ブルが言い、自分のジョークにくすりと笑う。

　座礁したどこかの巨大クルーズ船のように、遠方に〈タイソン〉の養鶏場が浮かびあがる。トレントは前方の暗がりを見つめる。

「奥方がかなり興奮していたようだが」

「そのうちおさまるさ」

「おれの妻の話はまだしてなかったよな」

「いまはいいよ、ブル」

「おれのかみさんはタフな女で、なめられたらだまってなかった。相手がおれでも。相手がだれでもだ」ブルが窓のほうを向いて静かになる。「あいつときみの奥方は気が合いそうだ」

「それは前にも聞いた」

「だがな、おれが〈パイレーツ〉のヘッドコーチに抜擢されてすべてが変わった。おれをにらむかみさんの目つきがもっと険しくなった。おれはたいていて家を空けていた。それから、あの少年が熱中症になり、いっそう帰らなくなった。選手たちがおれを必要としているんじゃないかと思った。実際そうだとわかっていた。だが、かみさんのほうがもっとおれを必要としていた」

　トレントは何も言わず、ブルの話が身にしみるかのようにうなずく。

「葬儀の二週間後に家へ帰ったら、かみさんは消えていた。自分の服以外は何も持たずに。服さえ全部は持っていかなかった」ブルが舌打ちをして、寝室のクローゼットにかかったままの花柄のワンピースを思い浮かべまいとしている。「こんなふうになるなよ、コーチ」

　道路が低くハミングする。トラックが一キロ以上走ってから、あらためてことばが出る。

「マーリーの父親は……」トレントはそう言ってぐっと唾をのむ。「〈フェルナンド・バレー〉にいたころ、わたしの上司だった。だけど、そんなことはとっくに知ってる。そうだろう？」

「小さい町だからな。きみがおれたちのフィールドに足を踏み入れる前から、だれもが何もかも知ってたよ」

　トレントがハンドルをぐっと握り締める。

「奥方の父親がだれだろうが、その男と奥方が何をしようが、どうでもいい——手に入れたものを失うほど無意味なことはない。聞いてるか？」

　トレントの顎に力がこもる。

「試合に全勝しなくてもいい、この仕事をつづけられなくてもいい。仕事ならいくらでもある」

　トレントがブルに目を向けると、窓の外側の汚れを通して林道が見える。「わたしの雇用保障について言いたいのかな」

「秘密でもなんでもないぞ、ハリウッド。ブラッドショーはおしゃべりだからな」

「校長から聞いたのか？」

「ドン・ブラッドショーは十年間〈パイレーツ〉のヘッドコーチだった。だが、そこへジェシー・ロウがやってきて——おれたちが最初に見たロウ家の息子だ——そしてドンはあのクレイジー野郎をあまりうまく扱えなかった。校長の職につかされたことにも断じて納得できなかった」

「ジェシー・ロウのせいでミスター・ブラッドショーはコーチの仕事を失ったのか？」

「そうとも言える」

「校長はわたしを脅したんだよ、ブル。州大会優勝を勝ち取れなければお払い箱だと言った」

　ブルが首を横に振りながら鼻を鳴らす。「そんな決定をくだす権限をあいつが持ってると思うか？　教育委員会、教育長、やめさせるには全員の同意が必要で、彼らが承諾するはずがない。そのうえ、きみは今年度よくやったからな。いまだっていっしょにがんばってる」

　トレントは顎を掻く。トラックが黄色い線をまたぐが、すぐに真っ直ぐ走行する。

「ブラッドショーは大口を叩いてるだけだ」ブルが言う。「たとえそうでなくても、そんなことぐらいでばかな真似をするな。奥方を失うとかな」

「もう娘を失っている」

　ブルには息子しかおらず、彼は〈パイレーツ〉のフットボール・フィールドで息子たちを育てあげた。娘がもたらす痛みなど想像もつかないだろう。

「川だ。焚き火を見たな」トレントは言う。「チームのメンバーがあそこにいたんじゃないか？」

「ああ、だがビリーはいっしょじゃなかった」

「見えるような場所にはいなかった」

「何を考えてる」

「こう考えてる。もし女の子を連れだしたら、こっそり連れ出したら……」トレントが体の重心を変えて運転席で前のめりになるや、トラックは猛スピードでハイウェイを突っ走る。「その場合、わたしなら明るい火のそばにすわったりしない。ほかのだれにも見られない場所へ行く」

　トラックが速度をあげたので、ブルは骨ばった指でアームレストをきつく握り締める。トレントがそんな運転をして自分は助手席に乗っている——自分のトラックなのに——という状況に歯噛みする。

「ふたりは川にいるんだよ、ブル。だれだって女の子を川へ連れていく。まちがいない」トレントはそう言うなりトラックを砂利道へ入れ、垂れさがったたくさんの枝がボンネットをこする。「ビルのような輩が考えることはわかってる」

　木々が後ろへ遠のき、道が開けて川岸が現れる。前方で焚き火の火が勢いよくあがり、トラックの運転台が明るくなる。ブルはトレントをちらりと見る。若いコーチの顔が焚き火に照らされて紅潮している。

「さっきのトレーラーハウスを覚えてるか?」ブルは訊く。「あの悪臭のもとはトラヴィスや養鶏場だけじゃない——あのトレーラーハウスは昔からくさかったんだ」

　ヘッドライトが焚き火に当たり、火の色をオレンジから灰色へ変える。そこにいる少年はわずか二、三人だが、金曜の夜らしく目を大きく開き、少し酔って、少し怯えている。トレントがライトを消さずエンジンも切らずにおりたあと、夜の闇へ溶けこむ。ブルは少年たちの指導者がうつむき加減にポケットに手を入れて歩くのを見守る。まるでチームのメンバーといっしょにビールを何本か飲んで、プレーオフでの勝利を祝っていたように見える。少年たちと話しながらうなずき、笑みさえ浮かべているのかもしれない。やがて、トレントがそれまでと同じように平然と炎へ向かって歩き、真っ赤な熱い大枝を拾いあげてから一同の面前でゆらゆらと振ると、少年たちが本物の火をはじめて見たという目つきになる。

ブルの心臓がどきりとし、長年感じたことがない重いリズムを刻む。ドアの取っ手を探って強く引くと、あわててトレントと少年たちのほうへ向かう。

「おいおい、コーチ！」ブルは大声で言う。「その枝を置けよ」

　トレントが振り返る。目の中が真っ暗で、まったく光がない。「ローナはここにいるらしいぞ、ブル」トレントの声にはぎしぎしとした、ブルには理解できない何かがある。

「聞こえたかい？」トレントが言う。「ローナはここだ」

　ブルはトレントが持つ赤熱の枝の向こう側にいる少年たちを見やる。闇夜に浮かぶ三組の目は、風に流された煙が顔に当たってもまばたきすらしない。

「ああ、こんちくしょう」ブルは言う。「聞こえてるよ」

25

　酔っぱらったかハイになったみたいにローナが落ちる。あの野郎とひと晩中出歩いてたころのおふくろみたいだ。でもローナはおふくろじゃないし、酔っぱらってないし、それにおれはあの野郎じゃない。でも、川岸に落ちたときは同じ音が、落ちればだれもが立てる音がする。

　ジャレッドがまだ大声で笑っている。ほかの連中も笑っているが、ランチテーブルにいるときみたいなクスクス笑いだ。おれはそこにいてにっちもさっちもいかない。ローナと笑ってる連中との板挟みだ。

「まずいよ。彼女、だいじょうぶかな」大勢の中から声が聞こえる。オースティンのようだ。

「知るかよ」ジャレッドが言う。

おれはまだ固まって動けない。鎖につながれた両腕を引っ張られていまにも真っ二つに引き裂かれそうな気分だが、そのとき、ローナの声が聞こえる。ちびすけが出すような声——何があったのだろう、なぜ自分が裸であそこの連中全員に笑われているのだろう、という声。

鎖がちぎれ、おれは川岸へおりていく。ところがローナは泣いていない。笑っている。あの野郎に殴られたあとのおふくろみたいに笑っている。笑うのは泣くより悪い。だってまともじゃない。こんなときには。それに、ローナのすわっている姿ときたら。両脚が大きく開き、濡れた髪が頬に貼りついていて——おれはふたつにぱっくり割れ、泣こうか、それともジャレッドの顔をぶん殴ろうかと考える。

何か言うべきなのはわかってる。身を寄せて言うべきなのはわかってる。「おれはここにいる。もうだいじょうぶだ」けれども、いままでもだれかが似たようなことをして、似たようなことを言ったかもしれない。岩棚にへばりついたジャレッドが指さして笑っているのがまだ見える。どうしてもおれにあそこまで来てもらってど突きまわされたいらしい。でもそのとき、ローナが「ビリー」とささやき、もう笑っていない。おふくろもかならず笑うのをやめる。いつかはわれに返り、裸に気づくものだ。ローナはボールのように体を丸めているが全部を隠しきれていない。それは無理だ。

以前同じ経験をしたのでおれにはわかる。ローナを抱き締める。何も言わなくていい、ただ抱き締める。ローナはあの本の中で老人が語る海鳥みたいだ。大海の中であまりにも小さい。それを伝えようと思っていると、ジャレッドがまたしゃべりはじめる。

「あそこにいるぜ」そう言って、太った指でおれたちをさす。だれかがライトを持ってるみたいで、そこだけ明るいが、懐中電灯ではないもっと弱くてぼんやりとした光で、トレーラーハウスの明かりに似ている。

「そうだよ、コーチ」ジャレッドの声がローナにも聞こえたらしく、おれの腕の中でローナの体がこわばるのがわかる。「あそこにいる」

連中は全員懐中電灯を持っているが、土手のへりにいるコーチが握っているのは燃えている枝だ。その顔がいつもとちがう。おれがトレーラーハウスからフィールドまで走って逃げた、あの明かりとシロップとあの野郎から逃げた、あの日みたいだ。しかもコーチはいま、あの明かりをその枝につけて持ってきて、コーチなのに目つきはハロウィンのイカれたピエロだ。おれと自分の娘を見おろしているが、それはいままで一度も見たことがない目つきで、あの野郎からさえそんな目で見られたことはない。

「ローナ」おれが声をかけるが、ローナは父親とその枝をただ見あげている。「ローナ、どうする？」

わからないからローナは何も言わない。やがてコーチが枝を持って川岸へおりてくる。その後ろからブルが来る。その後ろからほかの連中が来る。いまや全員の顔が明かりに照らされる。

おれは立つ。

これだけは、そうするものだと知っている。世の中のたしかなこととして、これだけは知っている。立ちあがり、男らしくすること。コーチが娘のほうへ来ると思い、おれはローナの正面へまわるが、コーチの目を見ると、標的はこのおれで娘のほうを見てもいないことに気づく。

「そんなんじゃない」おれは裸のまま立って言う。

「どういうことじゃないって？　ビル」コーチの声はうつろで空っぽで、もうだれに対しても取り繕う気はないらしい。ここまで近いと、さっきとはまたちがって見える。顔に白とオレンジ色、月と炎が混じり合っている。

「見た目とはちがうってことだ」おれは言う。

「けっ」とジャレッド。「コーチの娘とファックするところだったんだろ」

コーチがすばやく動く。枝が宙を切って熱いオレンジ色の線を描く。黒っぽい、燃えていないほうの枝先がジャレッドの腹を直撃する。ジャレッドがショットガンを落として片膝をつき、陸《おか》にあげられた魚みたいな音を立てはじめる。

「さんざん面倒を見てきたのに」コーチは言い、ジャレッドが地面でのたうちまわるのも、ブルがそばに来て腕を引っ張るのも気づかないらしい。その場を動かず、おれをにらむのをやめない。「わが家へ迎え入れ、寝る場所を与え、食べ物や服も買い与え、その代わりにわたしが望んだのはただひとつ、きみが――」

「そんなんじゃない」

「きみがなるべく行儀よくすることだ。だがこれが、これがきみの返礼か」

「そんなんじゃない」

コーチがその枝を持っておれのほうへ足を踏み出す。おれは動かない。生まれてこのかた、後ろへ引いたことは一度もない。そっちがその気なら受けて立つ。

「パパ」ローナが後ろから声をかける。

コーチは娘を見ないが、そのほうがいい。娘が裸でいるのをまだ知らないのかもしれない。おれだけを見ている。

「パパ」

反応がない。暗がりでコーチの目が燃えている。

「わたしが言い出したの」ローナの声は小さく、川の音にまぎれてほとんど聞こえない。「わたしが泳ぎにいきたかったの。わたしたち、何もしなかった。ビリーは何もしてない。しようとさえしなかった」

コーチが枝を両手で持ったので、ローナが何を言っても無駄だとおれは思いはじめる。

「いいんだよ、ローナ」コーチが言う。「じゅうぶんわかってる」

奇妙で怪しげな言い方になるのは、言ってることがどこか変だからだ。コーチはおれの後ろのローナを見ている。ジャレッドがまだあえいでいるが、ようやく立ってほかの連中にぶつぶつ言っている。連中は笑わない。音も立てない。酔ってるかもしれないが、ばかではない。ここはランチのテーブルではない。

「ローナ」コーチがそう言ってから、おれに向かって川岸を歩きはじめる。たぶん目指すのはおれではなく、ここを通り過ぎてローナを川の中へ連れていき、たぶん清めの儀式をおこなってから終わりにするつもりだろう。おれはコーチとぶつかる位置で腰を低く落とす。態勢を整える。ところがまるでコーチの思いどおりにはいかない。

ローナがおれたちのあいだにすっとはいる。体を照らす光は青白く、やわらかな肌と白い月は、すべての炎を消すのにじゅうぶんだ。コーチの足が鈍い音とともに止まる。娘のローナが水のしずく以外何もまとわずに、そこに立っている。おれが見守る中、コーチは昔の娘の姿を――これとはちがう姿を――思い起こしているような目でローナを見つめる。ちびすけみたいだったころ、いまみたいな問題がまったくなかったころの娘を。あの連中全員の視線がローナの体のすみずみまで這っているのを、コーチは感じないのだろうか。もちろんおれは感じる。

やがてコーチはローナの手を取り、おれをそのままにする。そしてふたりはいなくなる。全員いなくなる。嘘のように。おれは歩きはじめ、足が水につかる場所へもどる。首がつかるまで歩きつづける。仰向けに浮いて明るすぎる月を見る。水にもぐるが、水中には何もない。月もない。まったくない。ダムは遠くないが、川があたたかい毛布みたいだ。自分が赤ん坊だったらいいのに。ちびすけみたいな赤ん坊じゃない。もっと小さいやつ。ちっぽけな、生まれたての。その前のでもいいかもしれない。

26

太陽はまだ姿を見せないが、早くもすみれ色と紅色で空を描いている。マーリーは林道の上がその色に染まるのを、あらたな一日が形になるのを見届けた。土曜日は一番好きになれない日だ。つぎの金曜日のフットボールと六日も離れていて、待つだけの退屈な一日が——昼寝とたっぷりのランチの一日が——試合の週のスタートとなる日曜日までつづく。父親はトレントをクビにする前、日曜日に彼女を訪ねた。マーリーはそのことをずっと忘れないだろう。父親が真っ先に娘を訪ねてきたことを。マーリーは道路ではなく空をながめ、やってくるものを待ち構える。

　ブルの古いトラックがうなりをあげて私道へはいる。トレントが現れるが、シャツを着ていない。ローナがそのシャツを着て父親にかかえられ、濡れた髪で目を閉じている。

　トレントが娘をかかえて無言で家にはいる。ブルは車内にとどまり、トラックのドアが開いてまた閉じるまでのあいだだけ停車する。トラックがタイヤで落ち葉を踏みながら走り去る。

　マーリーが部屋へはいると、トレントはベッドに突っ伏している。疲れ果てた小さな息が唇から漏れている。廊下の先にあるローナの部屋のドアは閉まっている。マーリーは行ってノックする。何もなし。もう一度ノック。反応がないので、背中をドアにつけたまま床にすわりこむ。

　しばらくして、錠がまわされる小さな音がする。マーリーは立ちあがる。ドアは閉まったままだけど、はいってもいいということだ。手のひらに当たるドアノブがひんやりしている。ようやくドアを押しあけると、ローナが窓のほうを向いてベッドに横たわっている。
家の中でその部屋だけがちがう。黄褐色の壁にパリの写真がいくつも飾られ、壁の棚には本がきちんと並んでいて、ローナがこの新しい世界をなじみやすい場所にしようと最善を尽くしているのがわかる。マーリーはベッドカバーをかぶった娘をつくづくとながめ、なめらかな曲線や丸みを帯びた角が自分と同じ形だと気づく。

「話したいことある？」

枕がすれる音、ローナが首を横に振る。

マーリーは片手を少しあげてローナの腿の上で浮かせるが、やがてその手を自分の膝にもどす。「わかった」と小声で言い、出ていこうとする。

娘のことばはシーツと枕を通してくぐもり、ほんの小さなつぶやきだったが、それでもマーリーは聞き取って足を止める。すでに半分ドアをあけていた。ドアを閉めてベッドへもどる。

ベッドへはいるためにシーツと上掛けを少し持ちあげる。ぬくもりが一気に逃げて、かすかに川の水のにおいがする。マーリーは一瞬手を止め、ローナの剝き出しの背中をつぶさに見る。昔からきめの細かい肌で、背骨の突起の連なりが丘陵地帯の起伏を思わせる。

あいている窓から外の明るい日差しが差しこみ、あたたかな黄色い光でベッドを満たす。母と娘を。マーリーは目を閉じて、ローナの背中に体を押しつける。まだ早い。時間ならある。ふたりは夜まで眠りつづける。

トレントはびくりとして目を覚まし、夢を振り払う。川もトレーラーハウスも死体も、汗をかいて目を覚ます夢、目を閉じてもまた汗をかくだけの夢――悪夢――だった。

ローナの部屋の前を通り、青白い月光に包まれた娘の姿を、父親が見てはいけない暗い部分を思い出す。

ドアに手をふれ、悪い夢を見たことにして受け流す力を、忘れる力を、娘が持っていることを願う。


　月曜の朝のキッチン。ポップターツ（タルト生地にジャムをはさんだ菓子）と脂肪分一パーセントのミルク。幼児用の椅子にいるアヴァの顔が紫がかった緑色なのは、豆とプルーンがいっしょくたになってくっついているからだ。マーリリーはトレントがはいってきたのを聞きつけるが、背を向けたままだ。夫の両手が気安く腰にまわされて緊張し、いよいよだと自分に言い聞かせる。週末からずっとこのときを待っていた。日曜日は娘ふたりを連れてほぼ一日中丘陵地帯をドライブし、頭をすっきりさせるために車内の暖房をつけっぱなしで窓をあけ、一枚一枚落ち葉が散っていくのをながめた。

「きのうの練習はどうだったの？」

　トレントの両手が妻の腰から落ちる。「中止にした」

「チームは準決勝まで進んだのよ」

「長いシーズンなんだよ、マー。少しは休ませてもいいだろう。とくにあんなことが――」

「――川であったから？」マーリリーは言う。「さあ言って、トレント。川で何があったか話して」

　マーリリーはもう一杯スプーンですくって乳児の口へ入れる。トレントがすねたティーンエイジャーのようにうつむく。マーリリーが顔をそらしかけたとき、トレントはようやく目をあげてまっすぐ妻を見る。目に表情がない。まったくない。夫はキッチンカウンターへ手を伸ばし、ポップターツをつかむ。袋が破れてあく。四角い菓子の半欠けを口に押しこむ。

「あの試合をどう思った？」トレントが口をもぐもぐさせながら言う。

　マーリリーは乳児のほっぺたのねばねばを拭き取る。

「ビルだけど」トレントが飲みこむ。「いままで指導した中で最高のランニングバックかもしれない」

マーリーは前かがみになってもう一度アヴァに食べさせながら、夫を理解しようとつとめる。トレントは本心が態度に出るタイプの男だけど、自分の真向かいにある顔には怒りの気配も釈明のきざしもない。父親がよく見せていたような軽い凝視、思わず感心したくなる表情。本物のコーチの目だ。

「彼はもどってくるの?」マーリーは訊く。

「ビルかい?」とトレント。「いや。おそらくもうここには泊まらないだろう」

マーリーはこうなったいきさつを想像する。十代の少年と少女の出会い、情熱と苦痛、双方の無知、ショットガン・ウェディング(妊娠したためにやむをえずする結婚)の原因となる集まり。

「あの子は服を着てなかったわ、トレント」

「みんなで川にいたんだよ。大がかりな焚き火なんかして」

アヴァが甲高い、うれしそうな声で叫ぶ。赤ん坊が理由なく発する声で、まるでおとなに見えないいいものが見えるかのようだ。トレントが跳びあがって驚く。いままでの夫の自信が自分の想像の産物にすぎなかったことに、マーリーは不安を覚える。

「ほかにもある?」マーリーはアヴァの頬をぬぐう。「わたしに伝えておくことが」

トレントが妻を見ながらミルクピッチャーを取って口をつけ、アヴァの頭をポンポンと叩く。アヴァがにこにこするので、マーリーは一瞬なごみ、すべてが順調で心配することは何もないように思えてくる。アヴァがそれを感じている。だってアヴァは赤ちゃんで、赤ちゃんは人間相手のリトマス試験紙のようなものだから。

「きみの言ったとおりにしているよ」トレントが言う。「何事もないみたいにふるまおうと努力している。あと一回試合をすれば、つぎは決勝戦だ」

そのとおりだとマーリーは言いたいところだが——

勝ってこの町から出ていきたいところだが――いまは事情がちがう。ローナがかかわっている。おそらくマーリーがトレントにかかわったのと同じように。

「あの子は避妊をしてないわ」

トレントが首を横に振りながら、手に持ったミルクピッチャーをじっとながめる。

「あの子があのばかばかしい誓約書にサインをしたあと」とマーリー。「あなたは避妊させようとしなかった」

「何が言いたい」

「わかってるくせに」マーリーは言う。「ビリーのような少年のことを言ってるのよ」

「ぼくだって昔は少年だった」トレントがもう一度ミルクを口に含んで飲みくだす。「ちょうどビルのように」

「もちろんそうよ」マーリーは片手をキッチンテーブルに置いて気を鎮める。「だからってビリーもあなたと同じことをすると思う？　あなたが払ったような犠牲を払うと思う？」

「結論が飛躍している」

「たった一度でわたしたちはそうなった」自分から地下室へ行ったのをマーリーは覚えている。夢でしか経験していないことを実行するつもりだったのを。軽快に動きまわる神聖なダンスだったのに、やがてそのリズムにさからえなくなったのを。

「あのふたりは泳いでいただけさ、マー」

「それだけだったのを神に祈ったほうがいいわね」マーリーはそう言って、幼児用スプーンで寝室三つの家全体をさす。キッチンが赤い色に塗られたばかりで、家は売りに出す準備ができている。「あやまちを埋め合わせようと、わたしたちは懸命にがんばってきた」

トレントがつぶやく。「あやまち？」そして手を伸ばしてキッチンの赤い壁にさわる。「あやまちなんてぼくはもう信じていない」

「いったいどういう意味？」

「万物だよ、マー。神を愛する者たちのために、万物が作用し合うってことだ」

マーリーは笑いだしそうになるが、その笑いが喉元にとどまって別の何かに変わる。また豆をスプーンでアヴァの口へ入れる。「そうなるとどんないいことがあるの？　トレント。神はどんな計画を立てているの？」

トレントが妻へ向き直るが、目を大きく開き、興奮して飢えているような顔つきだ。

「真面目に言ってるのか？」トレントが言う。

マーリーは夫の信仰心を逆手に取ったことは一度もない。そこまでやったことはないが、たしかめるしかない。自分たちが立ち向かうものの正体を知らなくてはならない。「ええ、そうよ」と言う。「神の計画を教えてと言ってるのよ」

トレントの顔から力が抜ける。コーチらしい目力《めぢから》はなく、飢えた表情もない。何もない。「きみもぼくもそれを知ることはない」トレントがそう言ってガレージへ通じるドアをあけると、暗がりに控えるプリウスの鼻先が見える。「いまはまだね。ときが来れば神の計画は現れる」

「いいかげんにして、トレント」

「これだけは言っておこう」トレントは振り返りもせず、ドアを出ながら言う。「ローナとビルのことはまったく心配ない。ローナは親がしようとしてきたことをしているだけだ。ビルを助けようとしてるんだよ」

「ビリーを助けるときは終わったわ、トレント」

「わかってる」トレントがガレージへ足を踏み出す。「ちゃんと聞こえてるよ」

その男はトラヴィスより大きかった。ティナの肌にその大柄な男の感触がまだ残っている。男は擦り切れたシーツの上で眠ってしまい、ティナにはそのほうがありがたい。

小さなマリファナタバコがコーヒーカップの中でくすぶる。窓用エアコンが作動して湿った空気が吹きつけたとたん、火の消えそうな吸いさしがちらちらと光る。ティナはマリファナへ手を伸ばす。

自分のおこないが原因で死人が出てしまった。

トラヴィスは重かった。ティナはアイランド型調理台の向こう側へトラヴィスを引きずっていった。ティモンズがあまり目を凝らして見ないことを願ったが、養鶏場の糞がしばらくのあいだ悪臭を隠してくれるのは知っていた。ドアに鍵をかけただけでトレーラーハウスをあとにした。

夜のハイウェイはどことなく青い。深くて冷たい水のような青で、トラヴィスもじきにそういうものになる。生まれてからこのかた、ティナは男たちから、あるいは息子たちから自由になれなかった。どちらもちがいはない。二十五年間母親でいればわかる。


試合が終わってハイウェイを歩いていると、その男がセミトレーラー・トラックをそばに停めた。

「乗ってくか？」

「あんたじゃ物足りないね」

「忘れられないドライブにしてやるよ」

「大口叩くじゃないの」

「手に持ってるのはなんだ？」

「フライパンだよ」

「料理もしてくれるのか？」

「まあそんなとこ」

それ以上は言わずにトラックへ乗りこんだ。トラックがいきなり動きだし、道路沿いの〈モーテル6〉でまた停車した。ことを終えると、男がマリファナを差し出し、ティナは受け取った。

「何か事情があるんだろう？」だるそうに、もう少しでよだれを垂らしそうになりながら男が言う。「フライパンを持ち歩いてたわけを聞かせろよ」

「子供たちがいるからね」ティナは言った。

「おれにだっているさ」

「息子ばっかり」

「何人だ？」

「三人」

「言わなきゃ騙せるのに」

「生まれてからずっと男を騙してきたよ」

男が声をあげて笑い、マリファナをこっちへくれと言う。ティナは手渡す。息子たちが母乳を飲んだときのように目を閉じてうれしそうに、男がそれを吸う。そのあとたいていの連中と同じようにごろりと背を向け、すぐにいびきをかきはじめる。

いまは安定した深い呼吸をしている。ティナは言う。

「男は自分のことしか考えない」

背中の中央にタトゥーがある。有刺鉄線つきの十字架で、聖書のことばが棘《とげ》に囲まれている。

「だけど母親は？　あたしら母親は一生男たちをかかえてる」

ティナはベッドから起きあがり、シーツが乾いた音を立てる。男のキーとフライパンを手に取る。外へ出ると、空はまだ暗い。セミトレーラー・トラックの助手席のドアをあけて座席の下にフライパンを押しこみ、少しのあいだそれをしげしげと見る。地味だけどすぐれものだった。見てくれは悪いけれど、いままで役に立ってくれた。この先も役に立つかもしれない。自分たちを助けてくれるかもしれない。助手席のドアをそっと閉め、モーテルの部屋へもどる。部屋では男がまだ眠っている。

ナイトテーブルの抽斗をあけるときに悲しげな音が鳴り、ティナは小さな緑色の聖書を取り出す。聖書はあまり読んだことがないけれど、アーカンソー育ちのふつうの人間なら、広告板なり教会の看板なりで読まずにはいられない。ティナは何ページかざっと目を通してから、トラックのキーを模造皮革の表紙にきちんと置く。

ドアへ向かったところで男がこちらへ寝返りを打つ。

「おれに隠れて浮気してたのか?」

ティナの口がにやりと笑った形に割れる。

「たしか料理を作るとか言ってたよな」

「ひとっ走りしてベーコンを手に入れなきゃ」

「最後に女に朝めしを作ってもらったのがいつだったか思い出せないな」

「息子が何人もいるとね」とティナ。「身に着いた習慣はなかなかやめられないもんだよ」

男が低くうなってから、またベッドで寝がえりを打つ。ティナは部屋を出てドアを閉める。空がまだ暗く、新しい日はまだ明けないが、それでもいまは希望が、小さなきざしだが希望がある。それは割れる前の卵にも似て、飢えてがつがつしている世界じゅうの若造に食べ物を与える約束をするようなものだったが。道を数キロ行けば保安官事務所だ。タイラー・ティモンズはほかの若造と同じだ。自分の話に食いついてくるほうにティナは賭ける。

27

おれの服、ローナの服――高い崖の上に全部脱ぎ捨てたままになっていた。いまは野宿して三日目の夜だ。三度も夜を過ごしたのに、だれともひと言も口をきいてない。妙な気分だ。川からあがったとき、何かがおれの中身を変えたような気がする。

最初の晩に火を熾《おこ》し、それを絶やさないようにした。火熾しのやり方はあの野郎から教わった。やつが気に入りそうなガソリンもマッチもなかった。やつは焚き火の材料にガソリンひと缶全部ふりかけてマッチを落とすのが好きだ。一気に燃えあがらせ、火傷の心配などせず火のことしか考えない瞬間が好きだ。そういうのが好きだ。いや、好きだった。いまはもう好きなものなどないだろう。

とにかく、おれは火を熾した。小枝と落ち葉だけで。時間がたっぷりあれば火は熾せるはずだし、時間ならあった。ビリー・ロウはどこへ行けばいいんだろう。おふくろとちびすけのことが頭をよぎり、あたたかく過ごしているだろうかと思いながら、手の中の小枝をコマのようにまわした。すごく速く、すごく長くまわしたので手の皮膚が裂け、火をつけようとしている小枝に血がしたたった。血はガソリンではないけれど、それでも燃えるはずだ。

やめようとしたとき、もはや手が動かなくなったとき、コーチとコーチが持っていた枝を思い出す。水辺へ行ってコーチがそれを落とした場所へもどると、たしかに、オレンジ色の熱い小さな燃えさしが川岸でまだ光っていた。

火はあたたかく、闇夜を押し返した。

おれはひたすら待っていた。何を待っているのかさえわからずに。じっとうずくまっていたので、リスがさわれるほどそばに寄ってきた。大きなキツネリスだ。水は川から飲んだが、泥の味がした。数人の大学生がダムのほうへドライブするのを見かけ、ハンク・ウィリアムズとトラヴィス・トリットのカントリーソングが、車のスピーカーからばかでかい音で流れていた。だれもビリー・ロウを探していなかった。

服をまた着た。ローナの服は、夜冷えこんだときに肩にかけるのに使った。それから、あの本を見つけた。火にくべたら落ち葉や小枝よりよく燃えそうだと思った。でも、燃やさなかった。

一ページずつ終わりまで読んだ。

老人は大きな魚をつかまえ、ほしくてたまらなかったものをついに手に入れる。だけど、魚をとらえたとき――または魚が老人をとらえたとき――どうでもよくなる。そこがフットボールのフィールドとちがう。老人と大きな魚のためのスコアボードはなかった。自分たちしかいなかった。それからサメが来る。あとに残ったのは骨――痩せこけた老人と死んだ魚。おれに言わせりゃ大間抜けだ。

服にローナのにおいがまだ残っている。ストロベリーだ。水に浮かぶローナはこわいもの知らずに見えた。コーチもおれもあの連中も、ガソリンとマッチで火をつけたあの大きな焚き火も、ダムさえも、ローナはこわくないみたいだった。コーチがあの枝を手にあそこに立ってそれを使いそうな目つきをしたとき、ほんとうはこわかったかもしれないが、そんな素振りも見せなかった。あの老人が魚を離さなかったように、ローナも真っ直ぐ立ってコーチと向き合った。体の隅々まで月明かりに照らされ、あの連中とブルとコーチがそれを見たが、そのあとみんないなくなった。

太陽にしたがえば、いまは月曜のはずだ。けれども太陽にしたがう必要はない。長くすわりすぎたのは体がわかってるみたいだ。筋肉がひくひく動き、バーとウエイトを求めてうずいてるのを感じる。何かを持ちあげなくては、何かにぶつからなくては――コーチとフットボールが要る。体がそう言うが、脳はやめとけと言う。ビリー・ロウにはだれも要らないと言う。あの老人の脳は魚をとらえたあとでなんと言ってたんだろう。つかまえて離さなかったのは、老人の体がそうさせたのか。きっとそうだ。心は弱く、あらゆることを言ってくるが、体は――骨と血と筋肉は――嘘をつかない。

火は消さないでおく。だれかが高い崖のここまで来たとき、その火がまだ燃えているのを見て、そこで何かしらのことがあったと知ってほしかった。コーチの火、おれの火、おれの手の血を見てほしかった。どうせ火は消えるだろう。それはわかっている。燃え尽きた何本かの枝と少しの灰になるだけだ。あの老人が小舟で運んだ骨と同じように。

おれは焚き火から立ちあがって歩きはじめ、それから走る。走るのは気分がいい。ローナの服とその本を、自分にはそれしか残されていないかのように握り締める。

28

月曜の朝のトレーニングはじつにすがすがしく、これこそチームに必要なものだ。トレントは自分が本来の調子を取りもどし、おぞましい週末が遠のいていくのを感じる。日課をしっかり守ることで雑念を払って忘却をうながし、つぎの対戦相手に向けて集中力を維持している。〈ベアデン・ベアーズ〉はアーカンソー南部の強豪フットボールチームだ。

トレントはバーやダンベルを持ちあげる少年たちから目を離さない。四人いるはずのラックに三人しかいない。ビリーのトレーニング・グループだ。ヘヴィメタルの音楽が黒ずんだスピーカーから大音響で響く。ウエイトトレーニングの器具がバスドラムさながらの音を立てる。

ブラッドショー校長が付属棟へやってくると、すべてが一気によみがえる。腐った生ごみ、火と川、月光に照らされたローナの青白い肌。ブラッドショーが、あたかも自分がトレーニングを仕切っているかのようにぶらぶらと歩きまわる。トレントが距離を保ちながらブラッドショーを待っていると、ついに校長が近寄ってくるが、でもそれはジャレッドやオースティンをはじめ、父親が後援会の会費を払っている〈パイレーツ〉のメンバーすべてと話したあとだった。

「おはよう、コーチ」

ブラッドショーは話すときも少年たちから目をそらさない。確信はないが、校長は床で腕立て伏せをしているオースティン・マーフィーに注目しているようだ。

「ようこそ《ハロー》、ミスター・ブラッドショー」

「だれがようこそだって？　そんなことを言うのはぜったいデントンの人間じゃないな」

「ええ、たしかにわたしの出身地は――」

「――ミシシッピだ。そうだろう？　コーチ」ブラッドショーがそう言ってトレントへ目を向ける。「まあな、〈パイレーツ〉が準決勝まで進んだのはわたしが思い出せないほどひさしぶりだが、雇ったコーチがカリフォルニア出身？　そんなはずないのは知ってるぞ。少しググってみた。ミシシッピ州パールの生まれだ。そのほうが似合ってる」

　トレントはオースティンを、いまはほぼ治っているその顔を見守る。百回、もしかしたらそれ以上腕立て伏せをしたにちがいない。汗が鼻先を伝って落ち、下に小さな水たまりを作っている。

「ミシシッピ州は単なる出生地です。住んでいたわけではありません」

「それでも」ブラッドショーが言う。「黒人みたいなもんだ。たとえほんのわずかでも黒人の血を受け継いだら――それだけできみは黒人だ。南部についても同じことが言える。ミシシッピ生まれならわれわれと同類だ」

「全国のいろいろな土地に住みましたよ」

「七軒の里親の家で世話になったんだろう？」

　オースティンが立ちあがる。その盛りあがった胸の奥で心臓が高鳴っているのが目に見えるようだ。トレントは自分の心臓の鼓動を感じる。

「六軒」トレントは言う。

「なんだって？」

「六軒の里親家庭に世話になったあと、養子になったんです」

「そこまでは調べなかったな」

「調べたかどうか、はなはだ疑問ですね」

「またそんなふうに、まるでヤンキーかヒッピーみたいな口をきく――カリフォルニアの連中をなんと呼ぶかはよく知らんが」

「人々、ですよ」とトレント。

ブラッドショーがにやりと笑い、トレントはその小さなねじれた笑みを見つめる。校長が笑みを浮かべたまま言う。「ビリーはどうだ」

トレントの心臓にウエイト並みの重い衝撃が来る。

「彼がどうかしましたか？」

「カリフォルニアにもああいう少年たちがいるんだろう？」

トレントはことばを選び、ブラッドショーの腹の内をなるべく見極めてから言う。「そうですね」

オースティンが一連の腹筋運動に取りかかり、背中の汗でゴムの床がつるつるになる。トレントはそれを見守るが、どれだけ腕立て伏せと腹筋運動をこなしても、〝流血の道《ブラッド・アリー》〟でビル・ロウを相手にしたら、この少年がひとたまりもないのはわかっている。

「何かお話があるんですか？」トレントは訊く。

「つぎの試合にビリーを出すつもりかね？」

トレントはためらわずに言う。「当然です」

「うん、まあいいんだが、ロウ家のトレーラーハウスで死体が発見されたから、ひょっとしてきみが考え直すんじゃないかと思って」

「それは暗に――」

「いや、なんの含みもないがね」

「ですよね。ビルについては計画を立ててありますから、その計画どおりにします」

いまはふたりともオースティンをながめる。オースティンは目を閉じたまま背中を床に打ちつけて勢いよく起きあがり、それを繰り返す。

「けさ聞いたんだが」とブラッドショー。「週末に高い崖の上でだれかが野宿していたらしい」

トレントは川とあの少年を思い出そうとする。いくつもの夢を。覚えているのはビリーの夢を見たこと、汗で濡れたシーツ、廊下の足音。マーリーが家の中を忍び足で歩き、トレントの頭の中にも足音が忍びこんだこと。川へ行った翌朝、妻に言われたことば。アスリートがコーチを信頼するように、トレントは妻を信頼している。指導者がよく使う有名なことばを、フィールドでミスをした選手たちにトレントは何度言ったことか。〝最速で忘れるのが最良のアスリートだ〟忘れて先へ進め。それが一番大事だ、と。

「何か考えがあってビリーを家から追い出したのか？」ブラッドショーが言う。「どんな事情があれば少年が三日つづけて川のそばで野宿するはめになるんだ？」

「ロウ家のようなひどい家庭環境とかじゃないですか？」

「それはあまりピンと来ないな」

「じつは」トレントは言う。「土曜日の早朝、ビルとわたしの娘のことでひと波乱ありましてね」

「そうだったのか」

「はい」

「それで、きみは納得してるのか？」ブラッドショーが訊く。「今回は大目に見てビリーを連れもどし、さらにタッチダウンで点数を入れさせるつもりなのか？」

トレントは首をすばやく小さくまわす。首がぽきぽきと乾いた音を立てる。「どういうことでしょう、ミスター・ブラッドショー。わたしにどうしろと？」

ブルがホイッスルを鳴らすと同時にオースティンが前転して立ちあがる。後ろの床に濡れた場所があり、犯罪現場で見るような輪郭になっている。

「きみは実際ミシシッピで暮らさなかったんだろうが」床に目を落としたブラッドショーが言う。「だが、南部出身でなくてもわたしがここに来た理由はわかるはずだぞ、コーチ」

「この前わたしに会いにきた理由と同じですか？」

「ハリソン校と対戦したあとの光景はあまりほめられたものじゃなかった。ビリーはあんなに猛り狂ってフィールドから出ていった。やつがあのまま付属棟へもどったら、何をしでかしたことか」

ヘヴィメタルの曲がトレントの頭にはいりこみ、記憶のサウンドトラックとなる。

「ブルのおかげで助かったよ」ブラッドショーが言う。

　トレントは、前よりたくましくなっていそうなオースティンの立ち姿をながめる。そこでようやく少年のジャージが肩のあたりでだぶついているのに気づくが、どちらかと言えば昔の自分もそうだった。

「別の話も聞きましたけどね」トレントが言うが、ブラッドショーは笑みを浮かべてオースティンばかり見ている。「あなたが言った話です」

「きみにはいろいろな話をしてきたからな、コーチ。きみが着任してからずっと」

「覚えてますよ」とトレント。「とくにジェシー・ロウの話を。彼もちょうどビルのようにフィールドから出ていった。当時のコーチは彼を手なずけられなかった」ひと呼吸置いて様子を見ていると、ブラッドショーがついにトレントへ向き直る。「そして、そのコーチは退陣した」

「じゃあ、自分自身の予備調査を少しはしてるんだな」ブラッドショーが言う。「きみにもようやくわかってきたらしい」

　トレントの右手がポケットへはいり、車のキーをつかむ。「ビルと話をしたいのなら」プリウスのキーを親指の爪でこする。「彼が現れたときにお知らせしますよ」

「そうしてくれ」とブラッドショー。「だがここへ来たのはビリーのことを話すためじゃない」

　ブラッドショーがいきなり一歩踏み出してトレントと顔を突き合わせる。

「ここへ来たのはビリーの母親のことを伝えるためだ」ブラッドショーが言う。「ティナ・ロウがきょう保安官事務所に現れた。ティモンズが電話で言うには、ティナは事情を打ち明ける覚悟ができているそうだ。

だがビリーに会うまでは話さないらしい」

トレントはキーがふれ合うせわしない音とともにポケットから手を出し、腕組みをする。

「いま学校にいる」ブラッドショーがさらに言う。「わたしのオフィスで待っているところだ」

「しかし、ビルはここにいません」とトレント。

「そのことをきみから彼女に説明するべきだと思ってね」とブラッドショー。「なにしろ彼女の息子を最後に見たのはきみだからな」

オースティン・マーフィーが腕立て伏せをもうワンラウンドするために腹這いになる。やわらかなピンク色の腹が床を打って冴えた鋭い音を立て、それは頬を叩かれたときの音と少し似ている。

29

車が列を作ってゆっくりと進む。親たちが眠い目をした子供たちを、オースティン・マーフィーみたいな息子たちをおろし、頬にキスをしていってらっしゃいと言う。おれは気がふれたように車のそばを走り過ぎる。女の子の服と本を手にかかえて気がふれたように見えるのはわかっている。

付属棟に着いてもまったくスピードを落とさない。芝生に高級なトラックが勢ぞろいしていて、マッドタイヤがすごい。これぐらい大きなタイヤなら、いくつもの崖をのぼって乗り越え、川岸まで行けるだろうが、タイヤはどこへものぼらず、そこでただじっとしている。やわな連中に転がされるのはいやでたまらないだろう。
付属棟にはいったが、だれもいない。デントンでは
ドアに鍵をかけたりしない。シャワーの水は冷たく、
あたたかい川の水とは大ちがいだ。水を流すだけで体
を洗う。自分のロッカーに突っこんであったトレーニ
ングウエアを見つける。ミセス・パワーズが用意した
新しい服を着るより気持ちがいい。
快適な気分で校舎へ向かう。川の水やらなにやらを
すっかり洗い落とすのにどれほど長時間シャワーを浴
びていたのかわからない。着くころにはほとんど昼休
みになっている。金曜日の大勝利のあとで登校するぐ
らい気持ちのいいものはない。だれもが話しかけてき
て、いい試合だった、たいしたものだと言う。
ところが、学校へ着いてもだれひとりビリー・ロウ
に話しかけてこない。
目も合わせず、まるでおれがプレーオフの初戦でタ
ッチダウンを五回決めた男じゃないみたいだ。廊下を
歩いてもだれも声をかけてこない。全員が目をそむけ
る。やがて昼休みのベルが鳴り、少なくとも大テーブ
ルにいる連中なら何か少しは言うだろうと考える。焚
き火のこととか、ローナのこととか、コーチがすっか
り変になったこととか。けれども、チキンスパゲッテ
ィのトレーを持ってそのテーブルへ行っても、だれひ
とりこちらを見もしない。
ジャレッドがしゃべっていて、みんなは笑いながら
母親が作ってくれた弁当や父親が持たせてくれたファ
ストフードを食べている。おれみたいにトレーを持っ
ているのはひとりもいない。ジャレッドの隣の席があ
いている。おれは席の後ろに立ち、何か言われるのを
待つ。椅子を引く。引くとき、椅子までもすわってほ
しくないみたいな鈍い音を立てる。
「ここはあいてないぞ」ジャレッドがおれを見ずに、
ほかの連中を見て言う。「おい、ビリー、まだ学校に
いさせてもらえるとはびっくりだな」

「どういうことだ。おれは全得点を――」

「だれもフットボールの話なんかしちゃいない」

おれは聞きたくないのでテーブルに背を向け、そのときローナを見かける。ローナは廊下の脇にじっと立っている。おれはローナのことをあの夜見たような目で見ずにはいられない。やめようと思うがやめられない。ローナはおれが何を見ているのか知っているみたいに、それを感じているみたいに、真っ直ぐ目を合わせる。でもそのあとで悲しそうに微笑み、こっちへ来てというように顎をあげる。

「わかったよ」おれはテーブルの連中に言う。「そういうことか」

「ガールフレンドに聞いてみるのが一番だぞ」ジャレッドが言う。

「くたばりやがれ」

「なんだと?」ジャレッドがそう言ってから、〈タコベル〉のブリトーを半分口に突っこむ。

おれは背を向けたままそれ以上何も言わない。ジャレッドもだまっているが、それはあの野郎と同じだからだ。口先だけのやつ。だけどあの野郎が口をきくことはもうない。だからこそ、だれもおれに話しかけないのかもしれない。やつの割れた頭のことをとっくに聞いていて、ビリー・ロウが完全にイカれちまったと思ってるのかもしれない。

ローナが待っている。後ろを向いて廊下を歩きはじめる。おれはあとについていく。ローナは小さな茶色の袋を手にしている。中身はオーガニックのピーナッツバター入りの、ミセス・パワーズが言う保存料なしの食べ物だろう。何が保存料なしだ。小麦粘土みたいな味しかしないくせに。おれはチキンスパゲッティのトレーで満足だ。この前とちがう長いヒッピー風ワンピースの中で揺れるローナの小さな尻をながめながら、そのまま図書室までついていく。ながめずにはいられない。一度目にしたらやめられるわけがない。

おれたちは前と同じ場所、図書室の奥のソファにすわる。ローナはサンドイッチを取り出して、だまっている。ふたりでじっとすわり、だまっている。だまってる人間にはもううんざりだ。

「だいじょうぶか？」おれは言う。

ローナはサンドイッチを小さな茶色の袋にもどし、怒ったように押しつぶす。それから深呼吸をする。肩があがったりさがったりする。

「わからない」とローナ。「パパは週末ほとんど部屋にこもりきりだった」

こんどはおれがだまりこむ。

「というか、パパのあの目つき、あの枝——あの枝で何をするつもりだったのかしら」

「べつに考えてなかったのかも」

「あんなパパをみたのははじめて」

川での記憶がいっきによみがえる。コーチがジャレッドをど突く光景がもう一度見える。

「みんなが話してるのよ、ビリー」

図書室の司書がおれたちを見ている。ミセス・マーシャルは大柄な女で、ずっとすわり仕事をしていたらそうなりそうな重くてしまりのない体つきだ。おれたちがはいってきたときから、ずっとこちらを観察している。図書室では私語も飲食も禁止だ。といっても、おれは一口も食べてないから腹ぺこだ。二日間何も食べてないが、チキンスパゲッティはもう冷たくなっている。それに、ローナのサンドイッチもすっかりつぶれている。ミセス・マーシャルがみんなと同じようにだまってるのに、そこにすわってるローナはみんなが話してると言う。

「おれにはだれも何も言わないけど」

「こわがってるのよ、ビリー。みんなこわがってる。だからあなたに話しかけない」

「こわがってる？」

「あなたのトレーラーハウスで男性の遺体が発見され

たの。トラヴィス・ロドニーって人。あなたのお母さんのボーイフレンドみたいな人じゃなかった?」

「みたいな人だ」

「それっていったい――」ローナの声が大きすぎたので、ミセス・マーシャルがパソコンのスクリーン越しに目をあげ、口に指を当てる。ローナはこんどはささやき声で言う。「それっていったいどういう意味?」

「あの野郎はおれとかかわり合いがなかったって意味だよ」

「一週間なのよ、ビリー。その人はあなたのトレーラーハウスの中で死んで一週間そのままだったのよ。そしてみんなは、あなたがどうしてうちで寝泊まりするようになったんだろうって――」

「くそったれのたわ言だ」おれは大きな声を出す。大きすぎる。ミセス・マーシャルが椅子から立ちあがり、一日中一度も立たなかった人のように、本棚のあいだをよろめきながらこっちへやってくる。おれはそっちのほうへ顎をしゃくる。ローナがバックパックから本を一冊出す。

「〝あわれな魂よ、わが罪深き肉の中心よ〟」ローナが言ったちょうどそのとき、ミセス・マーシャルがたどり着く。

「あなた、図書室で食べてるの?」ミセス・マーシャルがおれを真っ直ぐ見て言う。

おれが膝のトレーに目を落としていると、ローナが言う。「いいえ、そんなことは」

「どう見てもそうでしょう」

「すみません、ちがうんです」またローナが言う。

「それからビリー」司書が言う。「悪態をつきましたね」

「ほんとうにちがうんです」おれが何か言う前にローナが言う。「わたしたち、ミズ・ミラーの国語の課題でこのソネット集を朗読していたところなんです。ソネットを五つ暗記しなくちゃいけないので。ひとつの詩が十四行。だから七十行もあるんですよ、ミセス・マーシャル。多いですよね」

「わたしがすわっていた場所からは、ビリーがみだりに卑語を使っているように聞こえましたけどね」ミセス・マーシャルが言う。まだ息が荒く、ここへ歩いてきただけでへとへとらしい。

「おことばですが、ちがうんです」とローナ。「このシェイクスピアのせいだと思います。シェイクスピアにはけっこう中傷的なことばが多いですから」

ローナが笑おうとするが、ミセス・マーシャルはごまかされない。おれをじっと見ている。おれのほうからは見ない。司書はおれの膝のランチトレーに目をやる。ローナがどんな本を読んでいようが、何度ていねいな言い方で〝ちがうんです〟と言おうが、自分が何を耳にしたかわかっている。ミセス・マーシャルにとってこの手のことははじめてではない。

「卑語を使ったら三日間の校内謹慎処分ですよ、ミスター・ロウ」司書が言う。「それに、あなたが先週の金曜日に何回タッチダウンで得点をあげたとしても、わたしは気にかけませんから」

学校じゅうのいけすかない連中のなかでも、ミセス・マーシャルはあのタッチダウンの得点のことを一番言わなそうな人間だ。まったく気にかけず、おそらく試合の勝敗すら知らないだろうけど、それでも、だれかがそれを話すのを聞くのはいいものだ。朝からずっとこれを待っていた。

「五回だけど」おれはそう言って司書を見あげる。

「なんですって?」

「五回のタッチダウン――先週の金曜におれが得点をあげた回数だよ」

大きな悪いオオカミがいまにもビリー・ロウを吹き飛ばそうとするみたいに、ミセス・マーシャルは鼻息荒くご立腹だ。それでもおれはじっと見返して、攻撃したければ自分がどうなるかをわからせる。いままでどおりローナもそれを感じ取り、こんどは立ちあがってミセス・マーシャルの顔の前でその本をぱたぱた振るが、まるで炎を煽っているようなものだ。

「ソネット一四六を読んだことがありますか？　ミセス・マーシャル」ローナが言う。

司書は話に乗らない。小さな目で――フクロネズミのような目で――おれに穴をあけているところだ。

「いいえ、ミズ・パワーズ。ソネット一四六は読んだことがありません。シェイクスピアにはたいして興味がないので」

この司書がシェイクスピアのことをなぜ悪く言うのか理解しようとして、ローナは途方に暮れているらしい。でも、そのときおれは思いつく。こう言えばいい。

「ヘミングウェイはどうかな」

ミセス・マーシャルの表情がやわらぐ。おれは思い切って言う。

「『老人と海』は？　おれは大好きだ」

「あなたがヘミングウェイを？」信じられないというように司書が言う。

「そうだよ」

ローナがおれのつま先を強く踏む。

「いやつまり、そうです」

ミセス・マーシャルは考えを変えていない。顔を見ればわかる。

「じゃあこうしましょうか、ビリー。その本の結末を言えたらあなたのことを報告するのはやめます。それでどうかしら？」

おれはうなずき、それからうつむくが、じつは降参すると思わせるための演技だ。ローナのため息が聞こえるので、おれが読んだとはローナも思ってないんだろう。おれは顔をあげ、ローナだけを見つめる。それは心の中までしっかり見てほしいから、おれが信頼できる人間で、おれにはいろいろな面があって――でも嘘つきではないことを知ってほしいからだ。

「その老人は魚をつかまえる」おれが言うと、ミセス・マーシャルがまだ何も聞いていないような顔でうなずく。

「それは本の巻末を読めばわかりますよ、ビリー。悪いけどやはり――」

「それから、老人は魚を殺した。殺したかったわけじゃない。身を切り取って自分やいつもいっしょに漁に出るあの少年が食べられるように、ナイフを使って殺したかったわけじゃない。つかまえておくだけで魚は死んだ。手放さなかったので死んだ。その魚は老人を引っ張って大海を泳ぎまわり、力尽きてから死んだ。老人はへとへとに疲れていたので魚をどうにもできなかった。港までもどることすらできずにいると、やがてサメがやってきた。そして結局、その少年のところへやっと持ち帰って見せたのは、骨だけだった」

　おれは話すのをやめてもまだローナを見ている。ローナは泣こうとしているのか、それとも笑おうとしているのか、まあそんなところだ。そのあとでミセス・マーシャルの不機嫌な鼻息が聞こえ、振り向くといなくなっていて、もう自分のパソコンの前にすわっている。きっときょうは二度と立ちあがらないだろう。

「ビリー」ローナが声をかけ、おれたちは川にいたときのようにふたり並んですわる。「読んだのね。あの本をほんとうに」

「そうするって言っただろう」

　ローナがおれの手を取る。おれは真っ直ぐローナを見る。おれが見たものを見てほしい。トレーラーハウスとあの明かりとそこに横たわっていたあの野郎の体を。おれが何もしなかったのをわかってほしい。おれはあの野郎を殴った。たしかにやった。叩きのめしはしたが、死ぬほどじゃなかった。ローナに信じてほしい。けれどもそうしたことには時間がかかるもので、おれたちは時間を持ち合わせていない。なぜなら、図書室のドアが大きくあいてコーチが現れ、廊下を走ってきたらしく、おさまったばかりのミセス・マーシャルの鼻息に似た荒い息をしている。

「ビル？」コーチが言うと、ローナが自分の手をすばやく脇へもどす。「いままでどこにいたんだ」

「いまはおれのことが心配なのかい？」

「そんなことはいい」コーチが言う。「きみの話を聞きたがっている人が来ている」

ミセス・マーシャルはコーチがおれを連れ出しに来たのがうれしいらしく、パソコンの奥からあえぎ声らしきものが聞こえてくる。

「だれが？」

「とにかくいっしょに来なさい」

おれは返事をしない。

「聞こえてるのか？」

「ああ」おれはコーチをにらみつける。

コーチのゆっくりしたうなずきがやがて速くなり、何を言うつもりか知らないが興奮してるみたいだ。そのあと完全に動きを止め、じっとおれを見据える。いまや川で見た顔つきそのものだ。充血して疲れている目だ。

「そろそろ礼儀をわきまえるんだな、ビル。さもないと、生まれたときのくさい掃きだめから抜け出せないぞ。それが望みなのか？　この先一生ゴミのような悪臭を放っていたいのか？」

ミセス・マーシャルが椅子から腰をあげはじめる。こんどはコーチまで違反行為で罰しようというのか。しかしローナが先手を打つ。川でやったようにコーチとおれのあいだに立ち、小さな両手を握り締める。

「彼にそんな言い方はやめて」

「ビル」コーチは娘を見もしない。「わたしといっしょに来るんだ」

「パパ」

コーチが娘を通り越してまだおれに目を向けている。ローナの爪が手のひらに食いこみ、その体の発する熱がこちらまで伝わってきそうだ。一度ローナに助けられたのだから、いまがお返しをするときだろう。

「いいえ《ノー・サー》」おれは立ちあがってローナを真っ直ぐ見る。ローナの目は父親の目と同じように赤いが、うるんでいる。「この先一生ゴミのような悪臭を放っていたくはありません」

コーチが笑みを浮かべるが、満足したのか、別の気持ちなのかはわからない。ローナにふれずに手を伸ばしておれの肩をつかむ。その手は警官の手のようにおれをドアの外へ追い出し、廊下を歩かせ、行きたくないどこかへと連れていく。

30

ティナ・ロウが学校の受付の外に立ち、後ろにひっつめたまとめ髪が脂ぎっている。ドン・ブラッドショーがカウボーイのシルエットの切り抜きのようなポーズで壁に寄りかかり、マクドナルドのコーヒーカップを口ひげに押しつけて距離を保っている。ティナはそわそわして、黒いゴミ袋のようにだぶついた〝デントン〟の文字入りトレーナーを引っ張る。手ぶらだ。

ビリーの肩がこわばるのをトレントが感じ取るやいなや、少年はつかんでいる手を振り払って母親のほうへ行く。

「ちびすけはどこだ」ビリーが訊く。

ティナは答える代わりに息子に飛びついたので、まとめ髪がばらけ、ビリーの顔にべとついた湿っぽい線をつける。

ふたりをそっとしておこうとトレントはあとずさり、ブラッドショー校長とぶつかりそうになる。

「ちびすけはどこだ」ビリーがもう一度訊く。

「元気そうだね、ベイビー、すごく元気そうだ」ティナが言う。「心配したよ」

「心配した？」とビリー。「電話も何もしてこなかったじゃないか」

「おまえは携帯電話を持ってないだろう、ベイビー。どうやって電話するのさ」

「コーチの家に泊まってたんだ」

「おやまあ」とティナ。「そうなのかい？」

「ええ、そうなんですよ」ブラッドショーが口を挟む。「ご存じなかったんですか？」

ティナが校長をにらみつける。

ブラッドショーがにやりと笑う。「思うに、これ以上のお節介は無用のようですな」

「当たり前さ」ティナが怒鳴る。「あたしたちが話さなきゃいけない相手はティモンズ保安官だけだよ」

「車でお連れしますよ」トレントが言い、ドアのほうへ案内しようと手を伸ばしてティナの肩にさわる。ティナがすばやく身を引き、視線でトレントを切りつける。ティナ・ロウの中にひそむ生々しい狂気をトレントははじめて感じる。常軌を逸した家系を作り出しただけのことはあり、トレントの手を離させるにはそれでじゅうぶんだ。

「だめだ」ブラッドショーが言う。「わたしがロウ家の人たちを保安官事務所までお連れしよう。きみは大きな試合を控えているからな、コーチ」そして校舎のガラスドアを押しあける。「対戦相手が〈ベアデン・ベアーズ〉とは、気の利いた組み合わせだ」

ビリーとティナがトレントのそばを通ってドアから出ていくと同時に、肌寒い風が吹きこんでくる。オザーク高原に吹きおろすこの冬はじめての突風だ。ドアが閉まり、トレントは三人が冷たい風に向かって歩いていくのをガラス越しに見守る。ビリーが向きを変えて逃げるのをなかば期待する。しかし少年は母親の二、三歩前を歩きつづける。

コーチ用オフィスには熱がこもっている。壁に取り付けてあるヒーターが作動して熱い空気を送り出す。トレントはシャツをつかんでぱたぱたさせるが、数秒も経たないうちに暑くなる。アーカンソーを完璧に言い表すとこうなる。暑いか寒いか――中間はない。

ブルが自分のデスクに脚を載せ、帽子を目深にかぶってすわっている。トレントがはいっていくとぴくりと動き、帽子のふちから覗き見る。

「〈ベアデン〉の動画を見てたんだ」ブルが言う。

「わたしはまだだ」とトレント。

「知ってる」

トレントはデスクの書類を並べ替えてからすわり、それからまた立つ。そのあいだブルがずっと目で追う。トレントはついに革張りの椅子にどっかりと腰をおろして両手を広げ、そして言う。「いったいなんだ？」

「奥方をどれくらい信じてる？」

「真面目に言ってるのか？」けさのマーリーとの会話を、ほかにも伝えておくことはあるかと妻に訊かれたことを思い出し、トレントの指がうずく。

「彼女は……」トレントは長すぎる一拍を置く。「わたしの妻だ」

「いまさっきティモンズが来たんだ。きみが校舎にいるときに」ブルが言う。「知らせたほうがいいと思ってね」

トレントは振り向いて壁の十字架を見やる。「ティモンズはこれからティナとビリーにかかりきりになる。こんなところで何をかぎまわってるんだろう」

「うちのチームの連中が川であの枝を持っているきみ

を見た。あいつらはそういう話を母親にするだろうし、まあそうなれば……このあたりじゃ話があっという間に広まるんだよ、ハリウッド」

「何を言いたい」

ブルが立ちあがり、デスクの奥のフックからホイッスルを取る。「主イエスならどうなさるかってか？」紐を首にかける。「いまがそう考えるときじゃないのか？」

「一体全体なんの話だ」

「主イエスなら行って自分の妻に話す」ブルが言う。「それこそ主イエスがなさることだ」

31

ブラッドショー校長がのべつまくなしにしゃべった。おれは何も言わなかった。おふくろもだ。トラックが停まっておれたちがおりてもまだしゃべっている。おれは勢いよくドアを閉め、その音を質問全部の答とする。

おれとおふくろは保安官事務所に向かって歩き出す。いまは地獄より寒い。ここが地獄かもしれない。これ以上悪くなるのが想像できない。歩いているあいだも、おれはひとつのことしか考えられない。

「ちびすけはどこだ」

「スティーヴンのこと？」二年間抱いていた赤ん坊を覚えていないような言い草だ。

「そうだ、ちびすけだよ」

　おふくろの足取りが速くなり、寒いので両手で腕をかかえている。おれをこの駐車場に置いていくつもりなのかもしれないが、そのときふと思いつく。

「あいつに何をした」

「気をつけて、ビリー」

「あいつに何をした」

「何もしないよ。あの子はいまジェシーとクリーシャのところにいる」

　ジェシー・ロウに預けられるぐらいならちびすけは死んだほうがましだってことぐらい、おふくろはわかってるはずだ。おれならジェシーにだれの世話もまかせない。たとえ預けるのがジャレッドでもだ。酒を飲みはじめたら、ジェシーは朝食用のベーコンにジャレッドの太った尻をスライスするはずだ。

「何やってんだよ、おふくろ。そこまでばかじゃないだろう」

　おふくろが止まって振り向き、足早におれのほうへ来る。「あたしがいない間にあのお上品なコーチから教わったのがそれかい？　ティナ・ロウはただのアホなビッチだって？」

　おふくろはおれを引っぱたこうとするみたいに片手をあげ、その手が高くあがって日をさえぎる。顔に影がかかるがおれは動じない。勝手に引っぱたけばいい。少しも痛くない。

　でもおふくろは叩かない。手をおろし、影が消える。

「おまえに言われたかないね」おふくろが言う。

　おれは片眉をあげる。

「おまえこそクリーシャとニーシィをジェシーのところに預けてるじゃないか。あそこは女の居場所じゃないんだよ、ビリー。ちびのスティーヴンは自分でどうにかできる。ジェシーだってあの子には少し物事を教える。でも、女の居場所じゃない」

「クリーシャが言うことを真に受けるなよ。ニーシィはジェシーの子だ」

　おふくろは腕を大きく広げる。「どっちにしても、あの小さな女の子はあたしの孫だよ。それがわからないのかい？　そして、そういう子供たちの面倒を見て女はくたくたになるんだよ」

「留守中電話すらかけず、電話に出ようともしないぐらいに？」

「おまえは何もわかっちゃいない」おふくろはそう言うと、また歩き出す。「あたしがおまえのために何をやったか」

「おれは、おれは何も――」ことばが出ず、口の中で妙な味となる。

「おまえがどうしたのさ」

「悪かったよ」

「わかってるよ、ビリー。自分が悪いと思ってるのはわかってる」おふくろは少しも歩みをゆるめずに、振り返って言う。

　おれが小走りで追いついても、おふくろは足を止めない。正面のドアまでもうすぐだ。

「いまになって、おまえはこんな厄介ごとを巻き起こした」おふくろが言う。「たしかにトラヴィスはおまえの父親じゃないけど、あの男があたしの精一杯だったんだよ。そしてトラヴィスもいなくなった。おまえとあたしだけだよ、ベイビー。それがおまえの長年の望みだったんだろうね」

　そのことばが冷気のように鋭く刺さり、おれは足を止める。

「おれは何もやってないよ、おふくろ」

　おふくろも立ち止まるが、見ているのはおれの向こうのティモンズ保安官だ。ぼんくらの大男が正面のドアでさっそく手を振っている。

「やったかどうかはどうでもいいよ」

32

「トラックドライバーだって？」ティモンズが言う。「車のナンバーはわかるかな？」

「ナンバー？」ティナが言う。「わからない。でも週に一度ぐらいはこの辺を通るよ」

　点滅する蛍光灯が窮屈な部屋を照らす。ティナの顔には苦悩のパッチワークが年代別に浮き出ている。息子たちを心配して刻まれた皺、彼らの父親たちのこぶしでできた傷跡。

「そのトラックドライバーの名前は？」

「チャック」

「チャックなんというんだ？」

　ティナの目が上を向き、答を探す。「ただのチャックよ」

「じゃあきみはその男とねんごろになって――」ティモンズはメモを見る。「――三カ月経つのに姓も知らないんだね」

　ティナはすわる前に、オザークの高原や川と同じぐらい昔からある単純な話をしっかり考えておいた。けれどもティモンズがいざ目の前にすわると――あのドライバーみたいな大男がすわって、聞いたことをいちいちペンで書き取ると――話があやふやになっていく。

「お金を払ってくれるからね」

「それは違法行為だけどね、ティナ」

「あたしが本気なのはわかってよ」

「それで、その男はきみのサービスに金を払っていて、週に一度トラックのルートをはずれて立ち寄る。そして、その男が嫉妬心か何かをいだいた、ときみは言いたいのかな？」ティモンズが言う。「侵入して気の毒なトラヴィスをフライパンで殴り殺すほど腹を立てたと」

　ティナはうなずくが、顔に照明が当たるのがわかる。いままでとちがう。かつて男たちにふるった力のすべてを、時がティナから奪った。

「そうだよ」とティナ。「そういうこと」


　ブルの忠告にもかかわらず、トレントはとどまって練習を指導する。といっても、初老のブルをじっと見ずにはいられず、ブルが言ったこと、その言い方を忘れることができない。当然ながら、少年たちの反応は鈍くて雑だ。もしラリー・ドマーズがこのだらけぶりを見たら、いやというほどトレントに指摘しただろう。準決勝試合が刻々と近づいているのに日曜の練習を取りやめたとあってはなおさらだ。厄介なつとめがようやく終わると、トレントはオフィスへもどって照明をつけずにすわり、〈ベアデン・ベアーズ〉の試合動画をパソコンのスクリーンで連続再生する。スクリーンのほのかな明かりの中でトレントの目がまたたく。集中できず、いまは自分自身の戦いで負けている。マーリーの戦いでもある。夫のために妻がした選択、夫が忘れることにしたあれこれの記憶、頭の中で再生中なのは壊れた記憶とひび割れた信仰心のハイライト映像だ。二時間後、トレントはもうじゅうぶんに見たと思い、家へ向かう。

　背後でガレージの扉が音を立てて閉まると同時に、トレントはプリウスのエンジンを切って目を閉じる。自分が何をしているのか自覚がなく、車のハンドルに頭がふれるのさえ、クラクションが小型犬の吠え声に似た音を鳴らすまで気づかない。

　目をあけるとマーリーがドア口に立っている。唇に指を当てて夫をにらんでいる。

「アヴァが寝てるわ」

「すまない」

　マーリーの顎がひくつくのを横目に、トレントはそばを通って家へはいる。妻がドアを閉めるあいだにキッチンテーブルの椅子にすわる。

「話がある」トレントが言う。

居間のほうで物音がする。マーリーがドアを施錠してから、つま先立ちでスウィングドアの向こうを覗く。

「ローナかな」トレントは言う。

マーリーが首を横に振る。「あの子は劇の練習をしてるはず」

日が窓からシンクへ差しこみ、マーリーの顔を照らしている。妻は美しいが衰えも目立ち、男を支える女のように擦り減っている。

トレントは言う。「自分が何を見たのかきみに伝えたいんだ」そして片方の手のひらを上に向けてテーブル越しに差し出す。

マーリーが夫の手をじっと見る。

「あの夜のトレーラーハウスでのことを」とトレント。「きみに全部話さなくてはならない」

ローナは玄関の鍵をあけたときに両親の話し声を耳にするが、低くて静かな声で、娘に聞かせるつもりがない話らしい。ドアを最後まで閉めずに忍び足で居間へ行く。

一日中同じ話題で持ちきりだった。ビリー・ロウだ。昼休みに父親が連れ去ってからビリーを見かけていない。それでも、だれもが話していた。ソーシャルメディアでその話が飛び交い、さまざまな陰謀説がカリフォルニアの山火事のように燃え広がっている。

ローナは居間の階段をそっとあがり、キッチンのスウィングドアが隠れて見えないぐらいの場所で止まる。

劇の練習にさえ行けなかった。というのも、ジャレッド・トロッターがローナにタグをつけて投稿し、ビリーの〝ファック用おもちゃ〟だとなじったからだ。そのあとでいくつものコメントがあり、ほかの女子たちはローナが堕落した女である証拠としてブラをつけていないのを引き合いに出した。

ローナは階段に腰をおろして一日を静かに振り返る。こうして自分が高いところにすわって両親が低い場所にいると、なんとなく超越した気分だ。みんなが話すのはしかたがない。人の口に戸は立てられない。転校生の女子で父親がフットボールのヘッドコーチで、そのうえブラをつけていないならなおさらだ。ブラをつけないのはふしだらだからではなく、ブラが抑制を課すものであり、ローナがいる家父長的で力を誇示する世界そのものだからだ。

母親が発する鋭い声が階段の上まで伝わってくる。ローナは声がするほうへ身を乗り出して、階段の金属の手すりに耳を押しつけ、聞き耳を立てる。

「一週間近く経ってるのよ」マーリーが言い、テーブルに開いたトレントの手を見つめる。「なぜもっと前にいろいろ言わないの?」

「ぼくたちが〈フェルナンド・バレー〉を去ったときのことを覚えてるかい?」

「もちろん覚えてる」

「ぼくたち家族のことで、あらゆるゴシップや中傷が出まわっていた」

「覚えてるわよ」

「そして、ぼくたちはそのことを話さなかった。ただ去った」

「何があったかわかってるからよ」ここへ来るはめになったすべてのことに耐えていたかのように、マーリーがぐっと唾をのみこんで顔をしかめる。「わたしたちは負けた」

「そうだね」

「でもこれはちがう。フットボールだけの問題じゃない」マーリーは手を伸ばすが、トレントの手ではなく、心臓の反対側の胸にふれる。「問題はあなたがあのトレーラーハウスで見たと言ってるものよ、トレント。

わたしに全部話したんじゃないなら、それって――」

　トレントは手をすばやく引っこめ、少しずつ目をあげて妻を見る。「クビにするとブラッドショー校長に脅された」

　マーリーの口がぽかんと開き、おさまっていた炎がまたあがる。「あなたをクビに？」

「一週間ほど前だ。ルーサーヴィルとの試合中ビルがサイドラインでキレたすぐあとだった」トレントはひと呼吸置き、ビリーの目つきと両手の血を思い出す。「ブラッドショーはぼくの仕事ぶりをよく思わなかった」

「でも、プレーオフで二回戦へ進んだじゃない」

「ビルの扱いが気に入らないんだよ」

「扱い？」マーリーが訊く。

「オースティン・マーフィーのような裕福な家の子にちゃんとスポットライトが当たるような采配ではないと校長は思った」

「それでも校長は勝つと思ってるの？」

「厳密にはそういうわけでもない」

　マーリーが両眉をあげる。

「州大会については議論の余地がないと言われた」

「州大会を？」とマーリー。「ビリーなしで？」

「だから気が気じゃなかった」トレントは腕を組み、胸の下にこぶしを押しつける。自分が弱くてしぼんでいる気がする。床に伏せて腕立て伏せの短時間セットに取り組みたい衝動と闘う。そこでキッチンテーブルに手をもう一度、こんどは両方の手のひらを置く。

「それに、あの日デスクを叩いたビルの様子には、あの目つきには、よからぬものがあったんだよ、マー。そう感じたんだ」

「だから彼をうちに連れてきたの？」

「また職を失いそうだった。また引っ越すしかないのかと思った」トレントは反応を待つが、マーリーの視線を避けてその後ろのドアへ目をやる。「それに、もう行くところがないのもわかっていた」

「父に電話するべきだったのよ。わたしが電話してあげてもよかった」

「だめだ」トレントはかなり激しくテーブルを叩いたので、壁にかかったわずかばかりの写真が揺れて音を立てる。

　マーリーがびくりとして椅子から立つ。椅子が後ろへ倒れ、一瞬前にトレントがテーブルを叩いたのに劣らない不快な音を立てる。マーリーはスウィングドアを通って居間へ行こうとするが、直前で足を止める。

「いいかげんにして、トレント。じゃあ自分でなんとかできるんでしょうね」

　マーリーが返事を待つあいだ、後ろのドアが心臓の鼓動に合わせて揺れる。

「もうなんとかしたんだよ」トレントは言い、スウィングドアがぴたりと止まる。

33

　保安官事務所ははじめてじゃなく、数えきれないほど来たことがある。でもすることは決まって同じ、校長室の外にすわっているときみたいな根《こん》くらべだ。こっちははいれと言われるまで待つ。連中は聞きたいことをこっちが言うまで待つ。全員が待っていて、こっちがそれをしたかしなかったかはどうでもよく、連中はひたすら待って同じ質問を何度も何度も繰り返す。

　いま、おふくろが保安官といっしょにあそこにいる。ふだんならおふくろのことは心配要らない。だって、待ち方をおれに教えたのはおふくろなんだから。〝死ぬまで否認しな〟それがおふくろの口癖だ。人をつかまえるのは意外とむずかしいんだから、尋問されたってまだ終わりじゃない、と。

でも、きょうのおふくろはどこかちがう。目を見ればわかる。とうとう壊れたのかもしれない。息子たちが成長して巣立ってあわよくば何か返してくれるのを、ずっと待ちつづけるしかなかったんだろう。おふくろはすっかり使い尽くされている。干からびている。この二年間ちびすけが吸っても何も出てこなかったんじゃないだろうか。

あの野郎とのあいだに生まれた息子はちびすけだけだ。あいつの子供だという保証はないかもしれないが、親父の息子でないのはたしかだ。おれたちにあるものがちびすけには欠けている。ロウ家の人間とは似ても似つかず、やつによく似ている。やわらかいというか。丸いというか。マシュマロみたいだ。ちびすけはタバコを押しつけられたことが一度もなく、ペンでやられただけだ。自分の息子が熱さをどうにもできないのをやつは知っていたのかもしれない。それとも、ちびすけに母乳が残されていなかったからかもしれない。だからあんなに小さくて弱いのかもしれない。だからおふくろはジェシーに預けたのかもしれない。あの野郎がもういないから、おふくろはあの赤ん坊を手もとで育てられないのかもしれない。でも、そうだとしても、実際おふくろがちびすけをジェシーに預けたにしても、あそこで保安官に何を言ってるのかは見当もつかない。

保安官補のひとりでローム・モンゴメリーという黒人野郎がおふくろのいる部屋から出てくる。ロームは〈パイレーツ〉のストロング・セーフティだった。背が高くて痩せていて、あまりストロングじゃなかった。クリーシャの兄貴だってことをいつも忘れてしまう。なぜかわからない。モンゴメリー家はデントンでただひとつの黒人一家だ。ほんとうに黒いわけじゃない。浅黒い程度だ。インディアンの血と神のみぞ知るほかの人種の血を引いていて、このあたりではじゅうぶん黒人で通る。ロームは機転の利くやつで、相手が見ていない隙を狙ってノックアウトする。一家の子供たちはうちと同じ〈シェイディ・グローブ〉内のふたつ先のトレーラーハウスで育ち、モンゴメリーの母親は子供たちを全員女手ひとつで育てあげた。黒人の男はひとりもいなかったし、白人の男でばかな真似をする者もひとりもいなかった。だからこそロームは制服を着て、おれがここにすわって待っているのかもしれない——四六時中ばかなことをしでかす大ばか者がいなかったからだ。以前はロームをずいぶん尊敬したものだ。おれとクリーシャがくっつくまでだったが。

「ビリーか」ロームがおれに声をかけてうなずく。

おれは何も言わない。

「へえ、なるほどな」

「おれはくだらないバッジをつけてるやつとはちがう」

「わかったわかった」すでに警官らしい声になっている。「じゃあ、出世するおれがどんなに愚かか教えてもらおうか」

「あんたが出世？」おれはそう言って、保安官事務所の床に唾を吐く。「ちっとも出世したように見えないけどな。おれに言わせりゃ大ぼらだ」

「だれもおまえに意見なんか訊いてない」ロームがベルトに指を引っかけ、手で拳銃をなでる。

「おれはそのためにここにいるんじゃないのか？　だれかがおれに質問するんだろう？」

ロームがだまりこむ。

「そうだよな」おれは唇をぬぐう。「おれがここにいるのはあんたが質問するためじゃない」

ロームの目にそれがちらつくのが見える。腹の中で〈シェイディ・グローブ〉が燃えたぎるのが見え、クリーが妊娠して高校を中退したことにいまもどれほど腹を立てているかが見える。ロームも唾を吐きたそうだが、それはせず、舌打ちだけして相変わらずおれをにらみつける。そのバッジも、そのベルトも、その拳銃も、ぐっとこらえることで手に入れたものだ。デントンの黒人として、ロームは忍耐について知り尽くしているんだろう。町の住人はおれの親父が黒人の血を引いてるとずっと思っていて、それだけでもかなりつらかったものだ。

「まあいいさ」とローム。「口を閉じとくよ。だがなビリー、おまえのおふくろさんが奥の部屋へ行く前に、だれかが忠告するべきだったな。保安官が知りたいことをおふくろさんは全部しゃべってるところだ」

　おれが椅子から離れて低い姿勢ですばやくロームに飛びかかろうとしたそのとき、ドアが開く。おふくろが泣きながら出てくる。もちろん泣いている。その後ろに保安官がいる。疲れ切っているみたいだ。

「さあ、ビリー」ティモンズが言う。「きみの番だ」

　その小部屋はテレビで見るやつとは大ちがいだ。暗くない。電灯がぶらさがってない。教室に似ている。すわらされ、〝授業中に悪態をつきません〟と手がこわばるまで何度も何度も書かされる場所。そのあとで、まだ書かなくてはならなかった。

「ここ数日どこにいたんだ？　ビリー」

　口を閉じておく。

「だんまり戦術か、え？」保安官が言う。「ちがうやり方でいこう」

　手錠はなく、おれとティモンズのほかにだれもいない。ティモンズがデスクに置いてあるフォルダを開く。あの野郎が手足を広げてクソみたいになってるのが見える。

「見てもらわなきゃいけないものがいくつかある。何かピンとくるかもしれないからな」ティモンズがそう言って、おれに向かって写真のひとつをデスク越しに押しやる。

　おれが覚えているものとまったくちがって見える。写真は白黒で、あの明かりはなく、知らなければあの野郎だとわからないだろう。もうピエロには見えず、それを言うなら人間にも見えない。人間どころか、それから一番かけ離れたものだ。腐ってふくれあがったトマト、破裂した腫《は》れ物、そういうものだ。おれは何も言わない。保安官のほうへ写真を押しもどす。

保安官が写真を見て、それからまたおれを見る。

「この男を知ってるか？」

おれは歯をカチリと噛み合わせ、保安官と目を合わせない。

「もちろんきみは知っている。こう訊いたほうがいいかな――彼に何があったのか教えてくれないか？」

おれは何も言わない。

「この調子でいくのか？　ビリー」

「たぶんね」

「かまわんよ。わたしが知りたいことはティナが全部話したと思ってまちがいないからな」

「おふくろはなんて？」

保安官が笑みを浮かべている。「まずきみが話す。そしてわたしが話す」

「おれはばかじゃない」

「そうともビリー、きみはばかじゃないし、なかなかたいしたやつだ。言ってみれば、わたしはまだ解明していない。だがそのうち突き止める。それは約束する。デントンは小さな町で、殺人事件などあまり起こらない。時間はたっぷりある」

保安官が筋の通ったことを言うのはこれがはじめてだ。ほんとうのことだから筋が通っている。保安官のほうには時間がある。おれのほうは〈ベアデン〉との準決勝戦が近づいている。その試合を大学のコーチが見にくる可能性は高い。

おれは訊く。

「おふくろがなんと言ったのか教えてくれるのか？」

「もちろんだよビリー。おふくろさんがなんと言ったかきみに見せてあげよう」保安官がノートパソコンのスクリーンをおれが見えるようにこちらへ向ける。おふくろがおれを見て白黒画面の中で固まっていてあの写真のあいつのように動かないが、あれとはちがう。保安官がボタンを押せば、おふくろがふたたび動いて話しはじめ、なんであれここで泣きながら保安官に言ったことを言うのはわかっている。

「わかった」おれは言い、保安官の目が大きく開く。「おれが知ってるのはこれだけだ」

　おれはあの野郎を殴ったこと、一発でノックアウトしたことをティモンズに言う。そのあとでウイスキーを全部飲んだことも言う。けれども、あの明かりのこと、明かりのせいでハロウィンを思い浮かべたことは言わない。おふくろがあいつのまわりにシロップか何かをこぼしたと思った。朝食にパンケーキを作ってたんだろう。だってたまにパンケーキを作るから。でもそのとき、おふくろが留守なのを思い出し、それはシロップじゃなくて、あいつが死んでるのがわかった。だから走って逃げた。そんなことはひと言も保安官に言わない。おれはばかじゃない。どうせロームがカメラで見ながら嘘つけと言うんだろう。

「じゃあ、きみは彼を殴ったんだね」ティモンズが言う。「そのことについてティナはどうもはっきりしなかった。自分はもう出かけていたと言って」

「そう、一発殴ったけど、おれがトレーラーハウスを出ていくとき、あいつはまだしゃべってた」

「なんと言っていた？」

　すごく弱々しい声だったのでちょっとまずいかもしれないと思ったが、とにかくウイスキーボトルを取ってやつのそばに立つと、やつが身もだえしながら助けを求めたのを覚えている。

「何も」

「なるほどね、ビリー」保安官が首を横に振る。「そのトレーラーハウスにはほかにだれもいなかったのか？」

「おふくろが出かけてたってのはもう聞いたんだろ」

「もちろん」ティモンズが言う。「それでも、ほかにだれかいなかったのか？」

「ジェシーはあそこにいなかった。もし兄貴のことを訊いてるんなら」

「そして、きみはこぶしで彼を殴った。そうだね？」

「手を見たいのかい？」

「殴られたあとがあるのはたしかだ」とティモンズ。「だが被害者の額に深い裂傷があってそれが致命傷だ。凶器についてはうすうす予想がついている」

　自分の鼻がひくひくするのがわかる。

「そのうち教えてあげよう」保安官が言う。「でもその前に、もう少し質問に答えてもらわないとな」

　おれは何も言わない。ティモンズが例のフォルダをもう一度開くのを見守るだけだ。

「写真の中の男はだれなんだ？　ビリー。この男の名前は？」

「なぜそいつの名前を言う必要がある」

「もちろん記録のためだ。すべてをきちんときれいに整えておくためだ」

　犬の檻とタバコのことがあってから、おれはあの野郎の名をいっさい口にしてない。二度とやつの名は言わないと心に決めた。名前がわかっていても名無しの男だ。

「ビリー、おふくろさんが何を言ったのか、きみが出ていってから何があったと言ったのか、そのすべてを知りたいなら、この男の名前を言ってもらわなくてはならない」

「名前はない。そいつはもう何者でもない」

「じゃあきみは、トラヴィス・ロドニーの大ファンではなかったんだな」保安官が言い、その名を聞いただけでおれの背筋に危険信号が這いあがる。

「ああ、ぜんぜんファンなんかじゃなかった」

　保安官が紙に何か書きつけ、目をあげて部屋の隅を見る。おれが視線を追うと、思ったとおり、小さな赤いライトがついたカメラがある。ロームがどこかにすわってその映像を見ながら、ビリー・ロウのばかさ加減を笑ってるんだろう。

「何を書いてるんだ?」

「記録をとってるだけだ」

保安官がペンを置き、パソコンをおれのほうへ押す。おふくろはひどい顔をしている。実物よりずっとひどい。

「クソやばいぞ、ビリー」ティモンズが言う。保安官がきたないことばを使うのは、これでもう心配ないってことだろう。もう全部わかったってことだろう。

「いまからくだらないビデオを見せるが、見終わったらきみはなんと言うだろうな」

保安官がボタンを押す。

おふくろがしゃべっていて、まずおれの名前を言う。そして、おれとあの野郎がぜんぜんうまくいってなかったことを話す。ほかにも親父についてのでたらめを言う。それから、例の明かりとシロップの話に行くはずが、その前にあの夜の出来事を話す。あいつがおれにちょっかいを出していたと言い、それはほんとうだが、やつはおふくろにもちょっかいを出していた。そこは言わない。そのうち、話すのをやめる。ひどく泣いているのでそれ以上話せない。パソコンから聞こえるおふくろの泣き声はどこかちがっていて、テレビの光景みたいだ。にせものっぽい。その瞬間にわかる。おふくろがつぎに何を言おうが――保安官に何をしゃべろうが――それは嘘っぱちだ。

両手をこぶしにする。手錠があればいいのに。パソコンのスクリーンでいまからおふくろがどんなばかげたことを言おうと、それを聞いたおれが愚かな真似をしないための手錠が。と思ったところで気づく。

手錠なんかあってたまるか。

立ちあがるとき、小さなテーブルが脚につかえる。

「まあ落ち着けよ、ビリー」保安官もいまは立っている。

「ふざけんな！」おれは振り向きざまに叫び、もう部屋の外にいる。

　保安官が何か別のことを大声で言うが、ほとんど耳にはいらない。さっさとふける。走る。連中は手錠を使うべきだったな。ローム・モンゴメリーがドアロで待ち構えている。やせっぽちのセーフティ野郎がフィールドでおれをエンドゾーンに近づけまいとしてるみたいに。手に拳銃を持っているが、発砲しないのはわかってる。クリーがこいつの妹だとか、どうでもいい。あいつがジェシーのトレーラーハウスに一生いるしかないとか、どうでもいい。ロームは拳銃を構えてない。おれは肩を低くさげて相手の顎を真っ直ぐ狙い、突破する。

　おれは走っていて、いまは自由で、答の出ないすべての問題から離れていく。あれを聞く前、おれはおふくろの様子を意外に思った。おふくろはおれを救えないとわかってるみたいに、ただ突っ立って泣いていた。感じるより先に聞こえる。何に似ているでもないポンという音。そのあとで肩が焼ける。あの野郎にタバコを押しつけられたときみたいだが、こんどの火傷は漏れ出ている。すべてのはじまりだったあの火。見ると、シャツに血がにじんでいて、濡れてあたたかい。ロームのこと、ロームが考えていたにちがいないことを考える。引き金を引いたのは妹のためか、それとも法のためか。それもまた答の出ない問題だから、おれはここまでの道をひたすら走って引き返す。走りながら思いついた行き先はひとつしかない。

34

ローナは両親がなぜ声をひそめているのかわからない。廊下の奥からベビー用ホワイトノイズマシンの音が聞こえ、子供部屋のドアの下から電気仕掛けの音の波が漏れている。アヴァがいるからだろうとローナは思う。だから小声で話しているのかもしれないが、でもそれも変だ。アヴァは雷雨の中でも、それどころかフットボールの試合の最中でも眠る子だ。

もしかしたら自分のことが話題なのかもしれない。川であんなことがあった夜からほとんどことばを交わしていない。娘のベッドにはいってとなりで体を丸めていた母のぬくもりをローナは思い出す。あれはいままでにないほど親密なふれ合いだった。でも、目が覚めたとき母はいなかった。何も訊かない。何も答えない。そのあと、家族の生活は金曜日に向かってつぎの練習、もうひとつの試合へと突き進んでいった。

キッチンで椅子が倒れる。ふたりの声が大きくなる。母がやってくるのが聞こえてスウィングドアが開いたので、ローナは手すりからすばやく頭を引っこめる。残っている片方の羽根のイヤリングが——十六歳の誕生祝いにトレントから贈られたイヤリングが——金属の小柱に引っかかって耳から引きちぎられ、下の硬い床に落ちる。

耳たぶが裂けたのを感じてローナがとっさに両手で片耳を押さえると、あたたかい血が指につく。「まったくもう」ローナはつぶやき、金属の手すりからまた顔を出して、羽根の針金細工が居間の床で無惨な姿になっているのを見つめる。

ローナはそのまま耳を押さえながら、母が居間に来てイヤリングを見つけたあと事情をのみこむのを待つが、マーリーがまったく現れない。スウィングドアの動きがふいに止まり、そのあと父がさっきより大きな声で話しはじめる。

「前にも言ったけど、あのトレーラーハウスへ行ったんだ」トレントは倒れた椅子をかがんで起こす。「車で家の後ろへまわった。プリウスで。車の音は聞こえなかったはずだ。飛び出してきたティナさえ気づかなかった」

マーリーが行ったり来たりして、引き締まった両腕がキッチンの赤い壁を背景に宙を切る。「それは以前聞いたわ」

「こんどは何もかもきちんと言おうとしてるんだよ」トレントは椅子を握り締め、妻ならばらばらのピースをまとめてくれるかもしれないと思う。

「だからあなたは何をしていたの？　窓から見てたんでしょう？」マーリーがそう言って指の爪を嚙む。

「トレント？」

「あそこへ行ったのは助けるためだった」トレントはテーブル越しに手を伸ばして妻の口もとの手を取る。「きみに言われたようにね。でも、しばらくするとビルがあの男を殴り、走って出ていった。ぼくはそのままビルを行かせた。そして待った。つぎに起こったことをビルはぜったい見なかったはずだ」

マーリーがさっと手を振りほどく。「つぎって？」

トレントはふたたび〈シェイディ・グローブ〉にいて、ビリーが暗い地平線の向こうへ消えるのを見届ける。ヘッドライトに照らされたトラヴィスの、こうなるのを生まれてはじめて見たと言わんばかりの顔をながめる。

「ぼくはビルのことだけをひたすら考えていた。彼のことがすごく心配で、自分はどうなってもかまわないぐらいの気持ちだった。だからあの男が見えなかった。あの男は四つ這いになって道を這っていた。あたりは暗かった。すごく暗いから、うっかり――」

「トレント」マーリーはあえぎ声を漏らし、こんどは両手で口を押える。

　トレントは目を閉じて、あの夜の出来事をなるべく納得のいくものにしようと思い、ことばが出てくるのを待つ。ハンドルにガクンと来る感覚がよみがえり、プリウスのタイヤの下にある硬い塊が胸の中で騒ぎ立てて、心臓から喉へとせりあがる。口いっぱいに血のようないやな味が広がって舌の表面を覆うと同時に、トレントの目が開き、唇から真実があふれ出る。

　階段でローナは片方の耳をきつく押さえる。出血して、血がカーペット敷きの踏み段にしたたっているが、痛みを感じない。両親がまだ話しているけれど、声がだんだん大きくなり、ことばが血より赤く燃えている。告白。真実。全部聞こえる。

　ローナを一番動揺させたのは――階段を駆けおりて玄関から十一月の日暮れの中へ飛び出させたのは――父の告白ではなく、そのあとの話だ。母の質問。そして、あのトレーラーハウスの奥で父が偽装したという答。

　ローナは家の前の道路を走ってメイン・ストリートにはいり、走っているうちに遠くの丘のひとつにとうとう日が隠れ、あとは暗くなってあらたな寒さが居すわるだけとなる。どれもこれも、もともとローナが知るはずのないものだった。

35

川に着いたときは日が沈んでいて、顔の感覚がない。血はあたたかく、小指を伝ってシャワーの水みたいにしたたり落ちるが、それ以外は全部冷たい。いつもの年より冷たい。いつの間にか嵐がやってきて猛烈に吹き荒れ、走っているあいだずっとおれをいたぶってくる。前と同じ場所、高い崖までもどる。下の方では川が大きくうねり、おれが上流のここまで来たのを知っている、というより感じているみたいだ。おれはシャツの袖を引き裂いて肩の穴のあたりをきつく縛ろうとするが、そのとき、林道をだれかがやってくる音が聞こえる。

　おれはその場にうずくまり、これで終わりだと覚悟する。保安官とロームと、もしかしたらデントンじゅうの連邦保安官たちが防弾チョッキを着け、銃をかついでおれに忍び寄っているところかもしれない。おれはマツの木の後ろにぴたりと背をつけ、呼吸を整える。そのまま腰を落とす。動かせるほうの手で握りこぶし大の石を拾う。それなりのダメージを与えられそうな重さだ。

　やつらが来るのが聞こえる。足音が軽いから忍び寄るつもりらしい。そして小枝が折れる。足を止めたのは、へまをしておれに聞かれたと知ったからだ。三メートルも離れていない場所に立っている。やつらの息づかいが聞こえる。速い呼吸。怯えているようだ。親指で石のてっぺんをこすり、肩から血が漏れ出るのを感じる。

　やつらがまた歩き出す。おれは目を閉じ、石を高くあげて構える。ところが、ほんの一秒間何かがおれを押しとどめ、そのあいだに相手は通り過ぎる。暗いがいまは髪が見え、においもわかる。ストロベリーだ。ティモンズが送りこんだ囮《おとり》かもしれないと思って様子をうかがう。でも、たしかにローナひとりだ。ローナが高い崖のへりへ行って川を見おろしているので、おれは後ろから近づいていく。

　ローナはおれに気づいてない。おれが離れた場所で突っ立っていると、とうとうローナは振り向く。あの激しくて速い流れを見たいだけ見たらしい。おれはまずローナの耳を見る。裂けていて赤い。ローナは無言だが、それでも驚いたらしく、少し後ろへよろめく。すぐそこが崖っぷちで、雨のせいで濡れてすべりやすい。ローナは前に一度落ちたくせに落ちるのを気にしない、そういう女の子だ。

「その耳は？」おれは訊く。「血が出てるのか？」

「さがって」ローナはおれが犬か何かみたいな言い方をする。「さがってったら」

　たとえ暗がりでも、おれのひどい有様がローナの目にはいるのがわかる。怪我をしたほうの肩を後ろへ向けると、もう片方の手に持っているものをローナが見る。石だ。おれはそれを落とす。

「それを持って何をするつもりだったの？」

「知らなかったから……」おれは言うが、ことばがうまく出てこない。「知らなかったんだ、だれが来るか」

「じゃあ、わたしを殴るところだったってこと？　何に対してもあなたの答はそれなの？」

「そんなつもりじゃなかった」おれはローナのほうへ足を踏み出す。ローナが少し後ろへさがる。おれはそのあいだローナの足をずっと見ている。ローナが気をつけないのでおれが気をつけている。

「そんなつもりだったのよ。暴力だけがあなたの答」

　ローナはためらい、いっときだまる。そのあと、おれがいままで考えたこともない質問をする。「なぜあなたは殴るの？　ビリー」

そう言われると、そんなふうに素直に訊かれると、それについて考えるしかなくなる。それに、おれは伝えたい。ローナみたいな女の子は——ローナみたいな女の子はとくに——知っておいたほうがいい。

「おれが殴るのは、生まれてからずっと、うまくいく方法がそれしかなかったからだ」

「じゃあ、そうやって殴って殴って」ローナの声は静かで、ほとんどささやき声だ。「そのせいでここにいるのね」

「殴る必要があるやつしか殴らないよ」

「たとえばトラヴィス・ロドニーみたいな？」ローナに言われると肌が粟立ち、肩が焼ける。「彼は殴る必要がある部類だったの？」

「ああ。そうだ」

ローナはおれを理解しようとするみたいに、トレーラーハウスの中までもどって自分の知らないものをわかろうとするみたいに、おれをじっと見ている。

「そして、いまは死んでる」ローナは小声で言う。

ローナのひとみが震えるのを見て、あの夜の断片がよみがえる。というより、それは単にだいぶ出血したせいかもしれない。一瞬の光景が現れては消える。きつい頭突きをかましたこと、だれかを踏み越えて走ったこと、だれかをタックルしたこと。

「父と母が話してるのを聞いたわ」

おれはまばたきをし、よみがえった像が消える。あと少しですっかり見えるところだった。あの野郎がどれくらい激しく転倒したのか、たぶんあと少しで感じられるところだった。

「話してるって何を？」

ローナは川のほうへ片足を出し、激しい流れの上でしばらくその姿勢を保つ。「ここから離れたい」

「川から？」

「この町から。フットボールから。〈デントン・くそったれパイレーツ〉からよ、ビリー。何もかも忘れたい」

「おれのことはどうなんだ」おれは自分のことばに驚く。ローナの足がまだへりから出ていて、いまはもう少しはみ出しているので、肩の痛みを感じるどころではない。もう片方のローナの脚ががくがくしてきたのがわかる。ローナが目だけ動かしておれを見返す。

「あなたのことはわからない」そう言って足をもどす。

　そのとおりだ。ローナ・パワーズは別におれのことをわかるつもりはない。でもそれなら、そもそもなぜおれに話しかけ、あの画像を見せてテオゲネスの話をしたんだ。

「知りたいふりをしてたんだな」おれは言う。「おれのことをすごく知りたいってふりを」

「あなたじゃないのよ、ビリー。あなたはぜんぜん関係なかった。関係があるのは両親なの」

「じゃあなんなんだ。おれを利用してたのか？」

「そんなところ。つまりね……」ローナは傷ついた耳へ手をやるが、傷については何も言わない。「わたし、母を傷つけたかったんだと思う。わたしがあなたと親しくなるのを母が見たらきっと……」ローナは口ごもり、川を見おろす。「わたしが母親と同じあやまちを犯すと思うはず」

「あやまち？」おれは言う。「おれがあやまちだと言ってるのか？」

　ローナが首を横に振る。「わたしがそのあやまちよ」

　おれはだまりこむ。ローナもだまりこむ。おれの肩の穴のことも、ローナの耳の出血のことも、どちらもひとこともふれない。水が激流となってうねる。

「とにかくどこかへ行きたい」ローナが言う。「しばらく姿を消して、思い出さなくてすむ場所へ行かなくちゃ」

　心当たりがひとつだけあるが、そこはローナを連れていきたいような場所ではない。ローナが知る世界とはおよそかけ離れている。そしておれの肩。それもどうにかしなくてはならない。

「ある場所に連れてってもいいけど」

「そうなの？」ローナがおれに向き直る。「どこへ連れてってくれるの？　ビリー・ロウ」

「兄貴がいるんだ。ここからあまり遠くない場所に住んでる」

「お兄さん？」

「ああ。ジェシーっていう」その名前を口にするのさえまちがっている気がする。ローナを兄貴に会わせるのはやめるべきなのはわかっているが、ほかに行くところがないときもある。「ここから一キロ半ぐらい先のトレーラーハウスにいる」

「わたしがトレーラーハウスに行きたがるとでも思ってるの？」

　おれはそこに立って、ローナ・パワーズのような女の子がおれの住む世界へ足を踏み入れたくなるようなうまいことばやもっともな理由を考えるが、一方川は増水し、流れがすぐそこまで来ている。水がまたたく間に丘を覆って落ちる前に浮かんでしまう、そんな勢いだ。

　膝がくずれ、おれはぶっ倒れる。

　暗がりに、何年も飼っている動物たちといっしょのおふくろが見える。野良犬、野良猫、リス、ひな鳥があらゆるものを噛み、いたるところに糞をしている。あるとき、トレーラーハウスの動物が十一匹になった。でも、そこでおふくろはがまんの限界に達したらしい。壊れてしまったのかもしれない。そこに倒れて、おれは自分が落とした石を、持っているのをローナに見られた石を見る。するとまたおふくろが見える。ある朝おふくろは十二番目——前の晩うろついていた気性の荒いちっぽけな子犬——をつかんでウォルマートのレジ袋に入れると、それをトレーラーハウスの壁に袋がもう白くなくなるまで何度も何度も叩きつけた。おふくろはその赤い袋を持って、ビール瓶やタバコやほかの使い終わったものが捨ててあるごみバケツへ落とし、蓋を閉めた。

「ねえ、ビリー」ローナが呼びもどすが、その不安そうな声のおかげでおれは起きて膝立ちになる。「ひどいじゃない、あなたの肩。それって——」

「ああ」とおれ。「そうだね」無事なほうの腕をあげて指し示す。「ジェシー兄貴はその道を一キロ半ほど行ったところに住んでいる。行こう」

36

キッチンに重い沈黙がおりる。マーリーは夫から聞いた話を脳内ですべて再生する。事実でないにしてはつじつまが合いすぎる。デントンに来たとたんにビリーに惚れこみ、ビリーのためにルールを曲げ、ビリーの黒い目の中に自分自身を見た——トレントは目がくらんでいた。けれどもマーリーにはいまの状況がはっきり見えるので、ベテランのコーチが作戦を急遽変更するようにいくつかの案をすばやく検討する。

「そういうことなら、話がまったくちがってくるわね」マーリーは沈黙を破って立ちあがる。

トレントがうなずくが、すわってキッチンの窓の外を見つめたままだ。

「ローナが帰りしだい車に荷物を積みこむのよ。プリウスに。プリウスは持ち去るしかないわ」マーリーはスウィングドアから居間を覗くが、あまりよくは見ない。そしてトレントへ向き直る。「ちゃんと聞いてる？」

トレントが小声で「ああ」と言うが、コンクリートに吹き寄せる枯れ葉のような声だ。

「出発するわよ。今夜。車に積めるものだけ持って」

「たいして持っていけないな」

「何言ってるの、トレント。どうでもいいじゃない」

トレントが両手をあげ、手のひらへ顔をうずめる。

「あしたには向こうへもどれる。夜通し運転しましょう。こんなさびれた町から離れ、ぼんくらのティモンズが探しにこられないほど遠くへ行くのよ。ティモンズがカリフォルニアを地図で見つけられたら驚きだわ」言えば言うほど頭に描いた計画が筋の通ったものになっていく。「デントンの連邦保安官だってそうよ。この事件は大きすぎる。荷が重すぎる。なんのためにそこまでする？　どこかの児童虐待者のため？」

トレントが手のひらの下のほうで目のまわりを強く揉み、それから姿勢を正す。「ブルといっしょにトレーラーハウスへはいったとき、つまり――」そこでためらい、首を横に振る。「つまり、トラヴィスを発見したとき、ティモンズ保安官は遺体を調べたんだよ、マー。彼は遺体の額の裂傷を見た。そして、殴られて死んだのではないと知った」

「だからこそプリウスを持ち去るのよ」マーリーはスウィングドアを少し押しあけてから、また手を離して閉める。「フライパンはそのまま置いてきたと言ったわね。賢明だったわ。ティモンズはそれを見たの？　ティナにつながるものを何か見た？」

トレントが目を閉じる。マーリーには見覚えのない皺が額に刻まれる。夫が里親家庭の話を持ち出すたびに見せる小さな傷跡が、そのひだの下に隠れる。「あそこにはなかった」トレントがそう言って目をあける。皺が消えるが、白い小さな傷跡はそのままだ。「フライパンはね。遺体を発見したとき、それはキッチンになかった。それは――」

「たいした問題じゃないわ」マーリーは言う。「ティモンズがあちこちで聞きこみをするころ、わたしたちはもういない」

「たぶんね」

「たぶん？　たぶんですって？」マーリーは三歩ですばやくキッチンを突っ切り、夫の前にかがむ。「〝たぶん〟はもう終わりよ、トレント。わかった？」

トレントが目をあげてうなずく。

「それでいいわ」マーリーは夫の腿を軽く叩く。「出発したらすぐに父に電話する。わたしたちが帰らなくてはいけない理由を何か考えてくれるはずよ」

トレントの左膝が小刻みに上下しはじめる。「そんなことをしなくていい」

「いいえ、トレント。するわ。〈パイレーツ〉のメンバーが火曜日の朝目を覚まして、準決勝戦の数日前にヘッドコーチが町を出ていったと気づいたとき、そのほうが事情を説明できる。どう言えばいいか父ならわかってる。何か考えてくれるわよ」

トレントの脚の動きがふいに止まる。キッチンテーブルから立ちあがり、マーリーの横をすり抜けてスウィングドアへ向かう。「いま何時だ？」

「え？」とマーリー。「どうして？」

「ローナだよ。もうすぐ九時だ。あしたも学校があるのに。まだ劇の練習をしているはずがない。こんな遅くまで」

「そうでもないわよ、トレント。遅くまで練習があって――」

「ローナ？」トレントがスウィングドアを押して通り、居間の明かりをつける。「ローナ？」

マーリーはスウィングドアまで行き、片方のドアをつかんで開いたままにする。居間の向こうでトレントが腰を曲げ、階段の下にある何かを念入りに見ているとき、夫の携帯電話が鳴る。ベビーモニターからアヴァの泣き声が聞こえてくるが、マーリーは床からイヤリングを拾いあげる夫に目が釘付けだ。

「保安官？」トレントが小声で言い、電話を耳に押しつける手が震えている。「あ、はい、いま家にいます」

マーリーはあとずさる。つぎにトレントが何を言うにせよ聞きたくない。

「ビルが？」トレントが手を口に当てる。「消えた？いったいどこに……何があったんですか？」

マーリーは誕生パーティーでローナがイヤリングをもらったのを、父親からのプレゼントをあけて微笑んだのを思い出す。トレントがこぶしを握り締めて両膝をつくと同時に、その羽根のイヤリングは見えなくなる。

「撃たれた？」トレントが背筋を伸ばしてすばやく後ろを見やる。「待って……ここに血がある。階段に。いや、大量じゃないが、でも——」

マーリーは夫へ駆け寄ってその背中に両手を置く。携帯電話がスクリーンを上にして硬い床に、ほんの少し前までイヤリングがあった場所に落ちる。別の電話がはいったせいでティモンズの声がひび割れるが、マーリーにも聞こえる大きさだ。「そこにいてくれ、コーチ。いまそっちへ向かってるから」

37

ローナが叩くとドアが少したわむ。オレンジ色の明かりが漏れる。トレーラーハウスの照明はかならずオレンジ色で、コーチの家みたいなすっきりした白い明かりは見たことがない。ローナがそこに立っていると、川辺のこのあたりでは何よりも目立つ。背を向けて道へ引き返そうとしたそのとき、クリーシャがレンジ加熱されたみたいなひどいなりでドアをあける。髪は伸びすぎ、白いタンクトップの中で乳房が低く垂れている。

「ここに面倒を持ちこまないでよ」クリーシャは言うが、ドアを半分しかあけてないので、おれの血まみれのシャツもローナがおれを支えてるのも見えてないのかもしれない。

おれは何も言わない。

「あんたの母親がもうじゅうぶん持ちこんだんだから」

クリーシャがドアを大きくあける。ちびすけが左腕にしがみついている。クリーシャの赤ん坊のニーシィが——こっちは目ばかり大きくて静脈が透けて見える——もう片方の腕にぶらさがっている。

「ほかに行くところがないんだ」おれは言い、ことばが口の中で錆《さび》みたいな味になる。

「そりゃあそうでしょ」

「ジェシーはどこだ」

「いったいどこだと思う?」

「もうとっくにかい?」

「とっくで悪かったわね。時間なんて関係ないよ、ビリー。もう全然関係ない」

クリーシャが後ろへさがる。おれたちを招き入れる態度としてはこれが一番近い。ローナがはじめにはいり、おれがあとにつづく。ずいぶん血を失っていまも出血しているのに、そのトレーラーハウスの壁に囲まれると血管の中の血が悲鳴をあげる。

テレビの上の壁に、ジェシーが十四歳のときに仕留めた獲物で、先端十個の枝角を持つ雄鹿の頭部がかかっている。でも、難点があった。頭部の片側の毛皮が取れて、ピンク色のビニールが剥き出しだ。それに、ビールの空き缶が床にびっしり転がっている。いつもの悪臭もある。だれかが送風ダクトに小便をしたにおいと似ている。でもそれとはちがい、おれにもわかる悪臭だ。酔っぱらった熊がどこか奥のほうで眠っているにおい。飲みすぎたときのジェシー兄貴ほどたちの悪い男はいない。兄貴が奥で前後不覚になっているのはわかってる。しかもまだ十時にもなっていない。

一瞬、ローナのことを忘れる。どれだけ切羽詰まってるかも。ローナに支えられてここまで歩いてきたことも忘れる。

「そのビッチはだれ」クリーシャが言う。

「なんですって？」とローナ。

「ビッチじゃない」とおれ。

「なんでここに連れてくるわけ？」

「もう言っただろう」

「あんたがここに来た理由なら知ってる」

クリーは目が見えないにちがいないとおれは思いはじめる。おれの腕の血が見えないはずがない。でもそのときローナが、トレーラーハウスとあの鹿の頭部を理解しようとするみたいに、少し足を踏み出す。そしておれは、クリーシャがたぶん一度もおれを見ていないのは、ローナのことが気になってしかたがないからだと気づく。

「あんたたち、ヤってるの？」クリーは相変わらずおれを見ずに言い、ニーシィを上下に揺する。

おれの中の何かがざわめく。ローナがたぶん話し合いたいのだろう、クリーシャに一歩近づくが、あいにくクリーシャはおれと似ている。話し合いにはまったく向かない人間だ。

「あたしに言いたいことでもあるの？」クリーシャがそう言って、幼いふたりをソファへほうる。ちびすけの目は変わらず、以前もさんざん見たと言わんばかりに無表情に見つめている。そのあとクリーシャは首をぽきぽきと鳴らし、話は終わったという顔でローナへ近づく。

　おれは穴のあいた肩が許すかぎりの速さで動き、クリーシャがばかなことをする前に腕をつかむ。それだけで、ほかは何もしていない。クリーシャがローナへ恨みつらみをぶつけてもしかたがない。でも、クリーシャが悲鳴をあげはじめたので、まるでおれが殴ったみたいだ。

「あたしにさわらないでよ！」

「なあクリーシャ」おれは言うが、たいして効果はない。

　ニーシィが泣いている。

　ちびすけは石のように静かだ。

「信じらんない」とクリーシャ。「あたしをこんな目に遭わせておいて。ねえ、一流選手ビリー、ニーシィに会うのは久しぶりだよね。二カ月ぶりだっけ？」

「フットボールが」おれは言いかけるが、声が詰まる。「フットボールのシーズンだから」

「あたしにはあんたのシーズンは終わったように見えるけど」

「そんなことあるかよ、クリー」

「気にさわった？　あたしがあんたの薄らばかの兄貴とこんな掃きだめに住んでるのはどうでもいいんだね。でも、クリーシャがフットボールの話をはじめると、一流選手ビリーはむきになるんだ」

　おれはクリーシャの目を穴のあくほど見つめる。この女の姿が――この女の名残りが――目の中にまだ見える。チアリーディングの衣装を着た、ニーシィが生まれる前の姿が見える。クリーシャはチアリーダーのキャプテンではなかったが、それでもなかなかの見栄えだった。妊娠して中退してなければ今年は最終学年だ。それでも、ニーシィはジェシーの子供だ。耳を見ればわかる。車のドアが両側に大きく開いたような立ち耳だ。ジェシーの耳だ。昔のクリーシャの面影は目の中だけにあり、あとは全部ニーシィに吸われるか、ジェシーとトレーラーハウスに踏みつぶされてしまった。

「クリーシャ」おれは腕をつかんだまま言う。「やめろ」

「クリーシャ、やめろ?」クリーシャが言う。「何をやめろって? あんたもお義母さんと同じ——めちゃくちゃ情けないやつ。マジでヤバくなるとほかにどうしようもなくて、あんたの弟をここへ連れてきたんだから」

「クリーシャ」こんどはおれがローナを見ながら言う。ローナはそこに突っ立って何か言いたげに口をあけるが、高尚な本にすべての答が載ってるわけではないと気づきはじめている。

「何よ」クリーシャが言う。

おれがはっきり伝えようとしたそのとき、ローナが前に進み出て言う。「ビリーは怪我をしてるのよ。彼は——」

「見ればわかるよ」とクリーシャ。「あたしにその血が見えなかったと思う?」

ローナの口が動くが、ことばが出てこない。

「みんなが言ってる話をあたしが聞いてないとでも? ビリーが何をしたと思われてるか。どんな厄介ごとがビリーといっしょにこのトレーラーハウスに持ちこまれるか、あたしが知らないと思ってるなら、あんたは見かけどおりのアホだね」

クリーシャが言ったことは全部もっともだ。自分から面倒を起こすことはない。同感だ。だから、おれを撃ったのはロームだとはひと言も言わない。やつはクリーシャの兄、クリーシャと血のつながりがある。たいした怪我じゃないのはよくわかってる。でもローナは、こぶしを固く握って鼻に皺を寄せているところを見ると——少しもわかってない。

「帰るよ。それでいいな」ローナが何か愚かなことを口走る前におれは言う。「そうしてほしいんだろ、クリー。もう行くよ」

「ついでに発達の遅れた弟も連れてってよ」

おれは頬の内側をぐっと嚙む。こらえろ、ビリー・ロウ。ラクリーシャ・モンゴメリーを相手にするのははじめから時間の無駄だった。

「ちびすけは連れていけない」おれはローナの手をつかむ。

ローナがおれの指を握り締めて言う。「肩はどうするの？」

「だいじょうぶだ」おれはささやく。「行こう」

ところが、よりによってただのささやき声がきっかけでクリーシャがもう一度わめきはじめる。

「このビッチにはやさしい言い方するんだね。そんなふうにニーシィに話しかければいいのに。そこにいるんだよ、ビリー」クリーシャが自分の赤ん坊を指さすが、ほんとうにさしているのは自分自身だ。「そこにいるんだよ。話しかけてよ。あんたの娘に」

「おれの子じゃないよ、クリー」おれはローナの指を握ったまま言うが、ローナが手を引っこめる。

「あなたの娘？」そう言ってローナがクリーシャそっくりに首をかしげる。

「なんだ」クリーシャが笑みを浮かべる。「この人から聞いてないの？ニーシィの耳を見てよ。一流選手ビリーの耳だよ」

おれはあと少しでドアまで行き、あと少しで外へ出るところだったが、ローナはまだ行きたくないらしく、奥のほうに立っている。そのくせ、自分たちが残していくもの、クリーシャや、頭のてっぺんからポニーテールが真っ直ぐちょこんと立っている真ん丸目玉のニーシィを見て、言うべきことばもなく押しだまる。そしておれについて外へ出ようと向きを変えたとき、クリーシャがけたたましく騒ぎ出す。

「ジェシー！　ジェシーってば。起きてよ。こっちに来て！」

いままさに走り出そうと、まさに夜の闇へ突っ走って激流の川へもどろうとしたとき、ジェシーの声が聞こえる。ジェシーはロウ家の長男であり、じつはおふくろが正しく育てようとした息子だが、もともとそれがいけなかった。

「ビル・ジュニアか？」骨と骨がこすれるみたいな声だ。

おれは止まる。ジェシーがどうなったのか、今夜はトレーラーハウスと酒が兄貴をどう変えたのか、見たくない。またもや血が叫ぶのを感じるが、叫んでるのはおれたち兄弟が振り出しのころまでもどったのを血が知っているからだ。ドアを閉めようとするが空き瓶がはさまって邪魔をする。閉まっても閉まらなくてもその場を動けないのは同じだ。自由になるほうの手をローナに伸ばすが、ローナはしっかりと立ってワンピースを整えている。ジェシーがローナをすみずみまで見ているのは振り向かなくてもわかる。クリーシャに夢中だったのに、もはやそうではないらしい。

38

トレントとマーリーが待っているところへティモンズが到着するまで、少し時間がある。トレントが居間から一歩も出ず、血が落ちているそばで長女のイヤリングをまだ握り締めている。マーリーはトレントの後ろに立っている。夫の顔を見たくない。見れば同じことを考えてしまうかもしれず、こんなときに落ち着きと集中力を失ってはだめだ。取り乱してはいけない。いまは心配してはいけない。

アヴァの泣き声が虚空に響き渡る。マーリーは行ってアヴァを抱きあげる自分を想像する。娘のぬくもりとやわらかい肌の感触がよみがえるが、母親にふれることでアヴァが何か感じ取るのではないかと思い、そのまま踵《きびす》を返してキッチンへ向かう。

シンクの前に立って窓から裏庭をながめる。真っ赤に紅葉したカエデが街灯の明かりでくすんだ灰色に見え、あとになって迷うかのように夜陰でうなだれている。家を買ったときから置いてあるブランコが、おぼつかない曲線で暗がりを切る。鎖が風にとらわれて揺れる。動くものがマーリーの目を惹きつける。まばたきをしたあとで、マーリーはその女に気づく。

林道の端に女が立ち、かすかに照らされたカエデの枝で顔が隠れている。それがだれなのか、離れていて暗くてもマーリーにはわかる。キッチンのドアがきしみをあげて開く。

枯れ葉を踏みしだきながら、マーリーはゆっくりとその女の方へ歩を進める。陰が剝がれ落ちる。試合のときティナを見かけたが、話したことは一度もない。近くで見ると様子がちがう。前よりひどい。

「警察を呼ばなくてすむ理由をひとつあげて」ティモ

ンズがすでに向かっているのを知りながらマーリーは言う。

「あたしはビリーの母親だよ」

「知ってるわ。ここで何をしてるの？」

ティナがだまってそこに立ち、片肘に手をやって体を左右に揺らしている。

「なぜわたしの家に来たの？」

「昼間ティモンズと話した。ビリーも話したけど、そのあとであの子は逃げた。あたしがあそこに立ってたら、そのとき――」

ティナが言いよどんで空を見あげる。首の下側のほうがその上の顔より若々しい。マーリーはティナに年齢を当てはめようとするが、ティナ・ロウが耐えてきた歳月を示す数字はない。

「そのときビリーが逃げて……」まだ空へ目を向けたままティナが言う。「あの黒人の警官があたしの息子を後ろから撃ったとき、あたしはあそこに立ってた。そんなことしたってあの子は止まらなかったけどね。あたしのビリーは止まらなかった」

「彼がここに来たと思うの？」マーリーは言う。「そう言いたいの？」

「いいや、ビリーはそんなばかじゃない。あたしは自分がどこへ行けばいいのかわからなかっただけ。たいして考えもせずに歩道を歩きはじめた。足がここまで運んできてくれたんだろうね。わかるだろ？　そうしたら、私道にコーチの変な車が見えた。デントンじゃ小さな電気自動車はあまり見かけないからね」

「保安官とはもう話したのね」マーリーが言うと、ティナは空へ向けていた視線をマーリーの後ろの家へと移し、何かに聞き入っているように耳をそばだてる。

「あそこであんたの赤ちゃんが泣いてるのかい？」

マーリーはティナの目線につられて振り向いたりせず、真っ直ぐ本人を見据える。

「泣かせておいていいときもあるよね」とティナ。

「いくつなの？」

「もうじき二歳よ」

「あたしにも同じくらいのがいるよ。男の子がもうひとり」

　風が強くなり、ティナの乱れた髪が頬をなぶる。寒いけれど、身に着けているのはみすぼらしいトレーナーとジーンズだけだ。左目の下に小さな傷跡があるのにマーリーは気づく。そこだけ皮膚がつるりとして白く、ほぼ完全な円形だ。

「じつはあそこにいるとき、ティモンズに全部の話をしたわけじゃないんだよ」ティナが髪を耳にかける。「おまわりは信用できないからね」

「全部の話？」

「ビリーはいい子だ。ほんとうに心根のいい子だよ。侮辱されたらだまってないだけさ。あれはあの子のせいじゃないい」

　マーリーはいたたまれずにこの女に手を伸ばしてふれたくなるが、それを抑えて言う。「トレントはビリーがフットボールで奨学金をもらえるかもしれないと考えてるわ」

　ティナが声をあげて笑い、それと同時に暗いハイウェイのどこかでは、セミトレーラートラックが低い不快な音とともに低速ギアに切り替わる。「奨学金のことなんかだれも話してないよ、ミセス・パワーズ。あたしたちは生き延びようとしてるだけなんだ」

「生き延びる？」

「そう、あたしとあたしの息子たちはね。死ぬよりひどい心配事もたまにはあるけど」

「死ぬ以上に悪いことって何かしら」

「わかってないなら」ティナの唇はほとんど動かない。「訊いても無駄だよ」

　女たちはいっとき無言になる。ティナはブランコの錆びたバーに左手を置いて体を前に傾けている。親指が外側に出ているので、トマトレッドのネイルが割れてスモークイエローの爪が見える。

「ビリーを助けようとしてるだけ」ティナはそう言ってバーを離す。

「彼を助ける？　どういうこと？」

「余計なことはしなくていいから」

マーリーはその警告についてほんとうに考えているかのように、顎に手をやっていっとき待つが、やがてこう訊く。「さっきトレントの〝変な〟車のことを言ってたでしょう？」

ティナはたいがいの女を撃退できる、長年鍛えあげた鋭い目つきでマーリーを射る。

「ねえ、お願い」マーリーは動じない。「話してくれてもいいでしょう」

「ビリーのことが心配なだけだよ」

「わたしだってそうよ」

ティナの体がこわばる。

「わたしたちは知ってるわ」マーリーは言う。「ビリーが何をしたか知ってる」

ティナの目が細くなる。そして深く息を吸ってから言う。「それで、あんたは何も言わなかったのかい？」

マーリーはそうだというしるしにほんの少しだけ首を振る。ティナは脂ぎった髪のひと房を耳元から手繰り寄せて齧りはじめる。「ふうん、あたしも自分なりの物語を持ってるよ」かすれた声で言うが、いままでのとげとげしさが不安に置き換わっている。

「あなたの物語は」マーリーが言うやいなや、いまから母親が何を言うか知っているかのように、家の中でアヴァが深いにごった声で泣き叫ぶ。「どんなふうに終わるの？」

遠くでサイレンが鳴り、犬が吠える。ティナの目が道路へ行く。

「わたしがあなたなら」マーリーは言う。「これがわたしの物語なら、そしてビリーがわたしの子供なら、ぜったいハッピーエンドにする。家族を守るためならどんなことでもする」

　サイレンの音が大きくなる。カエデの葉が道路から照らされるライトで青くなる。

　ティナが訊く。「どんなことでも？」

　マーリーが音とライトのほうへ目を向けると、ティモンズのパトロールカーが家の前の私道に停まるのが見える。家ではアヴァがまだ泣いているが、あきらめたように声が弱くなる。

「そうよ」マーリーは道路へ顔を向けたまま言う。「どんなことでも」

　ようやくブランコへ目をもどしたとき、ティナは消えていて、そのかわりにトレントがキッチンのドアロに立っている。「マー。だれと話してたんだい？」

「話してたのは――」マーリーは裏庭をざっと見まわす。「ひとり言よ」

「へえ」そう言ってトレントが咳払いをする。「まあいい。ティモンズが来てる。ローナのことでいくつか訊きたいことがあるそうだ」

　夫のことばがまったく頭にはいらず、マーリーは小暗いカエデの木々へまだ目を走らせている。女がひとり、林道に立っている。ティナかもしれない。ちがうかもしれない。世界中のどんな女でもおかしくない。いま、マーリーは気づく。ひとつのつながりが生まれた。愛する者を産む苦しみ、母親だけが知る苦痛を通してひとつの絆が芽生えた。

「聞こえたかい？」トレントが言う。「彼が来てるんだ。だからふたりで……」

　ある衝動がマーリーの血管を駆けめぐる。ティナのところへ走っていって洗いざらい打ち明けたい。でも、そうしないで両手をポケットに入れる。肌寒さとはちがう寒さに襲われる。感覚がほとんど麻痺している。

「まだ中へはいる気分じゃないのよ」マーリーは夫の顔を見る。「少しだけ待って、いいでしょ？」

「でも」トレントが口ごもる。「アヴァが目を覚ました。泣きやまないし、それにローナが――」

「わかってる」マーリーは目をそむける。「少しだけだから」

　数秒が過ぎる。トレントの視線を感じる。夜のベッドで妻が眠っていると思ってじっと見つめられたときと同じだ。トレントが何かぶつぶつ言うが、マーリーには聞き取れない。いまはだいぶ離れている。裏のドアの掛け金が閉まるやいなや、マーリーの指がポケットの携帯電話を握り締める。親指がガラスのスクリーンに当たる感覚さえつかめず、聞き慣れた声が聞こえて、その番号にダイヤルしたことにようやく気づく。

「お父さん？」マーリーは小声で呼びかけ、まだ家から響いてくるアヴァの遠い泣き声を必死で耳に入れまいとする。目を閉じて、父親の力強い、自信に満ちた声に不安を洗い流してもらううちに、やがてマーリーはアヴァとローナのあいだぐらいの歳の少女に返る。

「いいえ」もう小声では言わない。「なにひとつ順調じゃないわ」


　青い光が家の壁を流れ、回転しながら窓を照らす。私道に停めたパトロールカーのそばにティモンズが立っているが、エンジンはかけたままだ。顔が窓と同じように光る。青から黒、また青へと。

「娘さんは見つかるさ、コーチ。心配しないで」ティモンズが言う。「もう当たりはついてる」

　そばにマーリーがいないのでトレントは途方に暮れる。裏庭で見つけたときの彼女の顔ときたら、琥珀色の瞳がついに燃え尽きたかのようだった。私道に立ってティモンズ保安官と話しながらも、妻が自分を見た目が、見抜いた目が、トレントの脳裏を離れない。そして、針金細工のつぶれた羽根のイヤリングの感触、娘の血の重みがいまも手に残っている。

「コーチ？」ティモンズが言う。

「どこです？」

「どこって何が？」

「娘はどこにいるんでしょう」

ティモンズ保安官がベルトをぐいと引っ張る。ベルトが太鼓腹の下にずり落ちる。「くそったれのジェシー・ロウが川岸のトレーラーハウスに住んでいる。ビリーの行き先はたぶんそこしかない」

「ティナはどうしてるんでしょうね」

「ティナはゴキブリみたいな女だ。どこかに穴でも見つけてねぐらにするだろう」ティモンズがいったんだまる。そしてにやりと笑う。「心配ないって、コーチ」

トレントはちらりと振り返る。アヴァをしっかり抱きかかえたマーリーのシルエットが居間の窓辺にかろうじて見える。点滅する光の中の妻子を見守る。オープンリール式のプロジェクターを調整しているように、青いライトがくるくると回転する。

ティモンズの声が呪縛を解く。「あの女が容疑者なのはわかってるだろうね」

「だれが？」

「ティナだよ。あの女も見つける。かならず」

窓の中にいる妻と下の娘を、トレントはまだ見ていない。幼い娘は目を閉じて何も気づいていない。「わたしの携帯番号を知ってますね？」

ティモンズがバッジと反対の胸ポケットを軽く叩く。長方形のふくらみが生地を通してかすかにわかる。「連絡するよ、コーチ。いい知らせがはいりしだいね」

ティモンズがパトロールカーへ体を押しこむなり、車体がみしりと音を立てる。トレントはサイレンが鳴ってタイヤが小石を飛ばすのだろうと思ったが、保安官は車をふつうに発進してゆったりと道路へ出し、青いライトがかすんでやがて見えなくなる。

「そういうこと？」

トレントが聞き慣れた声のほうを向くと、マーリーが眠っているアヴァを抱いてドア口に立っている。

「まあね。ティモンズが言うには——」

「ほんとうなの？　トレント」

「何が？」

「あなたはローナの安全を——娘の命を——あの能なしの手にゆだねようってのね？」

「そ、そんなことは——」

「だめよ」マーリーがドア口から出てきたので、目いっぱいふくらんだ円筒形のダッフルバッグが背後の玄関ホールに置いてあるのが見える。「ここにじっとしていてはだめ。わたしたちの娘を見つけましょう」

　トレントは呼吸を整える。

「ローナを見つけしだい出発する。すごく簡単なことよ」マーリーが玄関ポーチをおりて私道へはいり、ひと足進むごとにアヴァをやさしく揺する。「そこにあるバッグを積みこんだら行きましょう」

「マー」トレントは言う。「よしてくれよ。こういうことは話し合わなきゃ」

　マーリーはすでにプリウスのところにいて、アヴァにそっとシートベルトをかけている。「あなたがしたことについてはとっくに話し合ったわ。ぐずぐずしていたら、ティモンズがそれについても訊きたがるんじゃないかしら」マーリーのきつくて尖った声は手のやわらかな動きと正反対だ。「どう思う？」

　トレントの指先がうずく。プリウスがトラヴィス・ロドニーにぶつかったあとに感じた、あの同じしびれだ。またもやあの場面へ立ち返る。死体をトレーラーハウスまで引きずり、声に出して祈ると同時に、ティナなら使いそうな鈍器はないかと戸棚をざっと見た。

「そうだな。行こう」トレントはもう一度最初から祈るうちに、ふいにモーゼの話を思い出す。人をあやめ、口ごもりながら話す者が神の民を約束の地へ導いたのだった。

「自分の荷造りをしてくるよ」

「いいのよ、トレント」マーリーがそう言って、プリウスの後部座席のアヴァの隣でシートベルトを締める。

「必要なものは全部詰めたから」

39

「ビル・ジュニア」ジェシーが言う。「そろそろ自分の赤ん坊の顔を見にくるころだったよな」

　クォーターバックとしてのジェシーは見る影もない。奥まった小さな黒い目に何が浮かんでも読み取りづらい。体のほうはすごく大きくて太っているので、ジェシーがいるだけでトレーラーハウスには余分なスペースがない。食べすぎるし、飲みすぎる。きっと百四十キロ近くあるだろう。

「ばかなこと言うなよ」おれは言う。

「ばかなこと？」

「わかってるだろ」

「ビル・ジュニアが出ていってタッチダウンをいくつ

か決め、かわいい女を見つけて一人前になった。そういうことか？　おまえもようやく一人前か」

ローナが震えているのがわかる。自分のほうが腕に血をしたたらせているみたいな反応だ。怯えている。クリーシャに詰め寄られるのと熊と顔を突き合わせるのではまったくちがう。ジェシー・ロウみたいな人間を見るのははじめてなんだろう。ローナのほうを見たくないがしかたがない。心配要らないと伝えるしかない。ジェシーがしゃべっている。おれは首をめぐらす。ローナの目の黒い部分は大きく、必死で光を見つけようとしているみたいだ。おれはローナのほうへ小指を出しておく。ローナがそれにふれる。ちびすけがよくやっていたように、おれの小指をしっかり握る。

「そんなんじゃない」

「ああ、そりゃあそうだ」ジェシーがそう言って、トレーラーハウスの中をよろよろと歩きまわる。「だがな、おまえがトラヴィスを殺ったのは知ってるぞ。おふくろがぜったい認めなくても、おれにはわかる」

「あの野郎に何があったかなんて知らないよ」

クリーシャが何か言いたげに鼻を鳴らすが、ジェシーが指をさして制する。クリーシャは何も言わない。全員が無言だ。ジェシーが指をさしたまま突っ立っているが、やがてひどくゆっくりとおれのほうへ顔を向け、そして笑う。腐った垣根の柵みたいな歯だ。

「そうかい、ビル・ジュニア。おまえがトラヴィスを殺ってないなら、なぜおれに会いにきた」

おれは何も言わない。ジェシーに血が見えるように肩を少し向ける。「ほかに行くところがなかった」

「そんなとこだろうな」肩の穴が目にはいらないかのようにジェシーが言う。「万策尽きたってか」

「もういいだろ、ジェス」おれは言う。「これが見えてるなら――」

「こう言えよ」とジェシー。「おれの助けが要る。おれたちみんなと同じように自分もドジ野郎だって言うんだ」

おれの指を握るローナの手に力がこもる。おれは目まいがして頭がぼんやりする。「おれはドジ野郎だ」

ジェシーが自分の脚をぴしゃりと叩く。「ほかには？」

「だから、兄貴の助けが要る」

トレーラーハウスじゅうをジェシーが跳ねまわるのでビールの空き缶がバリバリとつぶれる。「もちろんおまえには助けが要るさ。ところでその肩はいったいどうした」

ジェシーは近寄って大きな分厚い手でおれをつかみ、首のあたりをハグする。おれの左半身がこわばって熱くなりはじめる。ずいぶん出血している。ジェシーはまったく気にしない。まだ腕に力をこめている。おれをきつく抱き締めてから体を離して目を合わせたときもそう感じる。「よく来たな、ビル・ジュニア。ほんとうによく来た」

ジェシーがソファのほうへぎくしゃくと歩いていく。こっちに来てすわれとおれたちに手招きし、ビール缶を払って床に落とす。「来いよ」と言う。「おれの家《ミ・カーサ》はおまえの家《ス・カーサ》。メキシコ人もそう言ってるだろ」

ローナがおれの指を離し、一歩前に出て後ろのおれを指さす。「それより彼の肩よ。ビリーは怪我をしてる。傷口を押さえなくては。消毒液が必要ね」

「何が必要だって？」ジェシーがまだソファをポンポンと叩いている。

「ミスター・ロウ、ちょっと聞いてほしいんだけど——」

ジェシーの目が丸くなり、ローナをまじまじと見つめる。「おれをなんと呼んだ？」

「彼はその、撃たれたのよ」

「そうかい？　おれにどうしてほしいんだ？」

ローナはクリーシャをすばやく見てから言う。「消毒スプレー。抗生剤。どんなのでもいいから——ビリーには必要なの」

「ウイスキーなんかどうだ」ジェシーがそう言って大声で笑ったので、トレーラーハウスの壁が揺れる。「あんたみたいなカワイ子ちゃんにはいいやつを奮発するぞ」

ジェシーは二時間で十三缶のブッシュライトを飲む。ひとつ空けるたびに数えていた。おれたちが来る前にどれだけ飲んだかは知らない。箱に残っていた二缶を取ってテーブルに置くと、その箱を頭にかぶる。両目の位置に小さな穴をあける。箱の正面に黒マジックで〝なめんなこのやろう〟と書く。

おれは酔っている気分だが、いい感じの酔いではない。ひたすら飲みまくるうちにどうでもよくなり、ちっともいい気分じゃなくなる、そんな感じだ。クリーがアーリータイムズの瓶を持って肩の手当てに取りかかり、出血部分に直接ウイスキーをかけた。とんでもなくひりひりする。それから、ハサミでダクトテープを長く何本も切りはじめる。そのテープを穴の上に直接貼りつけた。

ジェシーは笑ってビールを飲み、おれのことをタトゥーを彫られてるみたいだとか、そんな穴はなんでもないとか言った。クリーシャはそれが終わるとベッドへ行った。ニーシィを連れていったが、ちびすけは置いていかれた。

ローナはめくれあがっている灰色のテープの端を押さえている。小さな赤いしずくが湧きあがって肘へ流れる。おれはひとつひとつのしずくを感じ取る。ビールを飲むかそのウイスキーをぐいっとやれとジェシーがおれにしつこく勧めてくる。そんなものを飲めるはずがない。いまはそんな気分じゃない。おれがその毒をどうしても飲みたくないのをローナは知っている。手に取るようにわかっている。だから、兄貴から安っぽいウイスキーの瓶を取って口に含み、目を固く閉じて無理に飲みこむと、ジェシーがまた笑う。

　ローナがおれの膝に頭を載せたので気分がいい。片腕をローナの肩に置く。どんな考えもジェシーにいだかせないようにする。どうなるか全員が知っているのにだれもそれを言いたくないときに似ている。

　ジェシーはもうひと缶ビールをあけてかぶっていた箱を持ちあげると、ひと息で飲み干す。缶をつぶして鹿の頭へ投げつける。

「くそったれのアーシェル叔父貴め」

「アーシェル叔父貴？」

「アーシェル叔父貴だよ――覚えてるだろ？」

「いいや」

「おまえはまだ小さすぎたんだろうな。親父の兄弟のひとりさ。鹿を剥製にしてくれたドアホだよ。あのみっともないざまを見ろ。顔の半分がもうない」

　ジェシーはビールの箱を頭の上へ押しあげておく。おれは兄貴がしゃべるときの顔をつくづくながめる。頰は太ってピンク色で、アーシェル叔父貴の剥製のだめになったほうとあまり変わらない。

「どんなやつだった？」おれは言う。

「アーシェル叔父貴はくそ野郎さ」

「親父のことだよ」

「おいおい、ビル・ジュニア、覚えてないのか？」

　おれは何も言わない。隣にちびすけがすわってるが、何かを持って遊ぶでもなくただじっとしている。

「自分と同じ名前の男をどうやったら忘れるんだ？」

「兄貴とコーチ以外だれもビルって呼ばないよ」

「これだけは忘れるな」

　おれはジェシーに目を向ける。兄貴がにっと笑ってからビールの箱をまた顔にかぶせる。

「何をだよ」

「おまえも似た者同士ってことさ」とジェシー。「アーシェル叔父貴とも親父ともちっともちがわない――おれたちと同じただのくそ野郎なんだよ」

おれはそう言うジェシーの目を見守る。それが親父の目だとわかる。おれの目じゃない、ちびすけのでもない。いままで、親父はほかの男とちがうんじゃないかと思っていたが、いまになってジェシーが親父そっくりだと気づく。

「おれは親父とはちがう」

「勝手に言ってろ、ビル・ジュニア。少なくともおれは自分が何者かわかってるさ」ジェシーはローナのワンピースの裾に向かって、指をソファーに這わせはじめる。

「何やってんだよ、ジェス」おれは兄貴の腕をつかむ。

「女殺しごっこだよ」

そのことばは喉から漏れた音に似ている。いまのところ兄貴は腹を立てていない。それでもおれの手の力にさからって、ローナが隠している場所に手を出そうとしている。

「やめろってば」おれの声にローナがソファから跳び起きるが、少し酔っているらしい。おれは、ローナが父親に署名させられたとかいう誓約書のことを思い出し、どんな酒も味見さえしたことがなかったのだと気づく。ビールさえも。

ジェシーが手を振りほどく。ソファにいるちびすけがぎくりとして両手で顔を押さえ、口をあける。けれどもジェシーはローナに襲いかからない。毛むくじゃらの指でおれをさす。指の節全部に毛が生えている。

「だれに口をきいてるんだ? ビル・ジュニア」

「ローナにはさわらせない」

「惚れてんのか」

「聞こえただろ」

「くそっ」ジェシーがさした指を振る。「何年か前にふたりでクリーシャの痩せた尻にちょっかいを出したときは、何も気にしてないみたいだったけどな」

「今回は事情がちがうんだよ、ジェス」おれはローナへ目を向ける。ローナがおれをじっと見てうなずき、言ってもいいわよと目で伝える。「奨学金をもらうためにがんばってるんだ」

　ビールの箱ががたつく。ジェシーが大笑いするので、目の穴の部分が首までずり下がる。「嘘だろビリー、そろそろものがわかるころだと思ってたのに」

「彼ならじゅうぶん行ける」そのことばが真っ先にローナの口から出たので、どんなに傷が痛くても心地よく響く。「父もそう言ってるわ」

「あんたの父親が？」ジェシーがおれを見て言う。「父親ってのはどこかのスカウトマンか？」

　口がますます錆びついた味になり、ことばを絞り出すのに苦労する。「新しいコーチだ」おれは言う。「〈パイレーツ〉の」

　知りたいことがそれで全部わかったかのようにジェシーがうなずく。「まあそんなところだろう。おれのときと同じだ。おれも奨学金をもらったのを知ってるか？　サザン・アーカンソー大学の全額支給だ。あのくだらない〈ミュールライダーズ〉だよ。ただ、どうしてもまともな成績を取れなかった」

「でたらめだ」

「嘘じゃない」ジェシーがビールの箱を持ちあげる。「だいたいおまえはおれみたいに有利な立場じゃない。無理だ。それにおまえはランニングバックだ。少なくともおれはクォーターバックだった」

　ローナがまた口を挟む。「それってどういうことかしら」

「白人のランニングバックはいないんだよ、お嬢ちゃん。大学のチームではな。たとえ親父に黒人の血が一滴混じっていようと、そんなことを気にかけるコーチはいない」

「一滴以上だったよ、親父は」おれは言う。

「大学のスカウトマンにそれを言うのか？」

「親父が黒人だとまわりの人間に思われたせいで、おれはずっとばかにされてきた」

「いや、アーシェル叔父貴の話によれば、何よりもチェロキー族の血が濃いんだとさ」

　壁にかかった雄鹿の毛皮を虫が食い荒らしたように、ジェシーのことばがおれを食い荒らす。ローナはおれたちが言っていることが理解できずに途方に暮れているようだ。

「だからこそ、人生で与えられたものは受け取るしかないんだよ」ジェシーが言う。「おれにはそれがよくわかる。たとえば目の前にこんなふうにお上品でまっさらなものが横たわっているときなんかはな」そしてにやりと笑ってふたたびローナのワンピースへ手を出すが、こんどはローナが激しい平手打ちを食らわせ、速すぎておれには見えなかった。ジェシーにもだ。ビールの箱が頭から吹っ飛ぶ。太ったピンクの頬に四本の指の跡が赤くついている。

「やあどうも、貴婦人さま」いきなり叩かれたのが気に入ったかのように、ジェシーがにやけ顔で言う。

「お楽しみついでに見せたいものがある」

　ジェシーは手を後ろへやって尻ポケットから何かを取ろうとしている。

「落ち着けよ、ジェス」おれはその手を見守る。

「こわいのか？」もう笑っていないジェシーがごわついたジーンズをまだ探っている。「あんたはどうだ？　山猫」

　ローナは自分が話しかけられているのを知っているが、いまは何も言わない。

「こわがってるみたいだな。ふたりとも。おれが後ろで何を持ってるか知らないだろう」

　おれは立ちあがるが、そのとたんに倒れそうになる。頬がひきつってしびれる。ローナが酔っぱらった兄貴のすぐ近くにすわっていて、兄貴の体臭が鼻についているのがわかる。ちびすけが後ろにさがるが、片手を支えにして身を傾け、ながめている。クリーシャがおれの肩のテーピングに使ったハサミがソファの肘掛けに置きっぱなしだ。おれはそれをすばやくつかんでから、だれにも見えないように刃を手首に押しつけ、これで準備完了だ——ジェシーが何を繰り出そうと。

　マルボロ・レッドの百ミリサイズ。

なんてことない、タバコだ。親父が吸ってたのと同じブランド。それなら覚えている。平たくて薄汚れたパッケージはタバコが一本もはいってないかに見える。ジェシーが笑いだし、ほじくり返してようやく一本見つける。こんどは豪快に笑う。

「自分のつらが見えたらよかったな」とジェシー。

「ふたりともだ。びびりあがってたぞ」

　ハサミを握った指から力が抜けるが、それを置きはしない。

　ローナは丈の長いワンピースの裾を整えてから言う。

「わたしはこわくなかったわ」

「よく言うぜ」ジェシーがビールの箱を床から拾ってまた頭にかぶり、箱の下からはみ出した口からタバコが垂れさがっている。「火はあるか？」

　ジェシーはローナに話しかけているのだが、ローナはそんなことを言われた経験は一度もないらしい。そこにじっとすわり、ハサミを手にまだ突っ立ってるおれを見ている。ハサミが見えたかどうかはわからない。

「ビリー」とジェシー。「火はあるか？」

「おれが吸えないのは知ってるだろ」

「いつからだ」

「フットボールのシーズンからさ」

「ちっ」ジェシーはまたビールをあけ、一気に飲む。口をぬぐってからまたタバコをくわえる。「じゃあ持ってこい。シンクの下の抽斗にあるから」

　おれはだまってキッチンへ向かい、兄貴がビールしか飲んでいなくてよかったと思う。

「おい、ビル」

「なんだよ」

「この前の夜、試合中にブチ切れたって聞いたぞ。どこかのかわいそうなガキをだいぶ痛めつけたらしいな」

おれは抽斗をあさる。いろいろなものがはいっている。

「いったい何があったんだっておふくろに訊いた」とジェシー。「何がビル・ジュニアを大暴れさせたんだってな」

おれは腰を曲げて抽斗の奥まで全部見る。「ライターはないよ」そう言ってからそのにおいに気づく。煙がジェシーの顔のあたりを渦巻き、ちびすけが腕に抱かれている。ローナが目を丸くしておれのふたりの兄弟を見ている。タバコの先端がオレンジ色に光り、ジェシーの口の端からさがっている。

「おふくろの話では、おまえがひどく興奮するのは火傷のせいらしいな」ジェシーはちびすけを揺り動かす。いっしょにタバコも揺れる。「けどよ、ビリー。ちょっとの火傷が小僧によく効くこともあるんだぜ。この坊やなんかとくにな。こいつに親父の血が一滴もはいってないのは知ってるだろ？」

「やめろジェシー」おれが言っても兄貴は息を吸いこみ、先端が赤くなる。ビールの箱のせいで兄貴の目しか見えないが——親父の目だ——それでもタバコの先がちびすけの首へゆっくりと近づいていく。もう少しでおれの火傷痕みたいに永久に痕が残るはずだったが、そのときタバコが消える。

ローナがジェシーを引っぱたいたが、こんどはタバコをはたき落としただけだ。タバコが床に落ちる。小さな火花がはじけ飛ぶ。それを踏んでかかとで揉み消し、ジェシーを真っ直ぐ見る。ちびすけよりひどい仕打ちをジェシーから受けそうなのはわかっていないみたいだ。

ジェシーはビールの箱を頭から振り捨て、おれたちが来てからずっとこのときを待っていたかのように、にやりと笑いながらちびすけを床に置く。

「やりやがったな」ジェシーがそう言ってちびすけをまたぐ。ローナへ向かう。おれにはよくわかる。ジェシーがいまのようなことをされれば、相手がローナみたいな女の子でも許したりしない。ひと晩で二度も許すはずがない。

　ジェシーがローナへつかみかかる寸前、おれがまだハサミを持ってキッチンに立っているそのとき、部屋全体が照らされ、ニーシィを抱いたクリーシャがわめきながら奥から出てくる。そこに立ってただわめいている。いきりたったジェシーにはさわらないという分別ぐらいはある。それから青いライトがいよいよ明るくなると、ジェシーはクリーシャの声に気づいて言う。

「くそっ、なんだよもう――え？」

「クソおまわりだよ」クリーシャが言う。「能無しのティモンズがやってきた」

　ジェシーは舌打ちをし、それでもローナを見ている。

「おまわりなんぞこわくない。とくにティモンズはな」ジェシーはよろよろと窓辺へ行く。これだけ興奮すれば少しは酔いも醒めそうなものだが、まだ酔っぱらっている。窓を覆っていた毛布を引く。

　おれはまだキッチンにいる。すべてがぼんやりとかすんでいて、まるでおれのほうがビールをひとケース飲んだみたいだ。ローナもまだそこに立ち、トレーラーハウスの真ん中で固まっている。おれはキッチンカウンターをまわりこんでローナへ近寄ろうとする。

「すわってろ、ビリー」ジェシーが背をそらし、おれの痛いほうの肩を押しやる。おれはそのままソファへと倒れこむが、押された部分が焼けるように痛み、肩全体がずきずきと熱を持つ。「おまえらのせいでおれたちもやばいことになってるぞ」

　おれはジェシーを見ていない。おれの兄貴にひるまずにまだそこに立っているローナをしげしげと見ている。青いライトが近づき、ローナの顔を青あざのように照らす。

「こんな女を連れてきやがって」とジェシー。「おまえらをふたりともドアの外へほうり出してもいいんだが」

「ジェシー」おれは言う。

「おれがタイラー・ティモンズを大きらいでよかったな」

「あなたはわたしたちをかくまうしかないわよ」ローナが言うけれど、当然そんな態度はなんの役にも立たない。ローナがジェシーを挑発すると、ワニの口に頭を突っこむ爬虫類ショーを見ている気分になる。

「ああそうかい」ジェシーが片手をあげてローナに引っぱたかれたほうの頬にさわる。「わかったよ」

　クリーシャがキッチンからジェシーに向かってどうするつもりだと叫ぶ。ローナは相変わらずジェシーに気を許していないようだが、それでも本人のあとからトレーラーハウスを横切って裏口へ行く。ジェシーは兄貴だからおれは何も言わないが、クリーシャはひたすらわめいている。

「どうすんのよ」とクリーシャ。「あたしたち、どこ行くのよ」

「おれたちはどこも行かない」すでに半分裏口から出ているジェシーが言う。

「ジェシー・ロウ、あたしを置いてかないで」

「置いてきゃしねえよ」とジェシー。「おれとおまえはここに残ってティモンズをなんとかする」

　だれかがトレーラーハウスのドアを叩いている。おれは腕をあげてローナをポーチのほうへ押しやろうとするが、腕が動かない。そこでローナの前へまわりこみ、ローナがあとにつづく。

　心境の変化を理解できないといった顔でローナが立っている。ちびすけの首にタバコを押しつけようとしていたジェシーがなぜいまになって助けてくれるのか。おれたちの血の絆についてローナに話す暇はなく、もうだいぶ時間を無駄にしている。それに、ときには兄弟喧嘩で対決したり、ときには助け合ったりということは説明のしようがない。でも、やばいことになればジェシーが守ってくれるのはわかっている。おれは無事なほうの手を使ってドアを通り抜けてからローナの手首をつかみ、外へ連れ出す。

「おいビリー」ジェシーがささやくが、酔っているので大きめの声だ。「どこへ行けばいいかわかってるか？」

　わかってる、そう言おうとするが声が出ない。もう何もかも崖っぷちだ。そこは一番行きたくない場所だ。あそこから先どうやって逃げるかはわからない。それでも、ジェシーが正しいのはわかる。あの洞窟にいればティモンズにはぜったい見つからない。

「〈エデンの滝〉だぞ」ジェスがそう言ってソファの後ろにうずくまり、ふたりで子供にもどってこれからばかなことをするみたいに、おれに向かってにっと笑う。「邪魔者がいなくなったら迎えにいくからな」

　もう三回ドアを叩く音がする。

　おれは兄貴を見ている。クリーが赤ん坊ふたりを両腕にかかえて正面のドアをあけるのを見ている。おれはローナの手を握る。ローナの指の感触がかろうじて伝わる。何もかもが冷たい。

「ビリー」

　ローナのあたたかいおだやかな息がおれの耳にかかる。動きたくない。逃げたくない。ティモンズにでたらめを言いはじめるクリーの声がかすかに聞こえる。時間が過ぎるのが遅い。意識を失う寸前みたいにまぶたが重くなるが、そのときローナが言う。「行くわよ」ローナが痛くないほうのおれの腕の下へ頭をくぐらせ、片手をおれの背中に置くと、ようやくおれたちは出発する。松の林を縫うように通り抜け、いくつもの小川をつまずきながら渡り、森を横切って〈エデンの滝の洞窟〉を目指す。

40

保安官のパトロールカーが不格好なトレーラーハウスへやってきて、点滅灯をつけたままけたたましい音で止まる——ちょうどいいところに来た。サイレンが短くけたたましく吠える。ティモンズが車からおりる。

トレントは顔をしかめてバックミラーをちらりと見る。アヴァが眠る後部座席のチャイルドシートの隣にマーリーがいる。マーリーは夫を見ずに、いなくなった娘を探してトレーラーハウスへ目を走らせる。

ティモンズ保安官が帽子のつばを整えながら正面のドアへ歩いていく。近くにいるのでその大男が砂利を踏みしめる音が聞こえるが、ティモンズにはトレントの姿が見えない。今夜のプリウスはほぼ無音で、時速三十キロ以下では電気だけで走行する。ライトを消してあるのでほとんど人目につかない。それに、車体はトレーラーハウス周辺のテーダ松の林の中を曲がりくねって進めるほどスリムだ。トレントは車を外科用メスのように巧みに操って林を通り抜けた。いまはトレーラーハウスとほぼ平行に停車し、家の前後に目を配っている。あそこにローナがいるならそのうち見えるはずだ。

ティモンズがドアを三回ノックする。

女がひとり、夜の闇にうずくまるトレーラーハウスから出てくるが、体のまちがった部分が痩せていて、膝と肘が松のふしくれのように硬く突き出ている。胴体からたるんだ腹が出て——太っているのではなく、皮膚がたるんでしまりがないだけだが——それが汚れたきつめのタンクトップに押しこまれている。両腕にふたりの子供をかかえている。

トレントは肩に置かれたマーリーの手に力がこもる

のを感じると同時に、その男児がビリーの弟だと気づく。車の窓を少しあけて耳を澄ませる。

「あら、タイラー・ティモンズ」痩せっぽちの母親が言う。

「やあ、クリーシャ」ティモンズが帽子を頭から浮かせる。

「何しにきたの？」

「まあべつに、元気にしてるかと思ってね、クリー。子供も元気そうじゃないか」

「無駄話はやめて」ふたりの赤ん坊を揺すりながらクリーシャが言う。「何しにきたの？」

「そこで抱かれてるのはビリーの弟だろう？」

クリーシャは抱いている男児をじろじろと見るが何も言わない。

「別の言い方をしようか」とティモンズ。「ビリーはいるか？」

「どう思う？」

「保安官のわたしがなぜ来たか知ってるんだろう？」

「トラヴィスがどうなったか知ってるよ。それを訊いてるんならね」

トラヴィスと聞いてトレントの顔から血の気が引く。マーリーの指が肩に食いこむ。

「彼が死んだのを知ってるのか？」とティモンズ。

「言っちゃ悪いけどせいせいしたよ」

「そんなことを訊いてるんじゃない」

「じゃあ、なんのためにここまで来たの？」

「女の子を探してる」

トレントの手が座席中央のコンソールにあるカップホルダーへ行き、そこにおさまったローナのイヤリングをまさぐる。

「このあたりで知らない女の子を見なかったか？」ティモンズが言う。「それとも、中をちょっと見させてもらってもいいかな」

「令状はあるの？」

「いやいやクリー、いいじゃないか。顔なじみのティモンズだろ」

　トレントはイヤリングの針金の留め具に親指を這わせ、痛くなるまで強く圧迫する。

「タイラー・ティモンズのことならなんでも知ってるよ」クリーシャが言う。「ずっと昔は大物だった。スタッド・ラインバッカー、背番号44」

「そのとおり」とティモンズ。「そしていまはイザード郡の保安官だ」

「令状がないならそんなのはクソほどの意味もないね」

「そうかもな」ティモンズが歯を剥いて笑う。「だがおまえさんはどうなんだ？　自分の証書を見せたいのか？　この土地の所有権を示す証書を」

　クリーシャは腰をくいと横に突き出すが、だまったままだ。

「おお、そうだ」ティモンズが自分に言い聞かせるように声を張りあげ、もったいぶった足取りでトレーラーハウスへ歩いていく。「その証書を見せてくれないかな、クリー」

　クリーシャが叫ぶ。「うせやがれ！」そしてドアを勢いよく閉める。

　マーリーの指がトレントの肩に食いこむ。トレントはカップホルダーへふたたびイヤリングをもどし、ティモンズがトレーラーハウス正面の三段の踏み段を勢いよくあがるのを見守る。保安官がさっそくドアノブに手を伸ばしたとき、ドアが開く。こんど現れたのはクリーシャではなく、そびえるような人影だ。トレントはブラッドショーから聞いたジェシー・ロウの話を思い出す――破壊されたコーチ用オフィス、めちゃくちゃにされた何台もの車。すべてこの男の素手によってなされたという。

「ジェシー？」ティモンズが言う。「頭にかぶってるのはビールの箱か？」

「ああ、タイラー。そうだとも」ジェシーが手を上にやって頭に載せたボール紙の箱にさわり、ちらりと歯を剝く。「なんて書いてあるか見えるか？」

　トレントは目を凝らす。

「まあな」とティモンズ。「いったいどういう意味だよ」

　暗かろうが夜だろうが、保安官の不安そうな声はトレントの耳に届く。しかし、保安官の不安は見当ちがいだ。あのふたりは、ビリーとローナは外にいる。トレントはトレーラーハウスの外の人影をそっと顎で示す。マーリーがまたもやトレントの肩を締めつける。

「弟を探しに来たんだろ」ジェシーが言う。「それでこのおれに――協力しろってか？」

「事態は深刻だ。これは殺人事件の捜査なんだから」ティモンズが言う。「協力してもらうしかないんだよ」

「そんなバッジにだまされないぞ、タイラー。おまえ、いまだに高校時代のガキのまんまだな」ジェシーがクックックッと笑いだし、ビールの箱を引きおろして両目をふたつの破れた穴に合わせる。「おれもそうだけどよ」

　ティモンズが蜂の群れを追っ払うようなしぐさで手を振り、退散の合図とする。「パトロールカーで探すさ。脇道を行ったり来たりするうちに見つかるはずだ。ビリーがここにいるのはわかってる。ほかに行くところがないんだからな」

　ジェシーがまだ笑っていて、ティモンズがパトロールカーへ半分引き返すころ、裏のポーチの人影は体勢を整え、ふたつの体は夜の闇を突き進んでトレーラーハウス裏の林道へと逃げていく。

　トレントは身動きひとつしないが、マーリーが身を乗り出して夫の耳元に口を近づけ、こうささやく。

「追うのよ」

41

逃げているあいだ、ずっとだれかが追ってくるような気がする。気にしすぎだ。気にしすぎだぞ、ビリー・ロウ。あそこを出たのはだれにも見られなかった。真っ暗だった。ジェシーがティモンズをびびらせた。追ってくる者はひとりもいなかった。あの林道を一キロほど走って〈エデンの滝の洞窟〉の入口にたどり着く。心配するべきなのは肩、かなりの出血量、ローナのこと、それだけだ。おれのことが心配だとローナから思われていようと、それでもおれはローナを心配してやらなくてはいけない。

「中へ行くの？」ローナの声が遠い。

おれはなんとか持ちこたえようとまばたきをし、石灰岩のこの洞窟は奥が深くて真ん中に水が流れていることをローナに伝えたいと思う。そこを歩くのは簡単ではない。おれみたいにこの洞窟を知っていてもだ。それにいまは十一月で、しかも夜、洞窟はすごく寒い。おれは寒い。こんなにひどく寒いのは生まれてはじめてだ。氷のように冷たい湧き水が奥の滝からほとばしる音が聞こえる。そこは山の水がふりそそぐ岩屋だ。

「岩屋《ビッグルーム》」おれはそれしか言えない。だれかがあの土の道をやってきたら中へはいって奥の岩屋まで行くしかない、とローナに伝えようとしているのに。

ローナが岩に腰かけ、隣の場所を軽く叩く。おれはローナの肩に寄りかかってすわる。ローナはずっとおれを支えて歩いてきたから疲れてるにちがいない。

「岩屋《ビッグルーム》？」ローナが言う。「あのね、ビリー。あなたに言わなきゃいけないことがあるの」

おれは林道から目を離さない。ジェシーを当てにするのはばかげてる。おれたちは兄貴からやっと逃げてきたのに、いまになって兄貴がもうだいじょうぶだと言いに来るのを待っている。血というものについて考える。ジェシーは血の力を知っているからこそ、保安官がやってくるなりおれたちをトレーラーハウスから逃がしてくれた。それはそうと、ローナがずっとかすれ声で話してるが、それも血にまつわることらしい。「両親が話してるのを聞いたの」ローナが言うが、おれにはその声がほとんど聞き取れない。「だから川へ逃げてきたの。だって、パパが言うには――」

　突然ローナがおれから離れて立ちあがる。おれは目を閉じて、ローナの傷ついた耳や高い崖から宙に浮いていたローナの足を思い出していた。目をあけようとするがまぶたが重い。すごく重くてざらついて、川底みたいだ。そのうち目が薄く開くと、ローナがそこに前のめりに立って食い入るように林道に目を凝らしてるのが見える。

　何かが暗闇を抜けてくる。何か妙なものが。

　細い月が空にかかっていて、石鹸についた爪の跡みたいだ。道路を縫うように進んでくるものを月明かりがとらえる。聞こえるのは土と少しの石が踏まれる音だけだ。ローナは立ちすくみ、闇の中をひっそり動く物体を見つめている。

「ローナ」おれは言う。「あっちにＵＦＯが浮かんでるみたいだな。エイリアンかな」

「いいえ、ビリー。エイリアンじゃないわ」ローナが言ったとき、小さな車が林の中の空き地にはいり、こちらへ向かってくるものがはっきり見える。「あれはパパよ」

42

洞窟がくさい口を剝き出して大あくびをしているかのように、暗い入り口がぽっかりとあいている。トレントがフロントガラス越しに見るふたりは、岩石の歯ぐきから生える二本の乱杭歯だ。ローナとビリーが入り口にいる。そしていなくなる。トレントの喉の奥で何かがこみあげる。それを飲みこんでマーリーに言う。

「あれを見たか？」

「どうなると思ったの？」もはや妻の声にはあたたかみも親密さもない。

「それは、まあ――」トレントは口ごもる。「どうなんだろう」

「自分で言ったじゃない。ローナは彼を助けようとしてるって」

「でも、おそらくビリーが……」トレントは少しだまりこむ。「ビリーがローナを連れ去ったんじゃないか？　だって血が。血があったじゃないか」

　車の窓から見える世界は、トレントの記憶にまったくない人里離れた闇だ。いまは家からずいぶん離れている。洞窟の口は悲しげで、おぼろげな月明かりの中でもかろうじて見える。テーダ松の鬱蒼とした枝がプリウスに覆いかぶさる。

「たぶん、家にあったのはビリーの血じゃないわ」ようやくマーリーが言う。「そうは思わなかった？」

　トレントはハンドルを両手で握る。

「たぶんあれはローナの血で、ビリーはあそこにはいなかった。ローナが自分で怪我をしたか何かよ」マーリーのことばが止まり、静かだが速い呼吸になる。

「考えてみて。血の大半はどこにあったの？」

　トレントは頭の中であのおぞましい場面を再生する。

「階段だ」

「そのとおりよ。まさにローナがすわっていそうな場所だわ。もし、あの子が劇の練習から早めに帰宅してキッチンの明かりを見たのなら。もし、聞こうとしていたのなら……」

　海岸に激しく打ち寄せる前の引き波に似て、マーリーのことばの先をトレントが全部理解するまで少し時間がかかる。トレントは指関節が白くなるほどハンドルをきつく握り、頭を水面に出しておこうとあがく。

「ぼくたちの話をあの子が聞いた？」トレントは息をする。「もしかしてぼくのあの話を――」

　もう一度マーリーが耳元に近づいて座席のあいだから身を乗り出すと、夫の膝に何かを置く。トレントはその重さと形を感じ取る。妻が何を渡したかは見当がついている。そんなものをどこで見つけたのか想像もつかないが、見るつもりはない。いまはだめだ。

　トレントは振り向いて妻がほんとうにそこにいるのかをたしかめたくなる。トレーラーハウスとか、ヘッドライトの中で永遠に凍りついたトラヴィス・ロドニーのあの目とか、そうした記憶とは別物であることをたしかめたくなる。話がすっかりねじ曲がってしまった。あの朝帰宅するなり、マーリーがこう言ってこうしろと話しはじめるなり――そして、トレントはそうした。一も二もなく妻の指示どおりにした。自分のあやまちを忘れ、先へ進んだ。けれどもいまになってトレントは真相を思い出せない。トラヴィス・ロドニーが死んだ。それだけはたしかだ。そしてローナが――自分の娘が――あの洞窟にいる。

「それならわかるわ、トレント」マーリーの声がふたたび冷ややかになる。「あなたとローナはよく似ている。あの子は自分が正しいと思うことをやろうとしてるだけよ」

　トレントは、月明かりに照らされて川の水でまだ濡れていたローナを思い起こし、振り向いて後ろの座席を見たい衝動とふたたび戦う。洞窟の口から目をそらしたらローナを永遠に失いそうでこわい。

「トレント?」マーリーが言う。「何をぐずぐずしているの?」

トレントは片腕を助手席のヘッドレストにかけて振り返るところだったが、目を地上の穴に据えたままはっと動きを止める。「あそこへはいれってことか? それでどうしろっていうんだ」

「あの洞窟にはいってわたしたちの娘を外に出すしかないわ」

さらなる波がトレントを襲う。

「ローナがわたしたちの話を聞いたなら」マーリーが言う。「あなたの話を聞いたなら、ビリーに伝えるに決まってるでしょう」

陰鬱な潮が満ち、トレントの両手がハンドルから落ちてマーリーが膝に置いたものにふれる。それは予想していたものではない。まったくちがう。トレントは黒いマグライトの懐中電灯を両手で持つ。武骨で硬い物体、重さはじゅうぶんにあり、がっしりしている。

「わたしを見て、トレント」

トレントの視線が洞窟の口から引き剝がされ、いくつかの大きな丸い岩、隙間から湧き出る冷え冷えとした水へと移る。そして林道。ボンネット。ダッシュボード、とうとうトレントは妻のほうを向く。

マーリーが下の娘をずいぶんひさしぶりだったように大切そうに抱いていて、母親の腕にかかえられたアヴァの豊かな黒髪が波打って広がり——その光景にトレントは驚く。車にアヴァが乗っていることをほぼ完全に忘れていた。

「ビリーは怪我をしてるわ」マーリーが言う。

トレントは妻が言わんとすることをことばにしようとするが、できない。

「中へ行く前にこの子を抱いてちょうだい」そう言って、マーリーが下の娘を座席のあいだから渡す。

アヴァの息は、義父の家の地下室にマーリーがおりてきたときのにおいだ。川岸のローナの息もそうだった。トレントが覚えているよりもアヴァは重く、コンソールから運転席のドアに届くほど身長も伸びている。トレントは鼻をアヴァの頬に押しつける。とてもあたたかい。とてもやわらかい。

「わたしたちは家族よ」マーリーの声がトレントの脳をくすぐる。「あなたなしではどうにもならない。これはあなたが正しい方向へもどるチャンスなのよ。何をしようとね」

アヴァと離れるのはつらいが、トレントはコンソールの上で娘を持ちあげる。アヴァが一瞬宙で身をよじったので、母親が手を差し出しているのもかまわずトレントはまた自分の胸もとに抱き寄せる。ことばはない。何もかも現実とは思えない。トレントはアヴァを助手席に置き、ドアをあける。

43

濡れた石灰岩に足を取られながら力の限り速足で進み、あとのことは何も考えられない。とにかく逃げろ。出血なんてどうでもいい。痛みなんかほとんどない。それだけを思ってついに岩屋へ着く。

その洞窟は一本の長いトンネルで、リンカー山の細い割れ目だ。六十メートルほど奥に開けた場所がある。いまはまわりの空間全体を感じる。洞窟の天井の高さはおよそ十メートル。〈エデンの滝〉が奥の闇に隠れている。滝は見えない。何も見えない。それでも感じる。水しぶきがかかるのがわかる。音も聞こえる。川に似た音だ。まるでおれの全人生があの割れ目からほとばしり、おれに降りそそいでるみたいだ。水はすべて中ほどにある大きな淵へと落ちている。

その淵には腰までつかる深さのところに岩棚がある。子供のころ、ジェシーは深いところへもぐって底にさわれるかどうかやってみるのが好きだった。無鉄砲にも岩棚の先まで行き、その下へもぐったものだ。置いてけぼりにされたおれは暗がりにすわり、兄貴がもぐった場所を懐中電灯で照らしながら待った。しばらくして兄貴が水面から顔を出して大きく息を吸うと、底にさわったのか、ほんとうに最後まで行けたのかとおれは訊いた。ジェシーの答はいつも同じだった。「底なんかねえよ、ちび。どこまでも深いだけだ」

岩屋は一番奥にあり——そんなことはわかってるが——行き止まりだ。ただし、聞こえてるほど水の流れが激しくなければ、わずかだが望みはある。夏になると、滝の口から這い進んでリンカー山の反対側に出られるときもある。

「携帯電話を」おれは言うが、水の音がとても大きい。もう一度言おうとするが声が出ない。天井の穴から降りかかる水が血と混じり合ったのだろうか、痛みがふたたび押し寄せる。

それでもローナの携帯電話のライトがついたので、おれの声がローナに聞こえたのかもしれない。真っ暗闇の中の小さな明かりだが、明かりは明かりだ。滝の水量さえ見えればコーチと面倒なことにならずにすむかもしれない。上にのぼって穴を抜け、いなくなればいい。

暗闇に手を伸ばしてローナの手をつかもうとしたそのとき、携帯電話のライトが岩屋の天井を一瞬照らし、ダムの決壊さながら水があふれ出るのを見るにはそれでじゅうぶんだ。水が多すぎるのがすぐにわかる。はいった場所から出るしかない。

暗闇で手がふれてくる感触があり、声が聞こえる。ローナのささやき声だ。「やってくるわ、ビリー」

洞窟にあらたな光が現れる。ローナの手もとからではない。

「あなたは隠れて」とローナ。「ここで鉢合わせをしてはだめ。だって——パパが何をするかわからないもの」

　そう言われて思い出すのは、洞窟の外にふたりですわっていたとき、ローナが何かを言おうとしていたことだ。何かを聞いた、それも両親が話してるのを聞いたとか言っていた。

「どういう意味だ？」そう言うだけで、おれの体から何かが大量に奪われていく。痛みのあまり体を折り曲げる。肩の痛みが手に負えなくなっている。

「隠れてちょうだい」ローナが言う。「わたしが何か考える。でもあなたは——」

「ローナ？」トンネルのほうから聞こえるコーチの苛立った声には、ローナをだまらせるだけの鋭さがある。息を切らしているらしく、遠くの声にも聞こえるが、そうではない。

　おれの歯がカタカタ鳴る。寒い。思いついた隠れ場所がひとつだけあるが、そこはありえないほど寒く、おまけにあんな大量の水では始末が悪いどころではない。それでもおれは滑りやすい石灰岩の上をすり足で歩き、滝壺がある深い淵をまわって滝のほうへと向かう。滝を通り抜けて裏側に隠れ、まさにそのときコーチが岩屋へ現れる。

44

懐中電灯の光が洞窟のところどころをさらけ出す。白い小さな光の円が地面をそろそろと進み、石灰岩を深く穿つ水流を渡り、トンネルの奥を目指す。奥へ行くほどトレントははっきりと思い出し、もっとどす黒い記憶がよみがえる。しずくが垂れている場所があり、光を当てると天井から鍾乳石がさがっているのがわかる。その形状を見て教会のオルガンを思い出す。トンネルが曲がるあたりで天井が低くなっていて、あまりにも低いので這って進むしかなく、まるでトラヴィスがあの直前に――

トレントはふたたび立つが、腰は曲げたままだ。二度と背すじを伸ばして立てないのではないかという不安が頭をよぎる。岩壁がほうぼうから迫ってきて、あまりにも狭いので通り抜けるときに肩をこする。向こう側へ抜けると、そこはやわらかいべっとりした膜に覆われていて、まるでトラヴィスの頭があのとき――

トレントが記憶を押さえつけると同時に周囲の壁がしりぞき、頭上に巨大な空間が広がる。聖域だ。細い水流はもうないが、それでも激しい水音《みなおと》がいたるところで聞こえる。トレントは石灰岩で足を滑らせながらも足を速める。洞窟の大きさを身をもって知ったのは、最後の湾曲部を過ぎて滝のしぶきを浴びたときだ。

そこらじゅうの水が顔にかかり、懐中電灯のレンズを水滴まみれにして光を屈折させる。トレントがガラス部分をシャツで拭いたので、あたりが一瞬暗くなる。ふたたび光を水へ向けると、ふたつの目が照らし出される。

「ローナ」

ローナは動かない。手は両脇におろしてある。じっとそこに立っている。その後ろに滝があり、大きな洗礼槽ぐらいの広さの淵が泡立っている。水が地下へと流れる場所だ。

トレントは考えるより先に言う。「彼はどこだ」ライトに照らされたローナの目が燃えたぎり、洞窟全体がひとつの光の束に凝縮される。ローナの口が動くが、滝の音に掻き消されてトレントはことばを聞き取れない。一歩近づくと、ローナがもう一度言う。

「だれのこと？」

トレントが持つ懐中電灯が震え、濡れた髪を頭皮に貼りつかせたローナの姿も揺れ動く。もっとも、ローナは寒そうには見えず、こわがっているようでもない。いかにも腹のすわった態度を見て、なぜかトレントの意識はトンネルを引き返してマーリーがアヴァと待っている車へ向かい、いままで一度も気づかなかったある共通点へと行き着く。

トレントは言う。「ビルだ」ローナに聞こえていないようなので二度目は叫ぶが、洞窟に跳ね返る声が矢となり、水面を渡って反響する。

父親が照らす明かりの中で、ローナがぎくりとする。

洞窟へはいる前にアヴァにしたようにローナをこの腕に抱きたいと思い、トレントは一歩前に出る。けれどもローナがさっと身を引き、自分の両肩を抱いて水しぶきを避ける。

「ローナ」叫ばずに、じゅうぶん聞こえる声でトレントは言う。「ママが車で待っている。それはともかく――」途中でことばを飲みこむところだったが、眠っているアヴァを腕に抱いたときの思いを必死でかなぐり捨てる。「それはともかく、ビルがどこへ行ったか言いなさい。彼に話がある」

ローナの口がまた動くが、こんどは話さない。ことばがどこかに詰まって止まっている。言うしかないことを無理やり口に出すときのマーリーそっくりに、ローナの顎がひくひく動くのが見え、そのあとでついに声がほとばしる。

　ローナは絶叫し、懐中電灯を持っている男が見えなくてもその光を真っ直ぐにらみつける。その男をもう父親とは思わない。もはや少しも。

「あなたがやったのを知ってるんだから！」

光は動かない。洞窟もまったく反応しない。

「ぜ――全部聞いたわ」ローナは言うが、声が震えるのを恥じて洞窟の湿った空気を肺の奥深くまで吸いこむ。「あなたがやった。あなたが殺して――」

　あとのことばが滝に洗い流され、水の音しか残らない。水は淵へ落ち、石灰岩の下へもぐり、流れに少しずつ交わり、洞窟の口から出ていく。その光はじっと動かずにローナの姿をさらけ出し、ローナの目をくらませるが、ローナをだまらせはしない。

「あなたは車でその人をはねた。それからビリーを家に連れてきて泊めてあげた。そっちのほうがひどいわ。ばれないようにしたことのほうが。ママに話してるのを聞いたわ。それに――」

　そのとき光がローナを離れ、ローナの視界が反転する。ふたたび形が見え、質感もわかる。父親の目があるはずの場所にある穴は、くぼみにできるただの影だ。幽霊話をする少年のように、父親が顎の下で懐中電灯を持っている。その口が動く。その声が聞こえる。聞こえるのにそのことばの意味がわからないのは、父親の背後に立っているものが――人間が――見えるからだ。

　懐中電灯の光が作るビリーの影法師が、父親の頭上高く岩を持ちあげている。光が上向きなので、ふたりの影が象形文字さながら岩壁に映っている。

　ローナは金切り声で叫ぼうとするが、レジ袋に入れられた子犬のように、夜の闇をこわがるアヴァやちびすけのように、哀れな泣き声にしかならない。ローナの声は、世界中の無力なものすべてが発する音だ。はじまったことは止められない。終わるまでは。

45

ローナの話を——父親があの野郎を殺してしらばっくれ、おれとおふくろをこんなひどい目に遭わせたという——その話を聞いて、おれは思わず滝の裏から出る。カッとして肩の痛みが消える。カッとして頭の上まで岩を持ちあげる。でも、いまは明かりが真上を向いてるので岩屋全体が丸見えだ。天井、滝の口、底無しの深い淵、そしてローナの顔。ローナの目。おれを引き止めたのはそれだ——ローナの目つきだ。

ああ、それなのに、両手に持った岩がいい感じだ。しっくりくる。あの野郎もおれの首にタバコを押しつけたとき、そう感じたのかもしれない。親父も行方をくらます前にそう感じたにちがいない。こうなったら岩を振りおろすだけだ。ところが、おれが後ろにいるとは夢にも思わないコーチがまた話しはじめる。

「あれは――あれは事故だった」コーチが言う。

ローナは何も言わず、おれが持ちあげた岩をまだじっと見ている。

「これにはわけがあるんだ」とコーチ。振り向いたら終わりだ。おれがすぐ近くにいるのを知りもしない。

「ロー、トラヴィス・ロドニーに何があったのか、頼むから説明させてくれ」

コーチがあいつの名前を口にしたとき、濡れて滑りやすい岩におれの指がきつく食いこむ。

「考えてもみろ。あの男がビルに与えた苦痛を」コーチが言う。「やつがあの少年と兄弟たちにしてきた恐ろしいことを。気の毒な母親については言うまでもない」

ローナの表情がどことなく変わり、おれの顔つきも変わっていくのがわかる。

「やったことは――起こったことは――事故だった」とコーチ。「だが、ビルにとってはいままでで最良の出来事だったのかもしれない」

ローナの口が動き、おれの名前を言おうとするみたいに唇がすぼまるが、コーチがそれをさえぎる。「だからここに来たんだ。ここに来たのはビルを救いたいからだ。もともと彼の力になろうとしていたんだよ。ビルが耐えてきた苦しみは人の想像を絶する」そこでことばを切り、深く息をつく。「だが、わたしには想像できる」

コーチのそのひと言でおれの中の何かが壊れる。長いあいだへばりついていた何かがゆるんで剝がれ落ちる。コーチは知ってる。

そう思ったとき、声が聞こえる。なんとも言いようのない声だ。手を釘で十字架に打ちこまれたらそんな声が出るかもしれない。振り向いたコーチの目をじっと見て、落としたばかりの岩を下向きの懐中電灯が照らしたとき、ようやくおれはそれが自分の声だと気づく。

　おれは咆えていて、ちびすけと似ているがもっとひどい。何もかもが——血も、涙も、かかえていたたくさんの憎しみも——どっと出て、底無しの穴へと落ちていく。おれももうすぐ落ちる。膝ががくがくして目まいがするが、そのときコーチが懐中電灯をほうり出しておれの体に腕をまわす。残った最後の血が悲鳴をあげるのがわかるが、コーチは何もしない。おれを支えて抱き寄せる。コーチのあたたかい涙を冷たい頬に感じる。

「ローナ、急げ」コーチがおれをしっかりかかえたまま言う。「ママを連れてくるんだ。運び出すのに三人は要る」

　懐中電灯が地面に転がってる。おれが見えるのはローナの白い靴だけだ。ローナがゆっくりと一歩、そしてまた一歩と進み、近くまで来る。髪のにおいがわかるほど近い。おれが落とした岩のそばで、ローナの足がぴたりと止まる。父親の頭上高くかかげたやつだ。でも顔は見えない。白い靴の片方しか見えず、岩の重さをとらえようとするかのように割れた岩のそばから動かない。それからローナは立ち去る。

46

トンネルの出口へ一歩進むたびに、足を滑らせて流れに落ちそうになるたびに、水が岩屋へもどれと、すべてを置いてきたところへ帰れと呼びかけ――ローナはあの岩を思い出す。

父親の頭上に岩を持ちあげたときのビリーの目つき。ビリーにテオゲネスの話を教えたとき。ビリーがヘミングウェイを朗読してくれたとき。ダムのほうへ流される前の、あの夜の川の感覚。ローナはビリーを変えたと思ったのに、いまはよくわからない。

前方では、洞窟の口がかすかな輪郭を見せてローナを呼んでいる。ローナは暗闇から明るいほうへ走り出る。顔にすがすがしい夜気を感じ、それは洞窟の冷たく湿った空気とは大ちがいだ。母親がプリウスの運転席にいる。窓がさがる。

「急いで、ローナ、早く」マーリーがけわしい声で言う。「車に乗って」

洞窟の口からほど近い場所に立ち、ローナはふと思う。音だ。あの岩が石灰岩に当たって割れたときの軽くはじける音。

ビリーは岩を下に落とした。

そう思い出しただけで洞窟へ引き返したくなるが、そのとき車の後部座席に何か動くものが見える。アヴァが――二歳になるかならないかの幼い妹が――この混乱のただ中で連れまわされていると気づき、ローナはそれ以上遠くへ行けなくなる。

「そんな――アヴァを連れてきたの？」

「ローナ、あのね――」

「ママの手を借りたいからパパがわたしをよこしたのよ。ビリーを洞窟から連れ出すには三人必要だって言ってる。ビリーは怪我をしてるのよ、ママ。彼は……」

プリウスがカチリと音を立てる。マーリーが両手をハンドルに置き、フロントガラスへ顔を向ける。「車に乗りなさい、ローナ」

ローナは体を真っ直ぐに起こす。

「あなたとわたしとアヴァ」マーリーが古い林道をすばやく見る。「いま大事なのはそれだけよ。父親が何をしたかわかってないの？」

ローナは頭の中でもう一度居間の階段の高い場所にすわり、キッチンで話している両親の低い声に耳を傾ける。「あれは――あれは事故だったのよ」

「そうかもしれない」マーリーが言う。「でもね、父親がいま何をしているかわかる？」

ローナは背後に洞窟の口の気配を感じる。離れているけれど、どことなくその口がすぼまって閉じていく気がする。「ビリーを助けているわ」

「ちがう」とマーリー。「わたしたち家族を救っているのよ」

洞窟の口が開き、ローナを丸呑みにする。ローナは湿った闇の底に引きこまれて水に沈み、足が悲鳴をあげてまたもや逃げ出すが、そのとき遠くから人影が近づいてくる。

「ローナ」マーリーがぴしりと言い、道にいる男に目を凝らす。「乗りなさい。早く」

月明かりでははっきり見えないが、その男は林道の端で足を止め、車と女たちをじっと見ているようだ。

「ローナ。何度も言わせな――」

後ろのドアがあいて、ローナが乗りこむと同時に閉まり、口を開いてすやすや眠る幼い妹の真横にローナはおさまる。

「あれはだれ？」前の座席の隙間から身を乗り出してローナはささやく。

「うろついて突き止めたいの？」

ローナが答える前に、四つの作動音が鋭く鳴ってドアがロックされたあと、プリウスが急発進する。

「止めて！」ローナは叫ぶ。「やめてママ！　待って。ほっとくわけには――」

マーリーがハンドルを叩き、急ブレーキをかけると、ローナの体がコンソールを越えて飛び出す。額がダッシュボードに打ちつけられる。眉間にあたたかい血が流れる。ローナは必死で痛みを無視し、ハンドルをつかんで母親へ顔を向ける。「あのふたりを置いていかせはしない」低い声で言う。「わたしにはできない」

遠くにいた男が林道からふたたび車のほうへやってくる。

「あなたにはできるし、そうするのよ」とマーリー。

「それしかないんだから」

ローナが築いた壁を、青春の理想という壁を、母親のことばが削り落とす。ローナはハンドルをもっときつく握り、マーリーを阻止する時間を少しだけ引き伸ばす。正しい答、筋が通った説明ができる何かを求めて記憶を――読んだ本すべての記憶を――すばやくたどるが、洞窟の冷たい地面に割れて転がっているあの岩しか浮かばない。血が額から目にはいる。視界が曇り、ついにハンドルを離す。

あの上品な女のことばがティナの脳内をじりじりと焼いていた。〝家族を守るためならどんなことでもする〟ティナは何も考えずにあの二階建ての家から立ち去ると、足が向くまま知っている場所へもどる。川の支流を渡って岩場を越え、ぬかるみを突っ切る。道端に焚き木の山があり、その中にマットレスが捨てられている。あの上品な女の家から離れれば離れるほど、そこが居心地のいい場所に思えてくる。

いまは十字路にいるが、足が川のほうへ向かっていたことにティナは気づく。あと少し歩けば、自分のではなくジェシーのトレーラーハウスに着く。右へ行けば長男の家。でも左へ行けば道は深い森へはいる。四方八方に広がる手つかずのオザーク高原だ。ティナの従兄弟たちがその丘陵地帯に住んでいる。しばらくそこに身をひそめてほとぼりが冷めるのを待ってみようかと思案する。

しるしがあればいいのにとティナは思う。自分の道を示す何かがほしい。ビリーのことを思い出してみる。ビリーの姿ならはっきりと頭に描ける。走ってラインを突破し、フィールドを疾走し、ビリーの活躍にデントンじゅうが歓声をあげる。そのうちライトが見えるが、はじめはかすかな光だったのがしだいに明るくなり、一台の車が猛スピードで近づいてくる。

47

コーチはけっしておれを放さない。あの懐中電灯が下に転がったまま滝に光を向け、落ちる水の影を洞窟の壁に映している。コーチはずっとおれをつかみ、ローナがミセス・パワーズを連れてくるのを待っている。おれは動けない。コーチがしっかりつかんでなかったら、すわった姿勢さえ保てないかもしれない。コーチの体がいきなりびくりと、かなり激しく動く。ちびすけがたまに癇癪を起こして泣きやめなくなったときみたいだ。

落とした岩が割れてるのが明かりで見える。おれと同じだ。ふたつに割れている。いいビリーと悪いビリー。あのときのおれは？　あのときのおれはコーチに説明のチャンスさえ与えずに、その頭に岩を振りおろすところだった。おれを〝救いたい〟とコーチは言った。コーチは知らないが、そのことばがコーチ自身を救った。

　コーチが見えず、おれをつかんでる感触しかわからない。光は届かず、洞窟の暗闇にすわって待っている。コーチの体がまた激しくびくりと動き、それからは待つのをすっかりやめたみたいだ。おれを両腕でかかえて立ちあがる。思っていたよりコーチは力が強く、自力でおれを運べるのになぜローナに助けを呼びにいかせたのだろう、とおれはいま考えている。

　脳みそがとろけ、世界がぼやけている。何も感じない。宙に浮かんでるみたいだ。すると、コーチが親父の名前を言う。

「ビル。聞こえるか？」

　返事ができない。まともに考えられない。どうにかうなずいても、それだけで首から肩にかけて限界を超えた痛みが走る。

「きみに知ってもらいたい。わたしが言ったすべては」おれに聞こえるかどうかは関係ないみたいに話しつづける。「わたしがやったすべては――きみのためだった」

　明かりにしっかり照らされたので、コーチが懐中電灯を拾ってふたりでトンネルを引き返してるんだろう――ここから出るところだろう――とおれは思いはじめるが、そのとき水を感じる。

「きみがあの男を殴るのを見て、あいつが倒れるのを見て、わたしはきみがしていることにとことん納得した。きみの痛みを感じた」

　水はすごく冷たく、深くなるばかりだ。おれは自分の体から抜け出して、コーチがだれかを――もうおれじゃない別のビリーを――かかえて淵の中へ進んでいくのを岩屋で見おろしている、そんな気がする。

「きみに真実を知らせたいんだよ、ビル」

水が顔まで来る。沈まないように支えてるのはコーチの腕だけだ。

「トラヴィスが道を這っているのが見えた。わたしはハンドルを切り、それから――」コーチの声がしわがれる。かかえられながらもそれを察知したおれは、いきなり両手でコーチのシャツをさわってしがみつこうとする。コーチがおれの手を押しのける。「あの男に向かって直進したんだよ、ビル。あいつが見えたが、わたしは止まらなかった。ああするしかなかった」

しぶきが口や目にはいるほど滝が近い。見えるのはコーチの顎だけで、水が出てくる天井を見あげる様子は、そこを突き抜けて空を見ようとしているかのようだ。

「だからこうすれば、わたしがここでこうすれば、それは正しくなる」コーチの声が途切れる。「告白し、悔い改めなさい。おのれの罪から離れるんだ、ビル。そして、けっして振り向いてはいけない。それがただひとつの道だ」

背中に添えていた片手をコーチがそっと離し、おれの頭が下へ行く。それをもう片方の手でとらえ、おれの首をつかむ。おれは無言だが、心臓が咆え、逃げろと告げる。

「わたしは死体をトレーラーハウスへ引きずっていった。きみのお母さんのフライパンを戸棚から取って、それから――」

コーチの体がまたさっきのようにびくりとし、それ以上言えないみたいだ。ここまで聞いたので、それ以上は言ってほしくない。

「あの女だってきみを傷つけていたんだよ、ビル。きみのお母さんもわたしの母親と同じやり方で傷つけた。あの男がきみやスティーヴンにあんなことをするのをほうっておいた」

おれはコーチを通り越して天井を見あげる。いろいろな影や形が見え、みんな水のように動いて渦巻いている。肩はもう感覚すらない。冷たすぎる。血は全部流れてしまった。おれの中に昔のビリーはひとかけらもない。あいつはもういない。洞窟をただよい出て丘陵地帯へ行った。

「あのころ、すべてが悪いほうへ向かった」コーチが言う。「とんでもなく悪いほうへと。そして、ずいぶん長いあいだ、自分はもうだめだと思っていた」

　水面があがってコーチの指が食いこむのがわかる。

「でも、こうしてこの暗い場所にふたりでいると、一番大事な真実を忘れていたのがわかる。わたしにはまだ、きみを救うことができるんだよ、ビル」

　コーチは荒くせわしい息をつきながら、少しのあいだだまる。そして、コーチのものとは思えないような声で言う。「いまわたしは、父と子と聖霊の名において洗礼を……」それからおれを下へ押す。

　口が閉じていくように水が顔を覆っていく。滝も、音も、コーチの声も、水はすべてをのみこむが、コーチの両手は水中でまだおれをつかんでいて、おれの体を深く沈める。水の中では、水面へ誘う懐中電灯の光もろくに見えない。おれの片手がコーチの腕を求めてスローモーションで動くが、コーチは手を放す。

　いまは光が遠のいていく。水がもっと冷たくなる。目を閉じて、下に何があるのか考えまいとする。ローナを思い出そうとする。暗闇からローナを連れ出そうとするが、目に浮かぶのはおふくろだけだ。主イエスも何も見えない。コーチがなんと言おうと、おれが最後に思い浮かべるのはおふくろだけだ。おふくろが光の中から現れて水にもぐり、おれに手を差し出している。目を閉じると、もう冷たくない。背中が底にふれるのがわかる。もう痛みはない。光もない。

　何もない。

48

森がヘッドライトに照らされて生き返り、その光がある種の信号かしるしのようにティナの眼前のすべてを明るくする。いっときだが、道路はいままでほど暗くない。そして、その車が嵐のように通過する。

ブレーキランプの赤々とした光が土煙を貫き、道路ぎわに急停止する。ここからでは車体が煙に隠れて見えない。ティナは車のほうへ一歩踏み出し、一連の青いライトとドアを飾るステッカーに目をとめる。ビリーが運転席にいる場面を、大脱走でメキシコへ高飛びする前に母親を拾いにきたところを夢想する。涙の味は大海に似ている。

「ティナか？」ティモンズ保安官が言う。「こんなところで何をしてるんだ」

ティナはパトロールカーのサイドミラーを握り、覚悟を決める。

「あの子は見つかったの？　あたしのビリーはつかまった？」

「まだだが、つかまえるまで探すさ」

ティナは助手席側の窓から手を入れ、ドアをあける。

「なんだティナ。乗せるわけにはいかないぞ」

ティナの脳裏にビリーの顔がふたたび見える。あのフィールドでだれよりも強くて速かったビリー。ほかのだれにも不可能なことをやってのけたときの満面の笑み、静かで堂々とした態度は、世間が追いかけてきて報いを受けさせる前の父親そっくりだ。

「ビリーのことはもう気にしなくてもよくなるよ、保安官」ティナはそう言って鼻から深く息を吸いこむと、助手席にどっかりとすわる。「いまからあたしが言うことを聞いたらね」

49

夢を見てるのかな、いや、死んでるのかもしれない。水はやはり冷たいが、水面に出たとき顔にあたたかい空気を感じる。嘘いつわりのない目をコーチに見てもらいたくて、おれはまばたきで水を払う。底へ沈んでも大いなる白い光は見えず——何も見えず——もっと冷たくて暗いだけだった。それどころか、見つめ返してくるその顔はコーチではない。

「何度言ったらわかるんだ」ジェシーが息荒くおれを肩にかつぎあげる。「底なんかねえんだよ、ビリー。どこまでも深いだけだ」

ジェシーは懐中電灯を拾いもせず、岩屋に置きっぱなしにする。暗がりでも兄貴は道筋を知っている。〈エデンの滝の洞窟〉にあるあらゆる湾曲とねじれを知っている。おれはろくに目をあけていられず、濡れて寒いせいでほとんど何も目にはいらないが、それでもそこそこは見える。懐中電灯がまだ滝を照らしている。水が激しく吐き出される。たぶんいまのほうがずっと激しいから、外で嵐が吹き荒れてるのかもしれない。それとも、水がのみこんでおこうとするものが何か、洞窟は知っているのかもしれない。それはうつ伏せで水中に横たわっているコーチだ。

50

デントンの町はずれを越えてすぐ、〝オザーク高原入り口〟の看板のそばをプリウスが飛ぶように走り抜けるが、ローナは見ない。いまは前の座席で頭を窓にもたれさせ、眉間の傷がずきずきと痛むなか、何を見捨てたかを思い知らされているところだ。距離とともに痛みが鮮烈になり、一キロメートルごとに体内の炎に燃料が足されて湿った洞窟の壁を明るく照らす。水中に血がある。ローナは両手のひらの血でそれを感じ取り、指がドアの取っ手へ向かったそのとき、母親の声が車内に響く。

「ローナったら。聞いてる？　シートベルトを着けて……」

車内が暑い。どうしようもなく暑い。ローナは息ができない。とにかく息をしたい。炎が勢いを増した瞬間、指が取っ手にからまって考えるより前に強く引く。ドアが遠のき、ひび割れて青ざめたハイウェイの路面がすぐ下に猛然と流れる。

マーリーが悲鳴をあげる。

アヴァが悲鳴をあげる。

恐怖の叫びはハイウェイの轟音より大きいのに、ローナにはふたりの声が聞こえない。冷たい風が顔にふれたとたんに外へ勢いよく身を乗り出し、これで炎が消えますようにと、いままでにないほど真剣に祈る。路面が迎えにきたのでローナは暗闇で白い歯を輝かせて微笑み、アスファルトの十センチほど上で体を浮かせていると、やがてローナの手首をきつくつかむ手が体を引っ張りあげ、同時にプリウスが急停止する。

音のある世界がそこにあり、それぞれの音がたちまちよみがえる。アヴァが後ろの座席で泣き、ダッシュボードのどこかで警報音が鳴り、マーリーがおだやかだがはっきりした声で長女の名前をささやいている。

「ローナ？」

マーリーが語尾をあげて言うので、理由を訊かれたのかと思う。ローナは体の向きを変え、空いているドアの外へ誘い出そうとする暗闇から自由になると、母親を真っ直ぐ見つめる。洞窟の奥で見たものを母にも見てほしい。あの岩が石灰岩に当たって割れる音を聞いてほしい。あの長くて暗いトンネルを歩いて、行き止まりでまったく光がなくなるのを知ってほしい。

答えようがない。

ローナはとにかくやってみようと口を開くが、マーリーがコンソール越しに手を伸ばしてドアを閉め、チャイルドロックのボタンを押して話しかけるときには、その声から不審の色がすっかり消えている。「シートベルトを締めて、ローナ。先は長いのよ」

51

ジェシーがドアを押しあけると、小さなベルが鳴る。メイン・ストリートからはずれた〈カム＆ゴー〉の入口にあるようなやつだ。けれども、おれたちがはいっていくのはガソリンスタンドなんかじゃない。

おれがここを飛び出してロームに銃を向けられてから一日も経っていない。ロームをうらんじゃいない。もういい。とにかく、ゆうべはジェシーが自分のトレーラーハウスまでおれを運び、クリーシャがこんどもアーリータイムズを持ってきた。それをおれに飲ませた。否《いや》も応もない。クリーシャが釣り用ペンチで弾を取り出し、そのあとおれはもっと飲んだ。クリーシャが風呂に湯を張って〈モートンソルト〉の塩を半袋入れ、おれをそこにつけておいた。死ぬほどひりひりした。ジェシーが来て、そのあとクリーシャが来て——ちびすけとニーシィを両腕に抱いて——湯の具合を見た。ピンク色が赤くなりすぎないように注意していた。

出たりはいったりしながらどれくらい風呂につかっていたかわからないが、そのあいだコーチと淵の底について考えた。ローナのことも、ローナの白い靴が割れた岩のそばで止まり、そのあとローナがいなくなったことも考えた。おれの目の中にローナは何を見たんだろう。ジェシーはコーチを叩きのめしたとき、というか、やっちまったとき、どんな目をしてたんだろう。親父の目、それともおれの目か？

そんなことを考えていると、ジェシーがバスルームへやってくるが、こんどは湯のチェックをしない。こう言っただけだ。「急げ、ビル・ジュニア。薄らばかのティモンズがゆうべおふくろを拾ったんだとよ」

おれが行けるかどうかをジェシーは訊きもしなかった。肩にあいた穴も見ない。タオルを投げてこう言っただけだ。「行くぞ」

車の中でおれはずっと窓に頭を押しつけて、デントンが飛ぶように過ぎていくのをながめていた。クリーシャがニーシィを身ごもる前に働いていたディスカウントストアの〈ダラー・ゼネラル〉。養鶏場。〈ウォルマート〉。ひととおりの教会と銀行。しみったれた町で高校だけは見栄えがいい。デントンのほかの建物とはくらべものにならず、スタジアムの照明塔がフィールドを囲んでそびえ立ち、そのフィールドでおれの名を知らない者はいない。

目を閉じ、ふたたびあけると、保安官事務所に着いている。車からおりる直前、ジェシーがおれのほうを向いて、分厚い両手をおれの首の後ろにまわして言う。

「おふくろはやれるだけやった。わかるか、ビリー。何も言うんじゃないぞ」

一瞬の間があり、それからおれたちはあの間が抜けたドアベルを鳴らしてドアを通る。いま、ジェシーがそこに立ってティモンズと話してるところだ。ロームがロビーのデスクにいるが、ゆうべおれを撃ったとは思えない顔ですわっている。

「ほんとうはまずいんじゃないのか？」おれたちがはいっていくとティモンズが言う。「ふたりそろってここに現れるのは」

　ジェシーの目はほとんどあいていない。見える部分は腐った牛乳の色だ。ひどい二日酔いが残っていて、話をする気分ではない。「おれたちの弱みを握ってるんだな、タイラー」ジェシーが言う。「じゃあ、つかまえてぶちこめよ」

　ティモンズは舌打ちをして、おれのほうを見ようとするみたいに頭を動かすが、実際は見ない。ジェシーをにらみつけたままだ。「まあいいさ。ひとつ訊きたい」

　ジェシーが深く息をつき、おれはロームへ、撃ちたくてうずうずする指を持つ黒人男へ鋭い視線を送る。射撃がもっとうまければよかったと思ってるんだろう、ロームはおれを見据えた目をそらさない。

「けさ早く、ミスター・ブラッドショーから電話があった」ティモンズが言う。「パワーズの家族全員が昨夜突然町から出ていったらしい。それについて何か知ってるか？」

　おれは血がどっと流れるのを感じながらジェシーのほうを向き、光が消えたときのコーチの顔つきをジェシーの目を通して見ようとする。ジェシーはおれが割った岩を使ったのか？　それとも水中で押さえつけただけか？　おれを底から引き揚げるために兄貴はどこまで潜って泳いだんだろう。もっとも、ジェシーはおれを見ない。ずっとティモンズを見つめている。

「ドンの話では、連絡してきたのは奥方だった。父親が深刻な病気だとか」ティモンズがことばを切り、両手でベルトをつかむ。「パワーズコーチが試合に間に合うようにもどれるかどうかはわからないが、なるべく間に合うようにするそうだ」

「それで、もし帰れなければ」ジェシーが言う。「そのときはだれが〈パイレーツ〉を指揮するんだ？」

「パワーズのほうが解決するまでのあいだ、ブルが臨時のコーチに任命された」

「どうやら〈パイレーツ〉は」ジェシーはそう言って、待機房へ通じるドアへ向かう。「この取り決めで当たりくじを引いたみたいだな」

「あわてるなよ、ジェシー」ティモンズが兄貴とドアのあいだに割りこむ。「奥にいるのは凶悪な犯罪者だぞ」

ジェシーが見せた目つきにティモンズが思わず咳払いをして片手をあげる。

「だからその……」とティモンズ。「わかってるだろ？」

「ああ」とジェシー。「わかってる」

「昨晩運転中に、おふくろさんはおれのポケットから携帯電話を取って」ティモンズがつづける。「全部録音してくれた」

「気が利いてるじゃねえか」とジェシー。

ティモンズがうなずく。「もう自白したから息子を奥へ入れて会わせるのはかまわないんだが、ふたりいっしょに行かせるわけにはいかない。いま言ったように、凶悪な――」

「しつこいぞ、タイラー」ジェシーはおれの背中をそっと小突く。「行けよ、ビル。おふくろはまずおまえに会いたいだろう」

後ろでドアが閉まる。明かりがやけに薄暗く、こんな房におふくろが閉じこめられてるので、おれは洞窟を思い出す。

その記憶をなるべく頭の隅へ押しやって、鉄格子に近づく。おふくろの姿がぼんやりとしか見えない。ほんとうのおふくろとは思えない。コンクリートのベンチにすわって床を見てる。以前のおふくろを思い浮かべてみる。観客席でサザンカンフォート入りのコークのボトルを手に、〈パイレーツ〉が点を入れるたびに喉が裂けるほど叫んでたおふくろを。

おれたちはあの場所から遠く離れてしまった。

おふくろはおれのほうを見ず、遠くのだれかに語りかけるみたいな妙な感じで話しはじめる。「かかった苦労なんか、だれもあんたに教えやしない」おふくろは言う。「あんたのありったけのかけらがどんなふうに集まって新しいのが生まれてくるのか。そのちっちゃな人間がどんなふうに自分で歩きまわって世の中に出ていくのか」

おれは両手を鉄格子にかけ、おふくろが何を言ってるのかわかろうとする。

「そして、世の中は簡単に歩きまわれるところじゃないってのを神様は知ってる。そうじゃない？　ビル」

「そうだな、おふくろ」おれは言う。「簡単じゃない」

おふくろが首をかしげる。ここにおれがいるのがよく見えないみたいで、おれに話しかけてるんじゃないらしい。「そりゃあきついよ」おふくろがささやく。「そういうものだし、あたしらの息子たちもそういう目に遭ってる。きついんだよ、ビル。なのに、あたしがあんたによくしなかったって、昔のことをいまごろ言うのかい？　あの子たちをまともな人間に育てなかったって言うのかい？」

おふくろが立ちあがり、肩を上下させるのが見える。おれのほうを向くが、目には一滴の涙もなく、白目が真っ赤に充血してるだけだ。口もとを鉄格子に押しつけ、小声で言う。「ビリーじゃないの」

おれはスタジアム・ジャンパーを着ている。痛むほうの腕はシャツの中に入れてある。「やあ、おふくろ」

「さっきブルが来てね。少しのあいだヘッドコーチをやるってさ」

「へえ、そうか」

「そうだよ、ベイビー。〈パイレーツ〉が準決勝で戦うのはジェシーがフィールドに出て以来はじめてだって言ってた」

おれは何も言わず、肩のひどい痛みについて考えまいとする。

「ブルはほかにも言ってたよ」とおふくろ。「いい知らせをいくつか」

「へえ」おれは希望がこもったおふくろの声をなるべく無視し、フットボールの話をやめさせてパワーズコーチについて知ってることを伝えたくてたまらない。あの男がしたこと、そのせいでおふくろがこんなひどい場所にいることを。けれどもパワーズコーチを思い返しても目に浮かぶ光景は、ジェシーに運ばれるときに見た、水中でうつ伏せになっている姿だけだ。

「金曜日の試合には大学のコーチが何人か見にくるらしいよ」おふくろの声がおれを水中から連れもどす。「アーカンソー・テック大学のスカウトだよ。ブルが言うにはおまえを見るためだってさ」

「わかったよ、おふくろ」

おふくろが背筋を伸ばす。「一から十まであたしがやって、おまえの返事はそれだけかい？　チャンスが来たんだよ。本物のチャンスが。なのにおまえは鉄格子のそっち側に突っ立ってこう言うのかい？　〝わかったよ、おふくろ〟って」

体じゅうの血と骨が騒ぐ。ジャンパーから肩を出してこの穴をおふくろに見せてやりたい。フィールドに出るのはもう無理で、たとえ〈ダラス・カウボーイズ〉が見にこようがそんなのはどうでもいいってことをわからせたい。でもそのとき、おふくろが言う。

「冗談じゃないよ、ベイビー。そんなのはあたしのビリーじゃない」

そこでおれは悪いほうの肩が邪魔にならないように体の向きを少し変える。そして鉄格子の隙間に腕を入れ——袖には〝35〟のナンバーと、そのすぐ上に〝ロウ〟の文字がはいっている——おふくろの手を握る。万事うまくいくと思わせるほど強く、収監されるときに思い出してくれそうなほど強く握り締める。

　おれはこんどの金曜日にフィールドに出るよと言いたくてたまらず、おれのために何をしてくれたのかほんとうは知ってるよと伝えたくなるが、そのときおふくろがおれを引き寄せはじめたので、痛むほうの肩が鉄格子にふれる。おふくろの手がおれの腕をたどって肘を通り、肩で止まるのがわかる。その指が痛みを取り除こうとするみたいに痛む場所のへりをなぞる。首に熱くない程度のあたたかい息を感じるまでおふくろが身を寄せ、すべてがはじまったころとほとんど変わらない。そしてこう言う。「あたしのためにボールを進めて、ベイビー。けっしてつかまるんじゃないよ」

謝辞

はるか海の向こうでいつの間にかビリーとつながり、デビュー五十周年記念の祝賀パーティーの代わりに新人賞を主催することにしてくださったピーター・ラヴゼイに、言い尽くせないほどの感謝をささげます。ジュリエット・〝前向きニンジャ〟・グラメスへ。ミュージカルコメディ〈ピッチ・パーフェクト2〉に登場する〈グリーンベイ・パッカーズ〉の選手並みにわたしを後押ししてくれてどうもありがとう。ブロンウェン、ポール、スティーヴン、レイチェルほかソーホーのチームにも感謝をささげます。アレクサ・スターク、その鋭くて粘り強い洞察には頭がさがります。そして真の信仰の持ち主ディヴィッド・ヘイル・スミスにも感謝を。

ジョニー・〝ワイフ〟・ウィンク、たくさんの火曜の夜とグリズリーのラムに感謝、そしていままで書いたものを全部読んでくれてありがとう。マイク・サットン、いつも助けてくれてありがとう。あの手紙はいまも仕事場の壁にかけてあります。ものを書くのと魚を釣るのはまったく別物だと以前教えてくれたアレックス・テイラーにも感謝します。そしてずいぶん昔に弟子にしてくれたジャック・バトラーにも。エース・アトキンズ、思慮深いアドバイスをしたうえに数え切れないほど酒をおごってくれてありがとう。ひとつ（ひとつではすまないが）借りができました。ウィリアム・ボイルへ。この本を読み、ほかのだれよりも早くこれはいけると信じてくれて（そしてこのコンテストを見つけてきてくれて）ありがとう。*Crash*、*Loser*、*Maniac Magee*と*Stargirl*の著者ジェリー・スピネッリに感謝します。このうえなくすばらしい書店〈ドッグイヤー・ブックス〉にも感謝します。以上。デビー・フランクスとメアリー・アン・クルーズ。かつて火をともしてくれたふたりの先生に感謝をささげます。ロビン・カービー、じっくり読んだあとの正直な意見をありがとう。ARWDCに感謝。ジョシュ・ウィルソン、ジョン・ポスト、トラヴィス・シンプソン、こんど集まろう。道を示してくれたコーチ全員に感謝します。そしてわたしが指導したすべての少年たちへ。わたしが教えた以上のことをきみたちは教えてくれた。

　わたしの最大のファンである母へ。あなたのおかげで自信がつき、本書の出版にこぎつけるまでの二百を超えることわりの返事に耐えることができました（そして原稿を朗読するときの聞き役になってくれました。しかも二回）。

　そして父へ。世の中の見方を教えてくれてありがとう。

　エミーとフィン、きみたちはいつもわたしを現実に引きもどすが、同時に夢を見させてもくれる。

　マルにはとびきりの感謝を。きみは何年も前、わたしといっしょに未知の水域へ漕ぎ出してくれた。そして、少なくともわたしと同じだけこの本の世界を生きた。愛している。いつまでも変わらずに。

解説

〝フィールド上のチェス〟と呼称されることのあるアメリカンフットボールは、状況に応じた戦略が重要になるスポーツだ。絶えず試合が動き続けているサッカーやラグビーとは違って、アメフトはワンプレイごとに仕切り直しされ、プレイの前にはオフェンス・ディフェンスの両チームが「ハドル」と呼ばれる短い作戦会議を行い、次のプレイの方針を決める。試合の残り時間、エンドゾーン（得点ライン）までの距離、残された攻撃可能回数など、さまざまな要素が絡み合ってプレイの内容が決められ、フィールド上の選手はハドルで立てられた作戦を実行するために各自のポジションごとの役割を果たす。そうしたゲームのありようが、〝フィールド上のチェス〟と呼ばれる所以なのだ。

とは言うものの、アメフトは〝フィールド上の格闘技〟という、〝フィールド上のチェス〟とは真逆の呼ばれ方もある。数多い球技の中でも、ヘルメットやショルダーパッド、マウスピースなどの重装備をして行われるアメフトでは、激しいプレイの中で脳震盪や肉離れなどを起こすことが珍しくない。そうした中で、作戦を完璧に遂行するというのは非常に難しく、時にはパワーのある一人のプレイヤーの存在によって場がひっくり返されることもあるのだ。綿密に立てた作戦が、圧倒的なパワーによって崩壊し、押しつぶされてしまうことがあるのが、アメフトの面白いところでもある。

本作の主人公ビリーは、そうしたパワーで戦況をひっくり返すような選手だ。天才的なクォーターバック（ボールを投げるポジション。司令塔の役割を果たす）だった兄を持つ彼は、自身もランニングバック（主にランプレイでボールをエンドゾーンまで運ぶポジション）として活躍している。しかし、彼はアメフトの才能と同時に、抑えきれない暴力性も持ち合わせていた。物語は、彼の暴力性が練習中に噴出してしまうシーンから始まる。

トレーラーハウスで母親ティナと弟スティーヴン、そして母親の恋人トラヴィスとともに暮らすビリー・ロウは、〈デントン・パイレーツ〉のランニングバックとして活躍していた。しかし彼はある日の練習試合で、ディフェンスのラインバッカーに悪質なラフプレイをしてしまう。ラフプレイを見とがめられ、試合を欠場せざるを得なくなってしまった彼は、それが原因でトラヴィスと喧嘩になってしまう。激しい口論の末、トラヴィスを殴り飛ばしたビリーは、そのままトレーラーハウスから飛び出す。翌日、トラヴィスの様子を見に来たビリーがハウスの中で見つけたのは、冷たくなっているトラヴィスの死体だった。

一方、成績不振を理由にコーチを退任させられ、新たに〈デントン・パイレーツ〉の新人コーチとして赴任したトレントは、ビリーのアメフトの才能をもって再起をはかり、地元へと戻ろうとしていた。しかし、ビリーを御しきれず、思い描いていたプラン通りにビリーを出場させることができなくなってしまい、地元に戻れないことを妻に責め立てられる。何とかビリーに謝罪をさせ、試合へ出場できるように画策するトレントは、ビリーの住むトレーラーハウスを訪れた。しかし、彼がそこで見たのは、トラヴィスを殴り飛ばすビリーの姿だった。ビリーがトラヴィスを殺したとなれば、試合への出場は絶望的になり、自身のキャリアも終わりを迎えてしまう。トレントは、ビリーを家で匿うことを決意するが……。

抑えきれない暴力性をうちに秘めた少年と、キャリアのために孤軍奮闘するコーチのふたりを主人公とした本作『傷を抱えて闇を走れ』は、The Peter Lovesey First Crime Novel Contest の第一回受賞作として刊行された。〈ダイヤモンド警視〉シリーズの著者として知られる巨匠ピーター・ラヴゼイのデビュー五〇周年を記念したこの賞は、ニューヨークの出版社ソーホー・プレスが後援となり、新たな犯罪小説の書き手を発掘するために創設された。本作の受賞に際してラヴゼイは「あらゆるストレスと緊張に巻き込まれるキャラクターたちがよく描かれており、説得力がある。つらい読書ではあるが、登場人物の人間性が輝いている」と語り、著者イーライ・クレイナーの人間描写力を褒め称えている。また、本作は二〇二三年度のアメリカ探偵作家クラブ（ＭＷＡ）賞最優秀新人賞も受賞しており、二〇二二年のアメリカにおけるクライム・ノベルで最も評価を受けた作品と言っても過言ではないだろう。

近年、アメリカでは南部ノワールと呼ばれるジャンルが盛り上がりを見せており、アッティカ・ロック『ブルーバード、ブルーバード』（ハヤカワ・ミステリ）やドナルド・レイ・ポロック『悪魔はいつもそこに』、そしてS・A・コスビー『黒き荒野の果て』、『頬に哀しみを刻め』などは国内外で非常に高い評価を受け、ジャンルの隆盛を物語っている。

日本で南部ノワールと言っても、まだあまりなじみのないジャンルかもしれないが、日本のミステリ読者には、このジャンルを受け入れることができる下地が十分に備わっているように思える。というのも、南部ノワールというジャンルは、しばしば北欧ミステリと対照して語られるからだ。

北欧ミステリは、英米ミステリとはまた違ったアプローチで、人間性の暗い側面と社会問題を描く作品が多く、それゆえに日本でも人気を博した。具体的には、アーナルデュル・インドリダソンの〈エーレンデュル捜査官〉シリーズや、ヘニング・マンケルの〈刑事ヴァランダー〉シリーズでは移民問題が扱われ、移民差別によって引き起こされる悲劇をどのように解決していくかというのが重要なテーマになっていた。また、スティーグ・ラーソンの〈ミレニアム〉シリーズ（ハヤカワ・ミステリ文庫）では、ミソジニーがシリーズを通しての重要なテーマであり、それはラーソンの死後にシリーズの執筆を行ったダヴィド・ラーゲルクランツにも引き継がれている。

　そして、南部ノワールも北欧ミステリと同様に、人間性の暗い側面と社会問題を描く。『ブルーバード、ブルーバード』は、アフリカ系アメリカ人への差別問題をテーマとしながら、有色人種同士の中での差別問題に踏み込んだ作品であった。『頬に哀しみを刻め』も、ゲイの息子を亡くした白人と黒人の父親同士が差別意識を持ちながらも、自分たちの息子を殺した犯人を追いかけるという話で、こちらも人種差別問題が大きなテーマになっている。本作『傷を抱えて闇を走れ』は、主人公ビリーの父親が黒人であるから試合に出すべきではないとされるシーンがあり、そしてトレーラーハウスに住む母子家庭育ちの貧困層であるという面からも差別を受ける。ラヴゼイが本作に送った賛辞にあるように、イーライ・クレイナーは人間描写力に優れた作家だ。それは、取りも直さず、人間性の暗い側面を描くのが上手い作家だということでもある。貧困と差別、暴力性と犯罪をテーマにした本作は、典型的な南部ノワール作品であるだろう。

　北欧ミステリと南部ノワールでは移民問題・貧困、性差別・人種差別といった違いがあるものの、そこで描かれる大きなテーマは共通している。すなわち、「人間は誰しも暗い感情を抱えており、それが社会構造との大きな摩擦を起こし、臨界点に達した時に犯罪として噴出してしまう」ということだ。北欧ミステリが流行した土壌のある日本のミステリ界で、次に流行するのは南部ノワールなのではないだろうか。

著者のイーライ・クレイナーはアメリカンフットボールの元プレイヤーで、一時期はプロリーグに所属していたこともあったという。選手を引退した後は、五年間、高校のフットボール・チームのコーチを務めた。現在はコーチも引退し、執筆一本で生計を立てているそうだ。二作目である *Ozark Dogs* は二〇二三年四月に刊行され、大変話題となっている。こちらもアーカンソー州を舞台とし、過去に犯した殺人事件への復讐をめぐる物語で、『傷を抱えて闇を走れ』と同様、家族の話がメインとなるという。早川書房での刊行を予定しているので、楽しみにお待ちいただきたい。

編集部

二〇二三年十一月

HAYAKAWA POCKET MYSTERY BOOKS No. 1998

唐《から》木《き》田《だ》みゆき

上智大学文学部卒
英米文学翻訳家
訳書
『とむらい家族旅行』サマンサ・ダウニング
『ブルックリンの死』アリッサ・コール
『ゲストリスト』ルーシー・フォーリー
『生物学探偵セオ・クレイ　街の狩人』アンドリュー・メイン
『空軍輸送部隊の殺人』N・R・ドーズ
（以上早川書房刊）他多数

この本の型は、縦18.4センチ、横10.6センチのポケット・ブック判です。

〔傷《きず》を抱《かか》えて闇《やみ》を走《はし》れ〕

2023年12月10日印刷　　2023年12月15日発行

著　者　イーライ・クレイナー
訳　者　唐木田みゆき
発行者　早川　浩
印刷所　星野精版印刷株式会社
表紙印刷　株式会社文化カラー印刷
製本所　株式会社明光社

発行所　株式会社　早川書房
東京都千代田区神田多町2－2
電話　03-3252-3111
振替　00160-3-47799
https://www.hayakawa-online.co.jp

（乱丁・落丁本は小社制作部宛お送り下さい
送料小社負担にてお取りかえいたします）

ISBN978-4-15-001998-3 C0297
Printed and bound in Japan

ハヤカワ・ミステリ〈話題作〉

1983
かくて彼女はヘレンとなった
キャロライン・B・クーニー
不二淑子訳

ヘレンが五十年間隠し通してきた秘密。それは、ヘレンは本当の名前ではないということ。過去と現在が交差する衝撃のサスペンス！

1984
鏡の迷宮 パリ警視庁怪事件捜査室
エリック・ファシエ
加藤かおり訳

十九世紀、七月革命直後のパリ。若き警部ヴァランタンは、探偵ヴィドックとともに奇怪な死の謎に挑む。フランス発の歴史ミステリ

1985
木曜殺人クラブ 二度死んだ男
リチャード・オスマン
羽田詩津子訳

〈木曜殺人クラブ〉のメンバーのエリザベスが奇妙な手紙を受け取った。それを機に彼らは国際的な大事件に巻き込まれてしまい……

1986
真珠湾の冬
ジェイムズ・ケストレル
山中朝晶訳

一九四一年ハワイ。白人と日本人が殺害された事件はなぜ起きたのか。戦乱の太平洋諸国で刑事が見つけた真実とは？　解説／吉野仁

1987
鹿狩りの季節
エリン・フラナガン
矢島真理訳

女子高生失踪事件と、トラックについた血との関係とは？　鹿狩りの季節に起きた平穏な日々を崩す事件を描くＭＷＡ賞新人賞受賞作

ハヤカワ・ミステリ〈話題作〉

1988
帝国の亡霊、そして殺人
ヴァシーム・カーン
田村義進訳

〈英国推理作家協会賞最優秀歴史ミステリ賞受賞作〉共和国化目前のインド、外交官殺しの現場に残された暗号には重大な秘密が……

1989
盗作小説
ジーン・ハンフ・コレリッツ
鈴木恵訳

死んだ教え子が語ったプロットを盗用し、新作を発表した作家ジェイコブ。それはベストセラーとなるが、彼のもとに脅迫が来て……

1990
死と奇術師
トム・ミード
中山宥訳

密室殺人事件の謎に挑む元奇術師の名探偵スペクター。そんな彼の目の前で、またもや奇妙な密室殺人が起こり……。解説／千街晶之

1991
アオサギの娘
ヴァージニア・ハートマン
国弘喜美代訳

鳥類画家のロニは母の荷物から二十五年前に沼で不審な溺死を遂げた父に関するメモを見つけた。真相を探り始めたロニに魔の手が！

1992
特捜部Q
―カールの罪状―
ユッシ・エーズラ・オールスン
吉田奈保子訳

盛り塩が残される謎の連続不審死に特捜部Qが挑む。一方、カールの自宅からは麻薬と札束が見つかる。シリーズ最終章目前第九弾！

ハヤカワ・ミステリ〈話題作〉

1993
木曜殺人クラブ　逸れた銃弾
リチャード・オスマン
羽田詩津子訳

詐欺事件を調査していたキャスターが不可解な事故で死んだ。〈木曜殺人クラブ〉は、事故の裏に何かあると直感し調査を始めるが……。

1994
郊外の探偵たち
ファビアン・ニシーザ
田村義進訳

元ＦＢＩで第五子を妊娠中のアンドレアが幼馴染のケニーとともに、インド人青年殺人事件の調査を行う、オフビート・ミステリの傑作

1995
渇きの地
クリス・ハマー
山中朝晶訳

オーストラリア内陸の町で起きた乱射事件。犯人の牧師はなぜ事件を起こしたのか。ジャーナリストのマーティンが辿り着いた真実とは

1996
夜間旅行者
ユン・ゴウン
カン・バンファ訳

被災地を巡るダークツアーを企画するヨナはひき逃げ事件を目撃してしまったことで恐ろしい陰謀に加担することになる。ＣＷＡ賞受賞作

1997
黒い錠剤
スウェーデン国家警察ファイル
パスカル・エングマン
清水由貴子・下倉亮一訳

ストックホルムで、女性の刺殺体が発見された。警察は交際相手の男を追うが警部ヴァネッサの元にアリバイを証言する女性が現れる

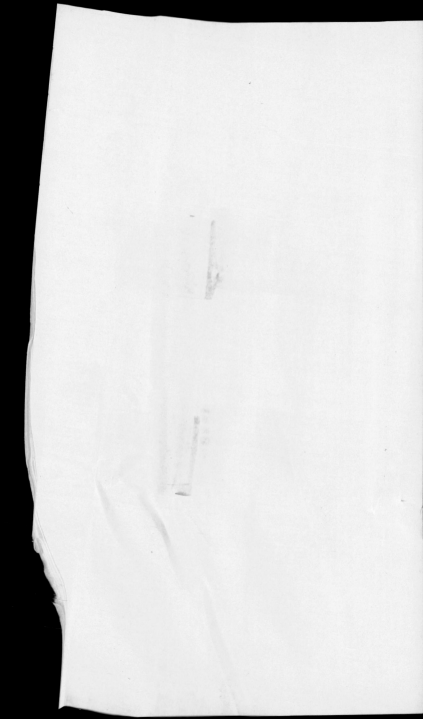